KUWEI
酷威文化
图书 影视

忘川劫

九鹭非香 著

四川文艺出版社

目录

卷壹 爱别离

番外

卷贰 怨憎会

卷叁 求不得

卷壹

爱别离

第一章 石头

不知从什么时候开始，路过忘川的人唤我为三生石。从那之后，有的人唾弃我，有的人携手在我身上刻下他们前世的缘，有的人在我面前失声号哭。

而我只是忘川边上的一颗石头，无悲喜，无苦乐。我漠然守了忘川千年，终化成了灵。

万物生灵，自然都是要历劫的。我却安安稳稳地过了百来年，直到……

情劫。

路过忘川的白胡子老天师替我看了相，摇头晃脑地预测了我的劫数。

我只当他是在放屁。我乃三生石化的灵，石头的灵魂，石头的心。忘川河边常年不散的阴气更是熏得我心冷肠硬，无情无殇，不会动情，又哪里来的情劫?

那时我是这样想的。

可是，万事总有一个意外。

在冥界某个阴森的下午，我如往常一样，自千年不曾变过的忘川河边散步归来，于不经意间，于阴气氤氲的黑暗之中，我抬头一看，仿佛是人界的阳光破开了层层雾霭，明媚了黄泉路上遍布的彼岸花。

那个男子翩然而来。

我忽然想起了许多年前一个人类女子路过我身边时喃喃的一句话：有匪君子，如切如磋，如琢如磨。

千把年来，我这颗石头的心难得微妙地动了一动。我想，这或许就是人间话本子里提到的一见钟情吧。

他慢慢走近，当然不是来找我的，只因为我的身后是入冥界内部时必过的奈何桥。我觉得好不容易碰上这么一个美妙的人儿，理当和他有一个美妙的遇见。

我上前，细声唤道：“公子。”我想如同话本子里有教养的小姐那样对他行个礼，但是人间的话本子只是轻轻说了句行礼，并没有告诉我具体的动作和姿势。

我寻思了一下，便照着素日那些幽魂向冥王哭诉时的模样，双膝“扑通”一跪，冲他硬生生地磕了三个响头：“公子，敢问你叫什么芳名？”

周围的冥差们嘶嘶地抽了两口冷气，他呆呆地站在那里，眼中的神色有些讶异，一时也没答我的话。

做人做事得有诚意，黑爷、白爷经常把这话挂在嘴边：“有诚意才好办事。”所以他们每次都能将人乖乖地带回来。

我见他不答我的话，琢磨了一下，觉得兴许是自己这头磕得不太响，没显出诚意来，于是我便跪着向前行了三步，没再吝惜着力气，又狠狠地磕了三个响头，似乎将地都磕得震了三震。

周遭的冥差呼呼地抽气，似乎被吓得不轻。

我抬起头来，一脸鲜血淋漓地将他望着：“公子芳名？”

或许是这一脸血的凄然将他骇住了，他还是没说话。我心急地抹了把脸，整个手都湿润了！我不知自己竟流了这么多血，顿时也有些理解他为何做这副呆滞的表情了。

我心惊，一阵手忙脚乱地擦，到头来弄得自己全身都血乎乎的。

我抬头，颇为无奈地望着他。

他漂亮的眸中印着我的影子，随即眼角弯出一道明亮的笑意。

我虽不知他在欣喜些什么，但见他欣喜，我也表示友好地展现出自己白森森的牙，却不想我这番做作更衬得这笑血淋淋地瘆人。

旁边的冥差甲显得莫名的焦急，他凑近我身边拉我，我不起，气极道：“我的三生姑奶奶！你摆出这副形容作甚！你可知道他是谁？”

我在冥界的灵物里面法力算不得高深的，但是因为辈分到那里了，冥差们对我都是毕恭毕敬的，用这种语气和我说话的时候还是少之又少。我皱眉，奇怪道：“我当然不知道他是谁，我这不是正在问吗？”

冥差乙一副恨不得血溅当场的模样：“姑奶奶！这是天上的……”他话还没说完，一个温润的声音打断了他。

“我名唤陌溪。”

他伸手，我自然地将手放在他的手上，他反手扣住了我的手腕。

手腕是我的命门，现在他只需稍一用力，我便会死得非常难看。

冥差甲冥差乙本就苍白难看的脸色更苍白了几分，冥差甲忙求道：“大人！大人！三生姑娘此生皆守于忘川河边，冥府乃粗鄙之地，姑娘不懂此间礼数，还望大人见谅。”

“三生？这名字倒奇怪得有些味道。”

我仍将他望着，心中并不害怕，因为他眼中没有杀气。

他将我细细打量了一阵，放开我的手腕转而扶住我的手臂将我拉起：“冥界的石头竟能化灵，确实是奇事一桩，难得。可你既不知我是谁，又为何要对我行这大礼？”

大礼？

我了悟，原来方才并非我诚意不够，而是我诚意过多了。我老实道：“你长得漂亮，我想……”我不适时地词穷了一番，情急之下便随手抓了一个不知什么时候遗落在脑海里的词，“我想勾搭你。”

冥差甲用无可救药的眼神看着我。

他笑了：“倒真是个爽直的灵物。”

私以为这是个很好的赞美，我顿时心喜不已，忙问道：“那我可以勾搭你吗？”

他默了默道：“此番我是为了历劫而来，不会在冥府逗留。”

言下之意便是不可以吧。我垂下了眼眸，有些失望。

“你一直守在忘川河边？”他突然问。

我点头。

“可想去外面看看？”

我眼一亮，狠狠地点头。

他浅浅一笑，拍了拍我的头顶：“此番我受了你这破头流血的几拜，也不能让你白白地拜了。既然你想出这冥府走走，我就许你三生的自由好了。我历劫的三生便是你自由的三生，我历劫归来之后，你还是乖乖地回到忘川河边来守着，如此可好？”

不是个亏本买卖，我点头说好。

他在我的手腕边施了个金印：“做灵物还是机灵些好，以后将自己的命门护好一些。”他道，“不是每个强者都如我这般善良的。”

他在冥差甲冥差乙一脸无奈地护送中离开。我摸了摸手腕上的金印。

“陌溪。”我高声唤道。

奈何桥前他端着孟婆汤转头看着我。

“我可以去人界勾搭你吗？”我问得很认真，惹得舀汤的孟婆一阵嗤嗤怪笑。

他也勾了勾唇：“若是能找到，便勾搭吧。”言罢，他一口饮尽了孟婆汤，头也不回地走进冥府的更深处。我一直目送他离开，直到再也看不到了也没舍得转过视线。

冥差乙自奈何桥头走回来，一双青黑枯槁的手在我面前晃了晃："三生姑娘！"

"嗯。"

"你莫不是对他动情了吧？"

我这才转头看着冥差乙认真地问道："怎么才算得上是动情？"

冥差乙扭头想了想道："你素日里看的那些话本子中的男男女女的形容便叫动情。"

我寻思了一下，我素日看的那些话本子里，公子遇见小姐，小姐行了个礼，两人对话三两番，然后便开始了一番不能自禁的嗯嗯啊啊的运动。我没对陌溪生出想嗯嗯啊啊运动的想法，应当算不得动情吧？

我坚定地摇了摇头："没有动情。"

冥差乙长叹口气，自言自语地喃喃着："也是，这石头怎么会动情呢？倒是我多想了。"随即冥差乙又盯着我道，"没动情便好！这世间啊，最折腾人的莫过于情之一字。倒不是说三生姑娘你一定不能去喜欢上谁，只因为这陌溪神君当真是天地间女子最不能去喜欢的人。"

"为何？他是我见过的模样、身形、气质都最好的人。"我顿了顿又道，"还有说话的声音是最好听的。"

"正因为他样样都如此完美，你才万万不能对他动真情啊！陌溪神君身司九天战神一职，上天入地无所不能，他却只心系天下。胸中有苍生的人，哪还装得下儿女私情呢？"

我觉得陌溪心中装不装得下儿女私情与我没多大关系，倒是冥差乙的前半句话让我愣了愣："战神这种杀气腾腾的职位怎么会是他在做呢？他分明如此善良。"

冥差乙差点没喷出一口老血："善良？三生你莫不是真信了？"

见我点头，冥差乙摇了摇头无力地道："当初魔族犯上，十万魔兵攻上天界，陌溪神君率三万天兵将其全部斩杀，以少胜多不说，后又挥军直下九幽魔都，杀得整个魔域血流成河，十年不闻魔音，但凡三岁以上的魔族全部被杀绝。”

这事我倒是有些印象，那段时间冥府变得极为拥挤，哭号声几乎要掀掉冥王殿，奈何桥都快被踩塌了。但这些魔族的人虽说都是陌溪杀的，可是战争本就是你死我活的事，陌溪身为战神，以武力镇压反叛者本就是他的职责，他忠于自己的族类，在战斗中狠厉决绝也是当然的。

我拍了拍冥差乙的肩：“多谢你告诉我这些事，我回石头里收拾收拾。”

冥差乙呆了呆：“姑娘要去哪里？”

我笑：“自然是要去人界勾搭他。”

第二章 战神

我在冥府将各项事宜都办妥之后，冥王亲自给我在脖子后面印了三个印，一个印便是在人间的一生。待三个印都消失之后，我就必须回到冥府，守着忘川。

在各种灵物艳羡的目光中，我终于穿着一身白棉布长裙来到了人界。

只在话本子里出现过的人间比我想象中还要热闹，还要有趣，还要……危险。

来到人间的第三日，我在寻找陌溪的路途中路过一座寺庙，晃眼间瞥见庙里供奉着地藏菩萨，我便虔诚地进去拜了拜，跪下头还未磕完，一个年老而精干的除妖师突然走了出来。他和蔼地对我笑了笑："你能迷途知返，实乃善事一件。"

我没明白过来他这话是什么意思，只想着冥王在我临走前嘱咐我定要与人为善，这除妖师长得是磕碜了点，但不妨碍我对他伪装出和善的面容，于是我也对他笑了笑，点头套近乎道："这里供的地藏菩萨是个好菩萨。"

除妖师笑得越发慈祥："这是自然，这是自然。"言罢，他一声招呼也没打，拿着剪刀便直接往我的头发上招呼。

我忙往后一躲，大喝道："呵！作甚？"我是石头，三生石，全身上下最不容易长的就是头发，眼瞅着它长了这么千把年，终于有点起色，这除妖师居然想拿剪刀剪我的头发！

见我躲开了第一击，除妖师手一舞，又欲来剪我的头发！我当下一怒，反身一脚把他踹开，不料这除妖师居然是个练家子，我这一脚被他轻而易举地躲开了。他脸上和善的笑变脸一般立马收敛起来："你这是何意？"

我奇怪："除妖师你又是何意？"

他冷哼一声道："我还道你这妖物是想一心向善，以赎罪孽的，原来你竟是来挑衅的！"

"妖？"我摆手，欲解释，"你认错了，我不是……"

"哼，你身上的阴气早在三里之外我便闻到了，休要狡辩！"

我左右嗅嗅，实在不觉得自己身上的阴气有多重，忘川河中那些鱼儿的阴气比我重了何止百倍。那除妖师却不听我解释，又是一记剪刀向我招呼而来，我杀心一动，却又恍然记起来人界之前，冥王对我千叮咛万嘱咐，绝对不可害人性命。

我收招，一扭头，拔腿就跑。

除妖师追着我整整翻了一座大山。我跑得筋疲力尽只想给那除妖师一拳，叫他一睡不醒。

忽然，鼻尖飘过一阵异香，在冥府我从未闻过如此美妙的香味，当下心神便被引了过去。我越跑越近，一片疑似红云的花海在我眼前出现。

而今这个季节被人们叫作冬，那些覆盖在红色花瓣上的晶莹物体被人们叫作雪。我却不知这些红花叫什么名字，穿过这一片奇香的花海，我像是快要醉在其中似的，晃晃荡荡地闯进花海深处，一座小院安静地坐落在其中。

我带着一丝好奇，推开院门。一踏进小院，陌溪在我手腕上留下的金印忽然一闪，我心中一动，走进小院里的主屋，忽闻一个女子温婉的声音：“摇啊摇，摇啊摇。”

我轻轻地将门推开一道缝隙，悄悄往里看去，一个少妇坐在床上，怀里抱着个婴孩。细细一打量，我笑了，这眉眼、这鼻唇，可不是陌溪的肉团版嘛！

这可真是得来全不费功夫！

但陌溪现在只是个肉团，忘却了前生，又尚不能识人，我该如何勾搭他呢？我思量了半晌，决定干脆就一直陪在他身边，护着他长大好了，如此我既能从小将他的便宜占个干净，还能预防别的女子在他未明事理的时候将他给强取豪夺了。

这是个极好的买卖。

我正想着，身后突然传来一声大喝：“妖孽哪里逃！”

我骇了一跳，忙往前一扑，“嘭”地撞开屋门，跌进屋里。闪亮亮的剪刀自我额前划过，我只见眼前一撮青丝悠然落下，半点也不给我挽留的机会。

我颓然卧地，目光空洞地望着那撮已挺尸于地的黑发，神情呆滞。

“啊！”女子的惊声尖叫在我听来都如此遥远，而冥王的千叮万嘱更是缥缈得像浮云。就像这剪刀断我的头发一样，我心里那根名唤理智的弦“啵”的一声，断了。

我一跃而起，掌间灵力凝聚，带着忘川千年的阴气直向除妖师拍去，眼见着这一掌要将他拍得脑浆迸裂，一道婴孩的号哭突然唤醒了我的理智。

掌势往旁一偏，击在门梁之上，整个木屋都为之震了三震。我一个空翻跃出屋。那除妖师似乎被我这一掌吓得不轻，缓了好一阵才回过神来。他望了望我，又望了望肉团版的陌溪，突然对着那个一脸惊恐的女子道：“眉心朱砂，你的孩子乃不祥之人，生而招来此等妖孽，此后必定克尽亲近之人！”

此话一出，骇得那妇人面无人色，抱着孩子不知该如何是好。

我大怒："老贼休要胡言！"人界的人都信这些神神道道的人的预言，他如此一说，便真是毁了陌溪这一生。

"哼！妖孽，方才你趁我不备偷袭我，这次我定要将你收了！"

除妖师手间金光一闪，出现了一支降妖杵，直向我杀来。这除妖师的道行不高，倒是那降妖杵上的金光逼得我不敢直视。冥界最怕的便是这圣光。我招架不住，连连败退。

我怕与除妖师斗法伤了陌溪，引着除妖师便往远处去了。

我本以为我与这除妖师的一架打不了多久，我是石头，定性是最好的，待这除妖师与我缠斗得累了，自会退去，到时候我再回来陪着陌溪长大就好。不想这人界的除妖师那榆木脑袋却比我更硬上三分！他将斩妖除魔视为毕生使命，兴许我又是他此生遇到的最厉害的"妖怪"，所以他将我当作了他除魔卫道的生命中的终极任务！

我与他这一斗，便在人界整整斗了九年。

九年！

最后却不是他放弃了杀我，而是我服了软，不再与他硬斗，终于寻到了一具石头妖的尸体……

彼时我躲在深山之中，藏得一身狼狈，一个吃鸡被骨头噎住的石头女妖骨碌碌地从山坡上滚了下来，一头撞在我眼前的树桩上，头破血流，当场毙命。

我看着老朋友黑爷、白爷来引石头女妖，已变成一团白气的石头女妖的妖灵哭得那个凄惨无比，指着山坡痛骂："老娘好不容易修成了妖啊！我那天杀的双生石蠢哥哥哟！一巴掌把老娘拍下山坡了！你这哪儿是给老娘顺气啊！你这是要命啊！我死得冤！我死得冤啊！"

但任由她怎么哭号，那具身体已经活不过来了，黑爷、白爷吊着长舌头给我打了个招呼，接着便履行公务地将她引走了。

我目送他们离开后，抱着那具尸体当场喜极而泣啊！

这可不是老天给我奏响的福音嘛！石头化妖本就不容易，千百年难碰上一个，除了这冤死的女妖，我还能上哪儿去捡这么一具完美的尸体啊！

我当即将她的衣服扒了，换成我的，然后将一身阴气顺着她的口鼻渡到她的身体里去。

眼看着一个“三生的尸体”便要被我做出来了，身后忽然传来急切的脚步声，好似连滚带爬地冲下来似的。我头也没回，想着反正不是那除妖师，怎么都好办。

“妹妹！”

一声浑厚而悲痛的呼唤自我身后传来：“妹妹！”一个壮硕的男子从一旁扑上前来，一脸悲痛，“你这是怎么了呀？”他急切地要抱起女妖的尸身，我瞪着他，大声了一喝：“作甚！”渡阴气的最后关头，可容不得别人捣乱。

雄壮的汉子被我吼得一愣，糊着满脸鼻涕眼泪望着我：“我……想摇一摇我妹妹……”

“摇什么？气都绝了。”

“死……死了？”汉子一脸空茫，魁梧的身体往地上一坐，仿似震得这片山都抖了几下，“不……不就吃了只鸡吗？不能啊。”

我实在无力告诉他，他妹妹是死于壮汉怪力，被他拍下山撞死于树上的，只拉着女妖的手，不停地灌入阴气。

汉子独自伤感了一会儿，但好在石头这种东西生而情冷，性子寡淡，像我遇到陌溪这种情况实在少见。是以他沉痛了一会儿后，抬起头来望着我：“你又是谁？你在作甚？”

我看出这汉子是个本分的人，于是沉吟半晌，也十分厚道地说：“我是冥差，来渡你妹妹入下一世的。现在在作法事，紧要关头，不可吵闹。”

他听得一愣一愣的，立马捂住了嘴，一双眼珠子不停地在我与他妹妹之间转动。

一身阴气尽数过渡给了女妖尸体后，我抹了一把额上的冷汗，揉了揉她的脸，以法术将她的脸捏成与我一样的形状。汉子怔怔地看着我："这又是在作甚？"

我仍旧很厚道："我和冥府的人熟，给你妹妹捏一张我的脸，让她路上好走些。"

"你……"壮汉虎目含泪，"你当真是个敬职敬业、心地善良的好冥差！"

我面不改色地受了这声夸奖，忽觉空中传来一股熟悉的气息。我心头一紧，站起身来左右看了看，在十丈开外的地方有块巨石，石下有条大缝，我估摸了一下，自己应该挤得进去，当下便奔了过去，把自己塞进缝隙里藏好，不动了。

壮汉奇怪地看着我："你又在作甚？"

"有厉害的除妖师要来了，你若是不想被收，就快学我找个地方躲起来！"

他一惊，显然是害怕厉害除妖师的，左顾右盼找了许久，也没瞅见哪个地方可以躲，最后他仿似也感觉到了头上越来越近的气息，急狠了，抱头一缩，化了原形，蜷成一块石头，骨碌碌地滚到我这边来，恰好堵住我这石头缝。

他一身妖气未敛，那除妖师不发现他才怪！我伸手想将他推开，可是外面清风一起，眨眼间那个与我相杀多年的宿敌除妖师已经落在了女石妖尸体旁边。

登时，我屏息敛气，没了一点声响。

从壮汉石头露出来的缝隙里，我看见那除妖师在女妖尸体边站了一会儿，倏地冷笑一声道："上苍有眼，终是杀了你这祸害人间的妖怪！"

天地良心！我到人界统共九年的时间，这九年里一直在被除妖师你祸害，我上哪儿去祸害人间啊？

奈何形势压人，为了以后能不被他继续祸害，这被冤枉的气，我好脾气地忍了。

除妖师说完那话也没急着走，还在女妖尸体旁立着，忽然拿出他的降妖杵。杵上金光刺目，眼瞅着他一杵便要打下，将那尸体化成烟云！我身前的壮汉石头忽然暴起，化成人形，气势汹汹地向除妖师扑杀而去，大喝："休伤她的尸身！"

这勇猛的气势将我骇了一跳，生怕除妖师看见躲在缝隙里的我。

除妖师挡了壮汉石头的一击，大喊了一声："哼！我道是哪里来的妖气！竟是这女妖的奸夫！"

壮汉大怒："休得辱人！"

我亦大怒，这除妖师竟如此贬低我的欣赏水准！千百年来，我在忘川河边什么样的人物没见过，唯独瞅见陌溪这一个合我心意的，然而眼前这壮汉与陌溪相比，简直差了十万八千里！我怎会让他成为自己的奸夫！

这除妖师实在辱人太甚！

我下了决心，回头到了冥界，托人找关系花上几钱银子也得让人把这除妖师变成畜生！

然而此时我怒归怒，形势却还是认得清楚，如今我好不容易让这除妖师以为我死了，以后不用再受他骚扰，断不能因为这怒火而坏了大计。

于是我又好脾气地忍了。

而那石头妖怪是没忍住的，是时，他已与除妖师战成一团，拼着一股蛮力，倒没让除妖师占到便宜去。

两人打打退退，且行且远，渐渐消失了踪影。

我在石头缝里躲着继续观察了一阵，确实察觉不到两人的气息了，这才呼哧呼哧地从石头缝里爬出来，跑到女尸旁边，将自己那一身阴气收了回来，又在旁边的地上挖了个坑将她埋进去，劈了棵树，立上一块牌子，书了"女石妖之墓"五字，然后将自己九年未整理过的妆容好生整理了一番。

我要去找陌溪，一别九年，不知当年的婴儿如今已长成了什么模样，不知他有没有被别人占便宜，不知他愿不愿意被我勾搭……

第三章 你是谁

我翻过了千山万水才又找到了当初遇见陌溪的那处小院。经过人世九年的熏陶，我已知道那奇香的红花叫作梅，却不知九年的时间竟能让当初那般美丽的梅林变作一片枯萎的模样。

我缓步靠近那处小院，手腕间的金印又闪了闪。还未跨进院门，便见一个脏兮兮的孩子拿着一支比他高出很多的笤帚在打扫荒芜的院子，“沙沙”的声音听起来甚是凄凉。

察觉有人走近，小孩蓦地回头。

我看见一双澄澈的眸子和眉心一点艳红的朱砂，心中一紧，手抖了抖，给陌溪买的糖掉落在地上。

“你是谁？”他走到我面前，清澈的眼眸里映着我的身影。

我蹲下与他平视：“我叫三生，是来勾搭你的。”

他看着我，眉毛轻轻地皱了起来，一张稚气的脸上有七分不解三分怯懦：“勾搭？”他显然不懂这两个字的意思。这很正常，这般大小的人类孩子不该懂这些。但是他眼中隐隐藏着的害怕让我有几分难受。

怕什么呢？我在人界躲了九年，这么辛苦地寻到你，怎舍得伤害你？

我心里想着，带着些许酸涩的心情抬起手，想用衣袖替他擦擦脸上的灰。但是陌溪有点惊慌地往后退了两步，一双亮晶晶的眸子紧紧地盯着我，像是怕我伤害他。

这样的表情无疑刺痛了我。

我放下手，委屈地看着他："我没有要伤害你的意思，只是想帮你擦擦脸上的灰。"

他自己抬手抹了下脸，见确实有灰，才有些怔然地抬起头来望着我，眼里多了些许无措："我……嗯，不好意思……"

我蹲着向前凑了两步，再次靠近他身前，抬手拿衣袖将他脸上还没擦干净的尘埃抹去。这次陌溪没有躲，一双大眼睛扑闪扑闪地望着我。待我放下手，他有些难以置信似的摸了摸自己的脸，脸颊上慢慢晕染起两团红晕："谢……谢谢。"他说得很小声，"你很温柔……"

见他这么软的模样，又听见他这么软的声音，我心里的那点委屈像是瞬间蒸发了一样，全部变成了满满的暖意，堆上了我的嘴角，可还不等我将笑意拉开，眼神不经意间却瞥见了陌溪脖子上有一条青紫的痕迹。我喉头一哽，这才仔细将他打量一番，看见了他身上破破烂烂的衣服、脖子上青紫的伤痕。我拉开他的袖子，看见他手臂上也有青一块红一块的痕迹，嘴角动了动："怎么……会这样？"

陌溪窘迫地想将袖子拉下来，没说话。

我回忆起九年前他的母亲，她看起来并不像是个穷困潦倒的人，怎会将陌溪养成这样？怎会让陌溪受这么多伤？

"你娘呢？"我问。

"死了。"

他这直接坦然的回答倒弄得我怔了怔。然而心里一怔之后，我却恍然了悟，陌溪没了娘，孤苦无依，这些伤定是被别的小孩欺负来的吧，所以刚刚他才那么惶然，所以才躲我，他是被欺负怕了。

我心里登时酸涩得不成样子。

我抓了他的两只小小的手放在掌心里握住："你方才问我勾搭是什么意思，别人怎么定义的我不知道，但就我来解释的话，勾搭便是对人好的意思，我来勾搭你，便是我来对你好的意思。你可明白了？"

"对我好？"

我把那包掉在地上的糖捡起来，拍了拍灰，递给他："这是第一次对你好，以后三生还会很多次地对你好，你可愿让我来勾搭你？"

陌溪愣愣地看着我手里的糖，然后抬眼望着我："不是。"他道，"这不是第一次。"他摸了摸自己的脸，有几分害羞地告诉我，"刚才那是第一次。"

我的心霎时软成了一片，有些感叹，陌溪啊陌溪，你怎生这么小一点便如此会勾人了？

我握住他的手，把糖放在他的掌心里："好，方才那是第一次，这便是第二次，陌溪可还想要第三次、第四次？"

他红着脸，点了点头。

我眯眼笑着，想了想，觉得这样还不够妥当，于是又道："既然你娘已经过世，那你的事便全由自己做主了，你且记着，从今天开始我便算是勾搭上你了。"

他又乖巧地点头。

我更是心花怒放，这小陌溪当真比大陌溪要好占便宜许多，摸一把、给包糖就乖乖地跟我走了，着实让我觉得幸福来得太突然。我继续忽悠他："那从今天开始我就是你的娘子了，依着你们的规矩，我算是做了你的童养媳。今后你便是我的人了，可不许跟别人跑了啊，不然我可就不对你好了。"

听得这句威胁，陌溪有点慌，忙拉住我的手，赌咒发誓一样说："不跑，我不跑。"

我心里笑得开心，面上却肃了下来："其实身份这些东西并不重要，重要的是以后有我在，没谁能欺负你。你记住，三生不会让别人欺负你的。”

他眼眸微微一亮，我摸了摸他的头：“那，现在你且叫声娘子我听听。”

默了一会儿，他如是唤道：“三生。”

“是娘子。”

“三生。”

“娘子！”

“三生。”

“好吧，”我败下阵来，“那就叫三生吧。”

“三生。”

“嗯。”

我永远记得，那一天他无数遍地唤着我的名字，每次非要得到我的回答才罢休。而到后来我才知道他为何这样做，是因为曾经有一天，他也这样无数次地唤着他娘亲的名字，而再没得到过任何回答。

从那天起，我便开始养小陌溪，占小便宜，日子过得极快乐平淡又充实，但多养了几日，我便觉得有点不妥当。

我琢磨着陌溪原是天上的战神，他现下虽下凡历劫，做了一个凡人，但也应当做个温文儒雅、举止有礼的凡人，哪能这样成天敞开玩呢，回头大了，大字不识一个，不是给战神的身份抹黑吗？于是我便寻思着送他去书院念书。

离我们住的地方不远处有个小镇，镇上只有一座书院，书院中的夫子们知晓陌溪小时候被一个除妖师预言过会克尽亲近之人，所以都不大愿意收他。

我让陌溪抱着一锭金元宝围着书院转了一圈，最终夫子还是将他收了。

送他进书院那天，我替他绾了发髻，他从铜镜中望着我，眸中带着几分忐忑。我温言道：“你要在这人世中活上数十载，这时间本算不得长久，我自可护你一生平安，但我更希望你做一个有担当的人，将这数十载过得风风光光的。读书是必须的。进了书院听夫子的话，他们虽算不得什么圣人，但在学生面前好歹也装得一副人模狗样的骄傲姿态。好好学。”

陌溪点头。

然而那天晚上我做好了饭菜，等了许久也未见陌溪回来。我心里担忧，便沿着他上学堂的路一路寻去，直到走到书院才在院墙的一个角落里找到陌溪。

他抱着膝盖坐着，脸上带着伤，红一条青一条的。我问他：“被欺负了？”

他点头。

“欺负回来没？”

他摇头。

我替他将伤口收拾了一番，背对着他蹲在地上：“上来吧，咱们先回家。”

陌溪半天没动静，我转头去看他，他这才恍然回神似的，小心翼翼地爬到我背上，将我的脖子紧紧搂住，脑袋放在我的肩膀上，沉默不言。我沿着小路一直往家里走，夕阳把我和他的影子拉得老长，从影子上看起来，我就像一个驼着背的老太太。

“三生。”

“嗯。”

“谢……谢谢你来接我回家。”

“陌溪，三生对你好，是不用言谢的。”

他在我背上静静趴着，没再说话。

吃完晚饭，我拿药酒给陌溪抹了伤口，然后问道：“欺负你的人住哪儿？”

王小胖子是小镇上一个土地主的儿子，他家底殷实，后院也大。我瞧着十分欢喜，一把火点着他家柴房之后，正巧吹了一阵南风，让这火烧得十分旺，整个小镇的半边天都烧红了。

我觉得甚为壮观，便领着陌溪去了一个好观景的地方，指着王小胖家冲天的火光道："使劲儿笑。"

陌溪默了默，望着我："三生，夫子说要以德报怨。"

"陌溪，你要学会辨别。夫子这话明显是在放屁诓你，听听就行了，当不得真。"

陌溪听了我的话，发出了"哈哈哈"的声音。

人世的时间过得极快，转眼又过了七年，陌溪满了十六，个头已经长起来了，蹿得比我还高，五官也渐渐长出当年我在冥界看见他时的气质了。

他长大了，我既欢喜又忧愁。

喜的是离陌溪正经把我娶进门的日子又近了些，他的自身素质也更完善了；而愁的是不止我一人盯着"日渐完善"的陌溪。

是日，雪后晴天。

有人叩响了门扉，我开门一看，是镇上的孙媒婆，她一见我便笑得和花儿似的："三生姑娘好啊。哎哟，你可真是越活越年轻呀，与上次见真是半点没变。"

我不喜与镇上的人打交道，因为害怕他们看出我多年不变的容颜，说我是妖怪，连累陌溪。是以孙媒婆今日便是笑得如牡丹一样，我也面不改色地要关上门。

她像是知道我会这样做一般，伸手撑住大门，也不寒暄了，直奔主题："上次我给你的那几张女子画像，你可给陌溪公子看了吗？"

上次那几张画像她给我，我没接，她便从院墙外给我扔进来了。我悄悄打开看了看，便一把火烧了这些画像，自是没机会给陌溪看。

我开口便道："王家的姑娘个子太高，陌溪瞅着不喜欢；李家的丫头脾气太暴，陌溪觉着不喜欢；张家的闺女心眼太多，陌溪看着不喜欢。你回吧。"

脸上有痦子还长毛的媒婆被我这一番嫌弃弄傻了眼，见我又要关门这才回过神来，忙探了半个身子过来挡，赔笑道："三生姑娘，三生姑娘！王家的姑娘那是苗条，显得身长；李家的丫头那是活泼，不算凶悍；张家的闺女那是琴棋书画样样精通啊，怎么能叫心眼儿太多呢？您看您家陌溪都这么大了，虽说这男子不像姑娘，但早点说门亲事早点定个好姑娘，也是好的，回头等别人都将好姑娘要走了，陌溪公子可就得打光棍啦！"

陌溪早就不是光棍了……这话我还没说出口，陌溪已从屋子里走了出来，站在我身后对着媒婆礼貌地行了一礼。

媒婆笑得眼睛都眯起来了："陌溪公子今日没上学堂啊，正好正好，你瞅瞅你三生姐姐舍不得你，不肯给你定亲呢！你来给婶子说说，你喜欢什么模样的姑娘，婶子给你找去。"

陌溪一怔，客气地笑道："婶子的好意，陌溪心领了，只是陌溪如今一心沉于圣贤书，无暇他顾，还是不劳婶子费心了。"

孙媒婆还待说话，陌溪客客气气地扯了一堆大道理出来，直堵得孙媒婆面色怏怏地走了。

我亦面色怏怏地望着他。

陌溪关上了门，回头看着我，怔了怔："三生，怎么了？"

我忧伤道："你如今一心只有圣贤书吗？"

他微愣，尚稚气的脸上蓦地染上两团红晕："那……那只是推诿的话，三生当不得真，我心里自是……"

他的嘴角动了许久，愣是没吐出我想听的话，我亮着眼睛，急着接过："自是还有我的？对吗？"

陌溪脸上的红晕更明显，他转过头，有些不好意思地轻咳了两声。

这些年越跟着镇上的夫子念书，陌溪在言辞上便越是含蓄隐晦，鲜少如小时候那般说出惹得我心花怒放的话了。不过他如今羞涩的模样倒是越发秀色可餐，同样惹得我心花怒放，是以我便懒得去寻夫子他们的麻烦了。

"你心里既是有我的，那下次再有这般人来问你喜欢什么样的姑娘，你可不许用这些大道理糊弄过去。”

陌溪不解地看着我，我抬起手，捧住他的脸，让他明亮的眼眸里映满了我的身影：“下次你记得这般答。”我清了清嗓子，一本正经地教他，“我喜欢三生这模样的姑娘。”

他看着我，脸颊又慢慢红了起来。他想别过头去，却被我掰着脑袋没法躲避，只好转开眼珠，看着一旁的石桌子。

我也往旁边瞅了瞅石桌子，觉得这桌子委实没有我长得动人，于是便将脑袋凑到他视线触及的地方。陌溪避无可避，终是把目光再次落在了我的脸上。

“我方才说的话，你快来学着念一遍，语调语气不对了，我现在便帮你纠正过来。”

他脸红得不成样子，听了我这话，却没再继续躲了，盯着我的眼睛，一字一顿地慢慢道：“我喜欢三生这模样的姑娘。”

一样的字句，从陌溪嘴里说出来，带着让我自己也惊讶的力量，温暖了我的心肠。我觉得实在是受用极了，只知道眯着眼睛笑。

陌溪见我如此，那一脸的羞涩也慢慢染出了几分笑意。

第四章 勾搭

接下来的一段日子，我替陌溪打发了不少找上门来的媒人，这就像打发小精怪，偶尔来几个没事，我当闲着没事玩一样逗逗还能当个消遣，但次数一多我便有些心烦起来。

可我还没烦几次，突然间便没人找来了！

我觉着稀奇，问了陌溪几句，他顾左右而言他地糊弄了过去，我心里便知道定是陌溪做了什么事。但陌溪不说，我也懒得去问，只道这一世的陌溪终于长大了，能担起保护我的责任了。

我心中暗喜，越发期待在他弱冠之后的成亲礼，更是万分期待礼后的洞房花烛夜。洞房之后，那才能算是我真勾搭上了他，圆了我的梦。

我日日在家里盘算，回头我要给他多少嫁妆，他又要给我多少聘礼，一门心思飞到了四年后，陌溪拉着一牛车的话本子给我，说："三生，我念了书，能写字了，你爱看话本子，我便写给你看，日日给你写……"

我嘴角拉出了明媚的弧度，陌溪啊，你可知你便是上天写给我的最好看的话本，把我的人生都变得像出戏……

“嘭”一声巨响，震得我卧榻一抖，矮几上的茶杯猛地掉在地上，清脆的碎裂声惊了我的美梦。

盖在脸上的书落在一边，我睁开眼，望着房梁眨巴眨巴眼睛，倏地鼻尖嗅到一丝婉转而来的妖气。

妖怪？

我翻身坐起，披了衣裳迈出门去。

院里一片狼藉，地上被砸出了一个大坑，尘土飞扬之间，我听见有个浑厚的男声在里面不停咳嗽。

我左右看了看，捡了块石头对着那人砸了一下：“你是何人？”

被石头砸中，那人却哼也没哼一声，只是慢慢转过头来，尘埃落定，四目相接。

“啊……”他发出一声惊叹，“是你！”

我上下打量着他，高大精壮的男子穿着一身破布条一般的衣服，脸颊和手臂皆挂了彩，看这血流不止的模样，应当不是寻常兵器所伤。我摸着下巴思量了许久，忽而一拊掌：“哦！”他面色一喜：“你还记得我！”

“你在和我套近乎。”我摆手，“没用没用，老实交代！何方妖孽？”

他的大长腿一顿，有些无措地站在原地：“你不记得我了？”他着急，“你怎能不记得我了？”他抓耳挠腮地想了半天，“我是石大壮啊！那个……七年前啊！咱们见过的，在……在那荒郊野岭……你帮我妹妹去冥界，还施法让她好走点啊！”

我仔细一琢磨，恍然了悟，原来是他，拍死了那个石头女妖的蠢哥哥！

见我点头，他脸上急色渐退，笑了起来：“那时候我本打算谢恩人你的，但还没来得及，我就被那除妖师追走了。我后来回那个地方看了，你还给我妹妹挖了坟，你当真是好人。”

“我自是个好人。”我道，“但你砸坏了我的院子，也还是要赔的。”

他回头一看，见满院狼藉，挠头道：“我会赔你的，只是我今日确实半点法力也没了，可否等到明日，我恢复了力气便把院子给你打理好？”

他说得可怜，我一时好奇，问道：“你怎会变成这样？”

提到这话，他的表情霎时变得一片黯淡：“寂生那除妖师……”

一听这除妖师的名字，过去九年被追杀的日子便如走马灯一样在我眼前显现，我眉头一皱：“他还活着？”

石大壮叹道：“一直活着，从未死去。”他万分痛苦，“他对我误会颇深，笃定我是个无恶不作的妖怪。将我生生追了七年！”他说得哀伤，我听得感同身受，暗暗窃喜。还好啊，这人世还有一个人吃了和我一样的苦，真是令我甚是欣慰，倍感舒爽啊。

“前几日，寂生除妖师的身体好似有点不好了，但不知这老头是出了什么毛病，拖着一个残破的身子来与我拼命，我与他斗了三天三夜！最后他体力不支，我趁机跑了，急行一天一夜，跑到你这里，如今实在没力气再跑了，才从上面摔了下来。”

听他这话，除妖师应当是快要寿尽了，否则以他对除妖的执念，哪还容得这石头跑了？这走了一天一夜，那除妖师还没追来，当是追不上来了。

石大壮耷拉着脑袋，一身狼狈，人不人鬼不鬼的，看来这几年过得实在凄惨。今日我见了他，便如见过去的自己一般，让我多少起了几分同情。而且若计较起来，这石大壮也是因我才遭此大难。想到此处，我道：“你随我来，我给你上点药，然后找身衣服给你换上。”

他一愣，登时虎目含泪：“恩人！你真是我的再生父母！”

我淡定地扶着他：“我这人就是太心善。”

屋里。

大壮褪了上衣坐在凳子上，光着膀子拿了药膏自己擦药，我在旁边看着他。他逃了七年，倒是把这身肌肉练得更加结实，条理分明，精壮有力，若能将他留下来，不失为一个去镇里跑腿买菜的好帮手……

“那个……”我正打着小算盘，大壮忽然微红着脸把药膏递给我，“背

全新番外

忘川劫

见梦

上有一块地方我够不到。”

他的肩背肌肉太多，手臂够不到后面，我挑眉道：“要我帮忙？”

他点头：“本不敢劳烦恩人，但那伤口痒得厉害……”

我沉默了一瞬，说：“好吧，我帮你。”我挖了块药膏抹在他的背上，斟酌了一下语句，道，“大壮，你看，几年前我帮了你妹妹，现在又帮了你，你说你是不是要拿点什么来回报我？”

大壮一愣：“我……没什么东西可以给你。”

抹匀了药，我拍了拍他厚实的背：“有啊，你卖身给我吧。”

大壮惊愕地回头望我，渐渐地，脸上望出了一抹可疑的红晕：“你是说……你是说以身相许吗？”

我自是不知他脸红什么，点头道：“约莫是这么个意思吧。”

大壮挠头笑，害羞极了地瞟了我一眼，然后又转过头去，抓着脑袋继续嘿嘿傻笑：“也……也可以……”

一个壮汉笑得跟花姑娘似的，我心里寒得抖了抖，回过神正想找张纸来让他立下字据，忽听屋门“吱呀”一声被推开，我回头一看，见陌溪只身站在门口，逆光让他的身影显得有些单薄，他鼻腔里呼出的白气在空气中缭绕出混乱的形状。

“不可以。”他这话说得突兀又极其冷硬。

“嗯？”我奇怪，走过去迎他，“你怎么回来了？今日夫子学堂下得这么早？”

他默了许久，闷声解释：“我见有什么东西落在我们家，动静挺大，便回来看看。”

他头发都乱了，该是一路跑回来的。知他担心我，我摸了摸他的脑袋：“三生没事。来，我给你介绍一下，这个，”我指了指愣愣坐着的石头妖，“他叫石大壮，以后是我们家的……嗯……”长工？奴役？护院？我正在纠结他的称呼，陌溪却倏地将我的手一抓。

“不要！”他说得坚决，“不要他。”

我瞥了石大壮一眼，他见自己被陌溪嫌弃，倒也没生气，挠了挠头，显得有几分尴尬。

我将陌溪拉出屋子，关上屋门之前嘱咐石大壮道：“背后的药都给你上好了，你自己把别的地方抹了。”拽着陌溪到了院子，我还没开口他便皱着眉头道：“三生，你不该为他擦药，不该和他待在一个屋子里，不该……看着没穿衣服的他……”

陌溪这表现依着话本子里的解释应当是吃醋了，我想了想，“叭”的一口落在他的脸颊上，本还气鼓鼓地要继续说话的陌溪霎时便呆住了。

他捂着脸，愕然地看着我。

“陌溪，你还吃醋吗？”

他的脸红得跟被煮了一样。

同样是害羞，但陌溪的害羞看在我眼里便过分秀色可餐。可在这样害羞的同时，他还是拉着我的手不放开：“别把他留下。”

“陌溪。”我决定先与他说说留个长工的好处，“你看，我留下他，多一个人帮咱们跑腿、买菜、拎东西、修房补瓦做苦力，这样不划算吗？”

“这些我也可以做。”

“现在你大了，又在书院里读书，那些人皆笃信君子不入庖厨的道理，虽然我觉得这规矩实在无理得莫名其妙，你却是要融入其中的，每日让你拎着菜回来……”

“这些我没关系！”陌溪忙表态。

“可三生怕你受委屈。”我道，“而且你看他那么大块头，一身死肉力气大，不用多亏啊！”

陌溪沉默了半晌问道：“三生……看中的是他的肉？”

“当然是呀！”

“这个……”他极为失落地嘀咕，“我确实没有……”

我摸了摸他的头以示安慰。

于是，在陌溪的妥协下，石大壮留下来的事便暂时这么定了。

可也就是从那天开始，陌溪的生活习惯开始悄然改变。

以前他是卯时起床，洗漱完毕与我一起用了早饭才去学堂。相比别的学生，他算是去得晚的，可陌溪聪明，样样都领先于别人，所以夫子便不大管他。

可这些天，陌溪日日寅时就起了，等我卯时做好早饭，他已从外面跑了一大圈回来，我问他这是做什么，他只说早上去外面跑一圈上学堂的时候精神一些。

我一听，觉得是这么个道理，第二天便早早地把石大壮也推了起来，让他跟着陌溪出去跑步。石大壮没睡醒一脸不愿意，陌溪也黑着脸，声音冰冷："我不跟他一起。"

我小声告诉陌溪："他跑精神了回来好挑水做饭。"我拍了拍大壮的肩，"去吧，和陌溪一起。"

陌溪像被什么东西噎住了喉似的，看了石大壮一眼，咬咬牙，倒也没再说什么。

这天陌溪跑了步回来破天荒地没有要去学堂的意思，说天冷不想动。这么多年我还是头一次听陌溪找借口不上学，这倒是难得，不去便不去吧，左右是他的人生，除了讨媳妇，别的事还得他自己做主才是。

我如往常一般窝在屋子里看话本，石大壮把院子的地给补好了，进屋来告诉我时附带小声嘀咕了一句："你弟弟好像不喜欢我。"

此时我的话本子里的公子和小姐正是误会陡生互扇巴掌的激情阶段，我也没把石大壮的话听进耳朵里，只"嗯嗯"了两声当作应付。

他讪讪地出了门去。

等到肚子咕咕叫起来，我一本话本也将将看完，公子小姐互相哭着捅死了对方，相爱相杀圆满得很。我畅快地舒了口气，起身想去做点东西喂饱自己，门刚拉开一条缝，外面略微寒凉的风带着石大壮一句悠悠然的话吹进了我的耳朵里：

“我挺喜欢你姐姐的。”

我开门的手一顿，从门缝里看见了外面的场景：石大壮在井里打水，像是闲话家常一般背对陌溪说着，陌溪把书本放在一旁的石桌上，神色薄凉地望着石大壮的背影。

嗯，人生处处是出戏呀，话本子诚不我欺。

“她为人直爽又善良，先前她让我以身相许，可真高兴坏我了。”大壮拎了桶水，转头对陌溪憨厚一笑，“你也别老不和我说话了，迟早都是一家人，你就试试先开口叫我一声姐夫吧。”

陌溪的脸色是我从未见过的难看，放在书本上的拳头攥得死紧，他似在用力忍耐着什么，但最终还是没忍住，一拍桌子站了起来。

我心道陌溪如今可打不过石头妖怪，对上了定是要吃亏的，忙将门一推，走了出去：“哎呀，天气真好！”

一阵妖风劈头盖脸地甩过来，乱了我的三千青丝，黑云层层，一看便是要下雪的天气。

我呵呵干笑两声，胡乱扒了两把自己的头发，却越抓越乱，绕成一团，把手也缠住了。我心疼这一头来之不易的毛，不敢使劲儿拽，正着急之际，身前光线一暗，是陌溪站在了我身前。

他现在比我高了，我微微仰头望他，他却没看我，专注而轻柔地将我的头发解开。他身上传来的气息有点阴郁，我刚要说话，他声音微凉地道：“我进屋去念书。”

无声的逃避，沉默的抗议，陌溪头一次用这种半冷不热的语气和我说话，显然是不想再与我和石大壮待在一起了。他这是……

吃醋得怒了。

我暗自琢磨了一下，觉着如今他怕是不太好哄了。于是在陌溪进屋之后，我转开了目光，看向有些呆怔的石大壮。石大壮回神：“他怎么……你们怎么……感觉有点……”

我指着他，打断他的话：“你，跟我来。”

我领着石大壮走出屋子，直到离小院有好些距离才停下。我也不拐弯抹角，径直道：“我喜欢陌溪，是他的童养媳。我不喜欢你，咱们没戏，你放弃吧。”

我说一句顿一下，我顿一下他退一步，等我说完，石大壮好似已千疮百孔一般望着我。

“你……你……可你是阴间的冥差啊！”

七年前原来我是这么骗他的……

我点头，没解释其他的：“那又怎样？”

“你们人鬼殊途！”

我不解：“可我现在能陪在他身边啊，殊途同归了。”

“这个成语不是这么用的！”石头妖好像有点接受不了，“我……我一直以为他只是你心善领养的人类孩子，他……他还比你小那么多！你怎么可以！”

我更是不解：“他这不是在长大吗！”想了想，我又补充道，“我又不会老！”顿了顿继续补充，“这事又与你何干？”越说越气愤，我随便往一个方向一指，“无法继续沟通了，你还是走吧！”

我话音刚落，天上的黑云转得更快，梅林之间风声愈大，我眉头一皱，这风里的气息……

“妖孽哪里走！”

但闻这熟悉的苍老声音，我倒抽一口冷气，旁边的石头妖也与我一起哽住了喉。我手指的那个方向，在重重黑云之后一道金光破空而来。

这种场面我实在是不能再熟悉。

“除妖师你命大！”我大骂，抱了脑袋便往旁边蹿。

他追了我九年，追了石大壮七年！陌溪都十六了，这除妖师还这么精悍！简直不应该！

冥王你个浑蛋又偷肉吃懈怠公务了吧！

第五章 逃命

金光袭来，打在雪地上，照得我眼睛生疼。

多年不见，这除妖师竟然功力见长？我愕然地回头望他，只见除妖师从天而降放了这第一击之后，就撑着膝盖弓着腰一个劲儿地喘大气，声嘶力竭，像下一瞬间就要晕过去一样。

好嘛，原来他是拼着老命杀来的……

放下屠刀立地成佛啊！这除妖师怎生一辈子就没开窍呢……

石大壮在四五丈外喊我："三生！你愣着作甚？快跑啊！"

多年未过逃命的日子，我的反应比石大壮要慢了许多。我忙点头，转身要跑，却觉背后一股巨大的吸力擒来。除妖师在后面嘶哑地喊着："你们谁都跑不掉！小妖竟诈死骗我这许多年，我定要在归西之前将你们这对作恶多端的妖物拿下！"

已来不及去埋怨这除妖师的固执与偏见，我回头只见除妖师手里的法器散发着刺目金光，光芒中好似有一股极大的力量拽着我往法器里面去。这金光天生便是冥府灵物的克星，越是靠近我背上越是像烧起来一般灼痛，疼得我简直想满地打滚。

开玩笑，我那么不容易才勾搭上这一世的陌溪，明明前途一片大好，岂能在这个节骨眼上踏上黄泉路？若是我现在死了，还在家里吃醋生气的陌溪岂不是要认为我和那熊一样的石头妖私奔了吗！这对我来说可是天大的冤枉！

一想到他会红着眼睛委屈难受地看我，我登时忍不了了：“除妖师当真欺人太甚！”我大喝一声，掌中凝了一记凌厉的阴气，反手对他挥去，阴冷的气息暂时阻断了金光照耀。

我姿势不雅地爬到一边，心里正在琢磨除妖师的法力不咋样，可他手里的法器委实厉害得很，仅凭我一个人的力量是斗不过他的，只有和石大壮赌上命联手一搏……

我这方还未想完，那边除妖师陡然大抽三口凉气：“小妖……呼……呼……”他这三口气抽得极为怪异。我侧头看他，只见除妖师捂住自己的心口，往地上一倒，“呼呼”地又抽了几口气，接着双腿一蹬，两眼翻白，偏过脑袋去便没了声息。

我惊疑不定地看着他，石大壮更是趴在一边没敢动。

场面默了许久。

“什么情况？”石大壮问我。

“大概是……杀着杀着，命绝了吧？”我这话说得不确定，就怕除妖师诈死唬我，毕竟这种招数在那斗智斗勇的九年当中，他也不是没对我用过……

半空中突然飘来一股我极熟悉的阴气，我抬头一望，白爷、黑爷两位大哥吊着长舌头晃晃悠悠地走了过来。

一见他俩，我跟见了亲人似的，喜极而泣地扑上前去，将他俩的长舌头一抱，狠狠泣道：“你们终于来了！这些年你们都去哪儿了啊？你们可知三生等了你们多久啊！你们这两个死鬼啊！”

黑爷闻言，如被我塞了牛粪一样，把他的舌头卷起来不让我抱：“你又看什么话本子了，不要乱学乱用……”

白爷面无表情地拎开我：“起开，妨碍公务。”

石大壮在背后怯怯地问我：“三生……你看见什么了？”

阳间的人和妖是看不见冥差的，我抹了把泪，欣慰地道：“这除妖师终于死透了。”我话音一落，除妖师的精魄便被黑爷、白爷从他的尸身里勾了出来。除妖师的精魄回头看我，还像生前那样对我张牙舞爪地叫着：“我要收了你！我要收了你！”

我抹干净泪，正经地告诉他：“就算你这样赌咒发誓地要收了我，我也是不屑去做你的姨太太的。”见除妖师被我气得面色铁青，这十数年的怨气终于可以一吐为快了，我告诉黑爷、白爷，“一定要告诉孟婆多给他舀点汤啊！让他下辈子痴傻呆愣，一生凄苦！回头三生下去定重谢孟婆。”

送走了黑爷、白爷，我看着地上这除妖师的尸体，想着这毕竟是我与陌溪住的地方，周遭偶尔也有人路过，要被别人看见除妖师挺尸荒野也不大雅观，于是便让石大壮在一旁刨了个坑，将这十来年的恩怨一并埋了。

石大壮将坟头堆起来，在上面将破木棍一插，算是立了个简陋的碑。他回头看我，倏地一怔：“三生，你的脸色怎生如此惨白？”

“啊？”我摸了摸自己的脸，“是吗……可能是刚才背上被金光照到了吧。”我努力把脖子往后扭，但还是看不见自己的背部，“约莫没什么大碍，虽然脑袋有点晕，但我身子没觉着疼。”说着，我伸手往后背一摸，触手一片黏腻，“这是什么？”我看见自己一手的血有点不理解。

石大壮绕到我身后一看，却看白了脸：“你……你受了这么重的伤怎么还说没事啊？你别动啊，我背你去找大夫！”

我被自己一手鲜血淋漓的阵势吓呆了，脑袋里的眩晕感更甚，但听石大壮这话，我伸手将他拽住：“不找大夫。”

凡人的大夫哪能治疗我的伤啊，我隐约缓过神来，估摸着是刚才除妖师的金光太厉害，将我的皮肉灼伤了，我感觉不到痛，估计是先前那会儿痛过了，麻木了，这下脑袋晕，应当是血流多了。

“这伤应当没伤到内里，带我回去抹点止血的药便好。”

人界的大夫一个赛一个地金贵，我这一颗石头心千儿八百年也不跳一下的，大夫见我睁眼喘气却摸不到脉，还不得给生生吓得背过气去？我还想下一世继续勾搭陌溪呢，可不能第一世就出岔子造杀孽。

“背我回家。”

约莫是我背后的伤太吓人了，石大壮也没了主见，我说什么他就点头应什么，连忙将我背起来往小院跑。

石大壮一脚踹开小院的门，我努力撑着眼皮不让自己睡着。看见陌溪从屋里走了出来，我对他咧嘴一笑，但估计笑得太瘆人了，陌溪浑身一颤，怔了一瞬，接着将手上的书随手一扔，疾步迈了过来：“怎么了？这是怎么了？”他急得眼睛通红，似怒似痛，“这才出去多久，怎么会这样……”

石大壮一边把我背进屋，一边道：“被一个除妖师给害了！”

“除妖师怎么会害三生？”陌溪急得声调都变了，一路跟着行至屋中。石大壮将我放下，陌溪便立即蹲下来凑到我的脑袋边看我，见我还在眨巴眼睛，他这才敢往我的后背上看，这一看脸上的血色便“唰”地褪了下去。

“三生、三生……”陌溪颤着声音问我，“你痛不痛？你痛不痛？”

我努力抬起手在他脸上摸了摸：“我不痛的。”我戳他眉心那颗朱砂痣，努力想把他皱紧的眉头抹平，“你别露出这副表情……”

这一摸一戳在他脸上留下了血迹，我捏了袖子帮他擦，却反而糊得他满脸的鲜血。看到陌溪这样，我陡然记起冥府之中，我对陌溪神君那鲜血淋漓的三叩头，嗯……换个角度看看，我才知道当初的自己原来竟惨绝人寰得如此吓人。

当真是难为那时的陌溪还能笑出来……

“我先给你找伤药。”陌溪拼命按捺住所有情绪，挂着一张和我一样白的脸在屋里的柜子里稀里哗啦地一阵乱翻。待他找到了药，石大壮恰好从外面端了盆水进来，他大着嗓门道：“伤口要先洗洗，不然待会儿都和衣服黏在一起了。你先和她说会儿话吧，这么重的伤也不知道救不救得了，别待会儿你们连遗言也没交代上几句……”

我恨得咬牙切齿，这石头妖嘴太臭……

陌溪猛地瞪他：“你闭嘴！”他几乎是将石大壮打出门去的，“我会照顾她，你给我滚！”

我从没见陌溪跟谁急红眼过，即便是偶尔在书院与人有争执也是翩翩君子行止有礼的，像今天这样……大概是心里全然乱了吧。

陌溪摔上门，回到床榻边，拧了棉布轻轻擦我背上的伤，我不觉得疼，但他好似疼极了，颤着手，动作轻柔得不可思议。

“陌溪。”他一点点揭开与我背上的皮肉连在一起的衣服，清洗好，然后往伤口上撒上药粉。我只觉睡意层层袭来，闭上眼，轻声道，“陌溪，三生不会有事的。”我感觉到了他的惶然，“你别害怕也别慌张，你相信我，我会一直陪着你的……”我拽住他的衣摆，让他感觉到我的存在，“三生会一直陪着你……”

在黑暗彻底袭来之前，我感觉有一滴滴温热的水珠落在我的脸颊之上，携带着苦涩、心疼和依恋，浇得我这颗坚硬的石头心一寸寸化为绕指柔。

此刻，我方认命地觉着路过冥界的那个白胡子老头没有欺我，这便是——

情劫啊！

我再醒来时，陌溪正坐在床榻边看书，冬日窗户紧闭，外面投进来的光经过纸窗的过滤变得有些昏暗，但这并不妨碍我欣赏陌溪的侧脸。五官渐开，他是一日比一日更有气势了，不过想来也是，陌溪神君身为战神，下界历劫，岂能默默无名地过一生呢？只是不知他这一生劫数如何，也不知我能不能帮他挡过去……

我想得入神，陌溪看书也看得入神。当他翻书时，眼神不经意地一转，与我目光相接，我们俩措手不及地打了个照面，那一瞬间，他眼中特有的清冷让我一怔，待他的瞳孔深处印进我的身影，陌溪才忙放下书，俯下身子来看我："三生醒了？可有哪里不适？"

我轻轻摇了摇脑袋，还不等我说话，他又忙去倒了杯水过来放在我旁边："先喝点水？"

"你别紧张。"我道，"三生皮厚，比你想的结实多了。"

哪想我这安慰的话一出，陌溪又是眼眶一红。他沉默地转身放下水杯，忍了许久才道："你背上没一块地方是好的……"他又道，"这算什么皮厚？真当自己是铁打的吗？你便是这样将息自己的？"他一顿，喉头一哽，"你可知我有多怕……"

"陌溪别怕。"我忙摸着他的手背安抚他，"这当真只是皮外伤，只需四五天我便能好了。"见他还要说话，我忙将包袱丢给别人，佯怒着恨恨地道，"都怪除妖师太顽固，下了狠手来害我。你瞅瞅，我当时已经抱头逃窜了，却还是被他伤成这样！"

陌溪一默，声音陡然一冷："这些自诩正义之士的老东西皆是满嘴胡话欺人害命的家伙。"

陌溪自小被除妖师定了"克尽亲近之人"的命数，为此受了不少苦楚，他对那些人的厌恶平日虽未曾言表，在此时却毫不掩饰地暴露在我眼前。

我琢磨了一下，觉着万事得有个度，特别是陌溪现在在成长的重要阶段，有的事若是入了偏执，以后怕是会害他一生。是以，虽不情愿，我还是轻声道："这除妖师是可恶至极，却不是所有的除妖师都这般可恶的，真正得大成者，确实值得人尊敬。"

也不知陌溪有没有将我这话听进耳里，只问道："如今这除妖师在哪儿？"

"死了。"

他没再应声，素来清澈的眸子里有了几许我看不懂的情绪。

我不喜欢太严肃的他，于是招了招手，让陌溪矮下身子与我平视，我伸手摸了摸他的眼睛，他有些愣神，我道："陌溪，你的眼睛里天生带有寒光。"

他微怔，不明白我为何突然说这话。

"不管对谁你都能温和地笑，眼神却是疏离的。"我道，"可你对我好得不能再好了。若是有一天，你再像对外人一样对我，我只怕自己会接受不了。"

陌溪愣了一瞬，却倏地笑了。他捉住我的手，放在他的唇边，像孩子一样依赖，又像大人一样郑重地许诺："不会的，我会一直对三生好。"

他嘴里的热气呼在我手上，我心底一暖，正想说两句贴心的话回赠他，忽听"叩叩"两声门响，石大壮在外面弱弱地道："院子我扫完了，柴也劈完了……"

陌溪放下我的手，轻声对我道："三生先安心躺一会儿，我待会儿来拿话本子给你看。"

言罢他走了出去，我隐约听见屋外陌溪在与石大壮说些什么，却一句也听不真切，索性懒得管了。

不一会儿陌溪拿着我的话本子进来，我挥了挥手中的书，是他方才留在我的床榻上的，我道："陌溪何时开始对兵法感兴趣了？"

他轻笑，把兵法拿过去，将话本子递给了我："一直有所涉猎，最近打算仔细研究一下。"

我一边翻话本子一边闲闲地问他："为何？想去打仗？"

"不。"他的声音很轻，"只是学学克敌制胜之法。"

我的注意力皆转进了话本子里，点了点头算是应了他的话，我便没再开口问什么。

翌日，石大壮却拼死冲进了我屋里，一脸鼻涕眼泪乱甩："三生！我不卖身给你了！我要走，你放我走好不好？”

我一愣，转头看了看在一旁好似什么也没听到的陌溪。

“为何？”

石大壮声泪俱下：“我不敢喜欢你了，喜欢你要为你付出好多啊！我不想在这个天跳进湖里去抓鱼给你熬汤喝！也不想天天扫完院子劈完柴还要给你缝被子，我缝不来被子！十根指头都扎得漏水了！我也没法念话本子讨你开心，我不识字啊！我不敢喜欢你了！你放我走吧！你爱和陌溪怎样就怎样吧，求求你放过我！”

我侧目，眼神微妙地打量陌溪。

他别过头去看书，拒绝与我目光相接。

我一撇嘴道：“好吧，你走吧。我素来是大度的人。”

石大壮抬头看我，用力在地上磕了个头：“你当真是个好人！回头我一定找机会来报答你！但别再让我以身相许了！”言罢，他连滚带爬地跑了。

一室沉默。

我扣了话本子，语调微扬，轻问陌溪：“克敌制胜之法？”

陌溪清咳道：“我承认，现今这计使得有些拙劣。不过我只是为了证明……”他凑过来，正色看我，“三生，很多时候，脑子比身子好用。”

我对陌溪勾了勾手，他听话地俯下身子，我“叭”地亲在了他的脸上，陌溪一呆，脸颊烧一般红了起来。我正色教他：“陌溪，这种时候往往是身子比较管用的。”

他捂着脸，咬牙想了一会儿：“明日……我还是早起去跑步吧。”

我眯眼笑起来：“好啊，可是你今日得念话本子讨我开心。”我道，“这个天让你跳进湖里去抓鱼我舍不得，让你缝被子扎得满手的洞我也舍不得，所以你便给我念话本子吧。石大壮不识字，你可是识得不少的。”

我将话本拿给陌溪：“嗯，你瞅，我正巧看到这儿了——她对他说‘讨厌，不要老是欺负人家嘛’！他邪魅一笑，拥她入怀，‘你这磨人的小妖精，我偏要欺负你一辈子’‘啊、啊嗯、哈哈哈’。”

我正直地将话本子给陌溪，陌溪一脸通红不想接过。他这羞答答的模样看得我心花怒放心情愉悦，于是我学着话本子里的模样笑了：“陌溪，你怎么还不习惯我欺负你呢？我可是要如此欺负你一辈子的。”

他脸红得要滴血，但偏偏就是在这极度的羞涩当中，陌溪轻声道：“若三生愿意，陌溪便让你欺负。”

他说得那么小声，那么认真。

我笑得比吃了蜜还甜。

陌溪啊陌溪，你可知我真想永远这么和你走下去？不只是你许我的这三生，还有更多的三生，都这样一直走下去。

第六章 坦途

四年后。

在我的精心教养下，陌溪不出意料地长成了一个温润如玉的君子。

他的容貌、身形与我在冥府见到他时半分不差，这样的天人之姿在人世极其少见，加之陌溪又聪慧非常，在小镇一带竟成了一个远近闻名的人。

然而人怕出名猪怕壮，这俗话能流传得这么久，自是有它的道理的。

在一个风和日丽的早晨，我正斜卧在榻上看着新出的话本子，那是一出才子佳人历尽磨难之后的爱情戏。我正看到动情处，陌溪自门外走进来。他替我将随手扔在地上的披风和袄子捡起来放好，又给我倒了杯茶说："老在屋里躺着也不行，三生还是得出去晒晒太阳的。"

我接过杯子，眼睛却没离开话本子，敷衍道："太阳对我来说更像是毒药，对我的身体没甚好处。"

他却不信我的话："今早下过雪了，院子外的梅花开得正好，且去看看吧。"

我望着他，见他眸中点点闪亮的希冀，放下正"嗯啊"得开心的话本子：

“好吧，陪你走走。”

他浅浅一笑，很是欣喜。

我牵着他的手出了小院，一步一步地在红梅林里闲逛着。他倒没诓我，今日这梅花开得当真好，香气袭人，我嗅得心情大好。忽而转过一条小道，道边空地上有张石桌，我兴致一起，对陌溪道：“咱们像话本子里的才子佳人那般来晴雪对弈一番如何？”

陌溪自是点头答应，回屋拿来了棋盘、棋子。我在一方端坐好，我执黑子，他持白子，一颗一颗地下了起来。

我的棋艺不好，今日不过是兴致来了与陌溪摆摆样子过过瘾，哪能是他的对手，没有半炷香的时间，我便苦恼地在桌子边抓耳挠腮地沉吟。我放下手中的棋子，愁道：“不成，这不是才子佳人的对弈，这是才子对佳人的屠杀，你看佳人已输得衣冠不整了。”

陌溪轻笑：“怎么能让三生衣冠不整呢？”他从棋盘另一端探过手来，将我的手腕握住，引着我将黑子落在右方一角，棋盘上的形势便奇迹般扭转了。

“我来教三生怎么重新整装待发。”

我惊叹地眨了眨眼睛：“陌溪你的棋艺当真好，这得赢三生多少条街了。”不等陌溪答话，我又自顾自地得意道，“不过没关系，陌溪的棋艺是赢了，可人心输了。你看，你自己都不帮自己下棋了，可见在心里是三生赢了你。”

陌溪眉眼一弯，浅笑着看我：“这是自然，在心里，陌溪是怎么也赢不了三生的。”他道，“不过这命我认，输给三生，陌溪心甘情愿。”

我笑得眯起了眼：“下了一会儿棋，都坐冷了，咱们继续走走吧。”

陌溪应了，放下一盘未完的棋盘不管，继续往梅林深处走。

“陌溪，你素来知道我最喜欢这红梅暗香、晴雪晶莹的景色，但你可知为何？”

他想了想道：“大概是因为三生你的脾气与这梅很是相似吧。”我顿住脚步，盯着他的眼摇了摇头，但笑不语。

他虽不明所以，也任我看着，渐渐地眉眼也弯了起来：“三生喜欢看我？”

“喜欢。”我用手比了比他的头顶与我的距离。他已比我高出整整一个头，我偏头想了想，“陌溪，叫声娘子来听听。”

他的耳根蓦地红了。

我道：“你也快弱冠了，我寻思着我这童养媳做了这么多年，也该扶正了。干脆你瞅个时日将我娶了吧。”

他耳根的红蔓延到脸颊上，喉结动了动，半晌后眼中又浮现出几许懊恼之色：“三生，你、你总是……”

这话还未说完，我忽闻梅林之外有人声。

自陌溪小有名气之后，时常会有人来找他，素日我并不会说些什么，但是今日他们打断了我期盼已久的谈婚论嫁之事，我的脸色垮了垮，极不高兴。

来者说话的声音越发大了，陌溪也听到了些许：“三生，好似有人来了，咱们先回屋吧。”

我“嗯”了一声，转身回了自己的屋子，接着看话本子。

陌溪自去大厅接待客人。

快到午时，陌溪终于送走了客人，又到了我屋里。他坐着不说话，我便也斜倚着不说话。我的耐性素来不差，他终究没磨得过我。

“三生。”

“嗯。”

“今日来的是巡抚大人。”

“嗯。”

“他……他说让我去京城做官。”

“嗯。”

许是我的冷淡让陌溪有些无所适从，他小心地打量了一番我的神色，似下定了什么决心一般："我想去。"

我静静地将书的最后一页翻完了，才转头看向陌溪，只见他一双透亮的眼睛直勾勾地盯着我，我叹了口气道："男儿志在四方，你要去做官，又不是要去打劫……嗯，虽然这两者的性质差不了多少，但是朝堂也是一个施展抱负的地方，我一直望你能做个顶天立地的男子汉。如今你有这才干和机会了，大胆去做就是，望着我作甚？"

陌溪摇了摇头："我做官并不是为了什么抱负……"他脸颊微红，"而且如你所说，我已经快弱冠了，我、我也一直在寻思找个日子给你提成亲这回事儿……"

我捧着茶杯呆住。

他颇为无奈地笑道："可是，三生，你却总是快我那么一步。"他说，"我想与你成一个家，但是我一个男子断然不能一生都这样让你养着。我想凭自己的能力许你一世美满幸福。而且我一直记着，幼时你与我说过，要我做个有担当的人，要我这一生过得风风光光的。"他轻笑，"我总不能让你失望。"

"三生，你愿意等我两年吗？待我功成之日，便回来娶你。"

我说不出不行。

那一刻，我是真的甘愿做一个平凡的女子，甘愿独自守着空房等他回来，盼着他在门口浅浅地唤我一声"三生"。

我让陌溪走了，让他去追逐他的前程与风光。我以为我是想得开的，以为我是耐性极好的，毕竟一条死气沉沉的忘川河，我都能守上千年……但我未曾想过，原来等待也能如此磨人，陌溪走后的每一个日夜，时间都像是停止流动那般过得缓慢。

而这样的缓慢日子还要过两年……

我这耐性极好的石头此次却如何也等不住了。

一个辗转反侧的夜晚，我蓦地自床上坐起："陌溪。"我心知他不在，却还是想唤唤他的名字，仿佛这样唤唤，他便会出现在我面前一般。

"陌溪。"

我如是唤了他三声，除了屋外的簌簌风声，我什么也没听见。我再也无法睡着，索性翻身下床，什么东西也没收拾，穿着一身白色的里衣便出了门，直接上京寻我的夫婿。

京城我并不陌生。我曾被除妖师追着绕城跑了三个多月，该去的地方大多去过了，也没什么稀奇的。

我急着寻陌溪，又不想让他知道我这般舍不得他，便一直不敢搞出大动作正大光明地寻。

他才被举荐上来做官，一开始定是辛苦非常且不大出名的，就算我上街询问，人家也不会知道。我几次想去皇宫里面寻他，可是皇家周围弥漫的浩然龙气压得我喘不过气来，只得作罢。

左右寻思了一番，我决定白天在街上撞大运，晚上便去各个朝堂高官的家中探寻陌溪的踪迹，顺道做做劫富济贫的好事。

我本以为亲自努力去找会比撞大运寻到陌溪的概率大些，不料我这运气还真是一等一的好。

那日京城阳光明媚，我正一边拿着大葱抽打"嗯啊"话本子，一边闲散地逛街，忽闻前方一阵骚乱，有群众陆陆续续地围了过去。我一时好奇，将话本一揣、大葱一扔便也凑过去看热闹了。

我这一看倒看得精彩，竟是一出落花有意流水无情的薄情戏码。

这无情的"流水"恰恰是我的夫婿陌溪，而那有意的"落花"，若是我认得没错，那应当是当朝大将军最宠爱的小女儿——施倩倩。

我为什么会知道？嗯，大致是因为她闺房中的首饰相当不错，我这几天卖了那么多首饰，就数她的卖了最多的钱。

那施倩倩正委顿在地，似乎崴了脚，一双含泪桃花目戚戚然地望着陌溪。陌溪无动于衷地扫了她一眼，转身便走。

施倩倩往前一扑，欲抓住陌溪的衣摆，不料陌溪闪得快，让她扑了满面的灰。

围观的人一阵唏嘘，施倩倩一脸狼狈地趴着，却倔强地咬着唇，眼眶通红，娇弱不已，当真是我见犹怜。

而陌溪冷着脸，连眼角都没斜一下，快步走远。

嗯，我摸了摸下巴想：自我收养陌溪后，在我的记忆里他几乎从未对我摆出过这种神色，我素来知道他在外面见谁都温温和和的，但触碰到底线的时候很有脾气，而没想到他对貌美的姑娘竟也这般有脾气。

我咧着嘴傻笑，觉着他这个脾气倒是个好脾气。

小姑娘倔得很，陌溪走了，旁人来扶她她也不让，偏要自己站起来。我想，看中陌溪的女子定然是个心地美好知书达理的女子，于是便略施小法，治了她脚上的伤，也不管她惊异的表情，转身跟着我的陌溪去了。

陌溪走得太快，周边行人又太多，我有几分跟不上他，转了几个街角，便找不见陌溪的身影了。在人群中寻觅他之时，我这双看话本子看尖了的眼睛不经意间又捕捉到了一场落花与流水的戏。

恰好，演这出戏的男主角我又认得，而这女主角嘛，我咋舌摇头："这红线到底要怎么乱牵才能把这么两个人搅和在一起啊，月老可真是个为老不尊的坏蛋。"

"你别跟着我了，我说了我不喜欢你这样的女子。"

我摸着下巴想，一别经年，石大壮说话的声音倒是威风了许多，可这语气背后的憨直还是一点也没变。

"大道是你扫出来的吗？我有说我在跟着你吗，这条街就许你走不许我走呀？我就在你后面走，你怎么着？而且你喜不喜欢我关我什么事？我有要你喜欢我吗？我喜欢你不就成了。"

这朵比施倩倩要犀利许多的"落花"正是当今天朝上国尊上大国师的

妹妹——夏衣。

要说我又如何识得她，这便不得不说说夏衣的哥哥——夏辰。

夏辰当初仅弱冠之年便当上了一国国师，当算个修道的天才，若有机缘得到仙人点拨，他日飞升上仙也未可知。当年我被除妖师穷追至京城的时候，除妖师与国师夏辰联起手来，没少折腾过我。

彼时国师的妹妹夏衣仅六七岁大小，在与除妖师和她哥哥斗智斗勇的过程中，我也见过她几次，是个流了鼻涕直接吸进嘴里吃掉的爽朗姑娘。

这么多年未见，这姑娘的爽朗真是不减当年哪！

她的话呛得石大壮一脸难堪，石大壮抖了半天嘴唇，只会干巴巴地反驳："你……怎会有你这样的，不知羞！"

"我在大街上走路怎么就不知羞了？你霸着道不让我走才不知羞呢！"

只两句话，石大壮便败下阵来，转身欲走，一扭头却正好与我打了个照面。他一怔，我笑着与他打了个招呼："石大壮，多年不见，近来可还安好？"

他回过神，倏地左右一望，像是害怕我身边有什么人一样。待确认完后，他几大步跨过来，张开粗壮有力的手臂猛地将我一抱："三生！我终于又见到你了！"

他抱得有点突然，我没躲开，待他说完这话，我一脚踩在他的脚指头上，冷声道："你不撒手我就把你的脚指头碾碎。"

他吃痛却不叫，放我出了他的怀抱，却还有一只手揽在我肩上，粗声粗气地对那边愣怔的夏衣说："这才是我一直倾慕喜欢的姑娘，你快离我远点。"

夏衣眯着眼打量了我一番，而后道："你胡说！之前从没听过你有什么喜欢的姑娘。"

石大壮是老实人，无助又着急地看了我一眼，挠了挠头，不知该怎么编下去了。

我看着夏衣，心里觉着碰见别人的这种事，照理说我应站在中间人的角度如实相告，不去掺和，但石大壮也算是在除妖师手上救过我两次，一个算是半个恩人，另一个则是半个仇人的妹妹。我向来恩怨分明得很，当下拍开石大壮的手，正色地告诉夏衣："他着实是喜欢过我的，不过被我毫不犹豫地拒绝了。"我转头看着石大壮，"不想当年一别，你竟伤情如此深，连提及我的名字都如此避讳，是我的罪过，但这也没办法，我始终是不喜欢你的。"

石大壮愣着眨了眨眼睛，不过这几年他倒是有点长进，没有一头傻到底，当即应了我道："哦哦！对，你……你不喜欢我，那也没办法……"他顿了顿，继续道，"喜欢这种东西不能建立在强迫上，别人没意愿就得撒手，不能造成别人的困扰！"

夏衣的目光凉了下来，在我身上转了一圈，又落在石大壮身上："我造成了你的困扰吗？"她问着这话，声音里藏着颤抖，像是石大壮若答了"是"，她就会哭出来一般。

我有几分不忍心，正欲开口说两句，石大壮倏地一拍掌，大声道："哎呀！你难道一直没意识到你给我带来多大的困扰吗？如今你可算知道了，可喜可贺！"

夏衣脸色一白。

我用打量奇葩的眼神打量石大壮，觉着他不愧为我石头家族一员，这铁石心肠真让人觉得有趣……

夏衣在那方孤立了一阵，却始终没有哭出来："你不喜欢我，所以你困扰，等你喜欢我了，就不困扰了。问题出在你身上，你得改！"

她把这番理论说得理直气壮，我听着竟觉得确实是这么个道理，于是便也一同望着石大壮。

石大壮同样愣了好久，才反应过来："改不了，我就喜欢她，谁也不喜欢。"

夏衣咬牙道："她哪里比我好？"说着，她狠瞪了我一眼。我张嘴想替自己辩解说我觉得我哪里都比她好，但话未说出口，鼻尖忽然嗅到一丝略熟悉的气息。我神色一凛，拽了石大壮的手就往旁边看热闹的人群里面跑去。

夏衣在后面气得大叫："你把他带去哪儿？站住！"

我也不管，只头也不回地往人群里面钻，耳朵听见追了几步的夏衣停住脚步，有个男人声音略带沙哑地唤了声她的名字："夏衣，过来。"

"哥哥……"

后面的话我听不大真切了，只在人群中跑出一些距离后回头一看，那方地势稍高，正巧能看见夏衣和她哥哥夏辰的脑袋。许是察觉到了什么气息，夏辰漆黑的眼淡淡一转，落向我这方。四目相接，他眉头微皱，我拽着石大壮转过一条小巷，赶快跑离他的视线。

第七章 翩翩公子

行至一条小酒巷中，我往后探了探，没见国师夏辰追上来，才舒了一口气。我转头看石大壮，他显然比我更怕一些，一口气叹得老长。

我好奇地问道："多年不见，你如今还过着被人追杀的生活呢？"

"可不是嘛。"石大壮愁眉苦脸地说，"本以为除妖师死了我就能过上安生日子了，想着京城热闹便来看看，可这才逍遥几天啊，就被那夏辰盯上了。"他说着，不由得悲从中来，"我到底是造了什么孽啊？"

"你被夏辰追杀，可他妹妹怎么会喜欢你？她可知道你是妖怪？"

"自是知道的。"说到这个，石大壮好似有叹不完的气，"我来京城的那天，路过城郊，看见有小妖怪在欺负一个女孩，便好心地将她救下了，那小女孩正是夏衣。我不知她是不是被那些妖怪欺负坏了脑子，反正她就那样缠上了我，连带着让她哥也缠上了我。"

我撇嘴道："京城顶多就比别的地方繁华些，我觉着江州那地儿也不错，论繁华不比京城差，如今既出了这种岔子，你何不索性离开京城，到别处玩去？反正那夏辰职位在身，是不能离京的。"

石大壮苦闷地看着我，然后撸起袖子，把他胳膊上的一个黑色印记拿给我看："你瞅，她哥给我种的。"

我挑眉："情蛊？"

他嘴角一抽："你正经一点！"他拉下袖子，"这是地缚咒。我第一次与她哥过招时便被他给种上了。那次夏辰要杀我，被夏衣打断，夏辰情急之下只给我种了这个咒，把我束缚在京城地界中，哪儿也去不了，让我等着以后被他杀……"

"好歹毒的手段！"我感慨，这便是不动手，也能活活将妖给憋屈死……

石大壮无可奈何地叹了一口气，末了抬头看我："话说，三生你怎么到京城来了？若无他事赶快跑吧，你看我这下场，我可不想连累你。"

"你已经连累我了。"不过以前石大壮被除妖师追杀也是被我连累的，算是礼尚往来吧，我便没与他计较，只撇嘴道，"我刚来京城，暂时还不打算离开，我得在这里陪着陌溪。"

石大壮瞬间绷直了身体，左右一望道："陌、陌溪也随你来京城了？"

"并非他随我，而是我随他来的，他如今已在京城做了好几个月的官了，我来陪陪他。刚才在街上看见他来着，我正跟着寻过来，不料没找到陌溪，倒碰见你了。"

石大壮咽了口口水："他在这附近？"

"约莫在吧。"

"青山不改，绿水长流，三生走好，我先告辞了！"言罢，他竟路也不走，就地施了个遁地术，一股烟一冒，瞬间消失了踪影。

陌溪当年到底是怎么欺负石大壮了？怎么让这老实人怕成这样？

我嘀咕着从飘着酒香的小巷子里走到了另外一条大街上，路过外面一个小酒馆时，不经意地抬头一望，恰巧在二楼的斜栏上看见了端坐着的我家陌溪。

翩翩公子温润如玉。

我在酒馆楼下的一棵柳树边站着，静静地看着他，看他举手投足间自有几分气势。

我本想进门上楼去找他，但此刻的酒馆我却不能靠近一分。因为这小酒馆今日变成了一个不太普通的酒馆。它正散发着与皇宫一样的浩然之气。二楼与陌溪同坐的还有一个身着青衣的男子，他正斜倚栏杆，微酌小酒，比起陌溪的端坐之姿，他显然要放松许多。

皇帝。

如今这个人间的皇帝相当英明。而今四海升平，国泰民安，是个不错的时代。只可惜大将军重权在握，让年轻的皇帝寝食难安，而今皇帝正想着要如何架空将军的兵权吧。

陌溪才来京城不久便能与皇帝私会，想来定是他想了个极好的法子能帮皇帝除了这个心头大患。我正暗道陌溪聪明，我刚才经过的酒馆旁的小巷里突然走出来一个身穿道袍的人。

大国师夏辰。

他竟然追上来了！

看他这表情，他这是要收我的节奏啊……我不由得感叹此生命苦，心道：我得赶快选个地儿跑了再说，免得与他打起来惊动陌溪和皇帝。彼时陌溪肯定是要来帮我的，让皇帝看见，这可对他的仕途不利。

哪想我还没动，那夏辰冷冷地看了我两眼，竟转身走了。我正不明所以，忽听酒馆二楼传来一声低呼："三生！"

是陌溪看见了我。躲不过，我仰头对他招了招手，笑着大声道："陌溪！我在家里时时盼着见你，耐不住长夜寂寞，便来寻你了。咱们还是早些将亲事办了的好。"

此话一出，大街上寂静了许久，陌溪便在这长久的寂静中烧红了脸。

"哈哈哈。"他旁边传来皇帝爽朗的笑声，"真是个胆大的佳人。陌溪，你艳福不浅啊！好了，今日的事也谈得差不多了，我便回去了。"皇帝指了指我，“且快些将你娘子领回去，这么在街上站着让人看，你可是吃了大亏。”言罢皇帝起身离去，陌溪在他身后跟上。

下了楼，皇帝对我摆了摆手当作别过。

我直勾勾地盯着他身后的陌溪，他疾步走来，我笑眯眯地看着他。见他上上下下地将我打量一番，才极力压抑着喜悦，弯着眉眼问我：“怎么这么快就寻来了？我本以为三生你再怎么也得等上半年才是。你可是独自一人来的？路上辛苦吗？有没有遇到什么麻烦？现在饿不饿？想休息不？”

我只是望着他笑。

他见我如此，心绪稍稍平静下来，也展颜笑道：“是我多虑了，三生向来是不会让自己吃亏的。你怎么找到我的？”

“方才走在街上的时候恰好碰见一大堆人在看热闹，我一时好奇便也凑了上去，然后瞅见了你。”

陌溪笑容微微一僵，忙向我解释道：“三生，那是……”

“嗯，喜欢你的姑娘。”

他小心地观察我的表情。我道：“模样挺不错，就是个子矮了些，脾气也委实窝囊了点，不如我这般配你。”

“这是自然。”陌溪听了我这话又笑开了，“除了三生，谁都与我不配。”

我拍了拍他的肩甚为欣慰地说：“明白就好。”

“你来京城多久了？可有找到住宿的地方？”

“也没来几天，我全然不知道你的消息，所以白日就在大街上晃荡，没想到还真这样将你找到了。”我牵住陌溪的手，“所以我与你是铁打的缘分，怎么都扯不断的。”

陌溪浅笑，将我的手握得更紧了些：“我这便接你回去休息。”

“嗯。”

原来陌溪没有住在皇宫中，也没有寄住在哪个大臣的家中，而是自己买了间清幽的小屋。这屋子的大小布局，与我和他一起住的那个梅苑差不多。

吃过晚饭后，我拉着陌溪在小院子里溜达。

“京城与我们住的小镇大不相同，你之前一个人在这儿可有不习惯？”

“倒没什么不习惯，只是早起不见你为我摆的碗筷，晚归不见你为我留盏烛灯。思及你一人在家，不知你将自己照顾得如何，有些怅然。”

我心中涌起一阵欣喜，牵着他的手，看着头顶的星光，一步一摇慢悠悠地晃荡：“陌溪。”

“嗯。”

“陌溪。”

“嗯？”

“陌溪。”

“何事？”

“就是想叫叫而已。”我道，“每一次唤你的名字，都能听到你的回答，我突然觉得这是一件难得的幸福之事。”

陌溪也浅笑。我继续道：“到京城来做官可还辛苦？”

陌溪沉默了一会儿道：“能用自己的权力帮助需要帮助的人，能靠自己的双手来成全我的怜悯之心，有人因我的作为而变得快乐，朝堂之上虽然钩心斗角不胜心烦，但是我获得的这些权力若都能为百姓所用……三生，你明白这样的满足吗？”

我心头不由得一颤，抬头望他，他的眸中是我这些年从未见过的璀璨光芒。

而这一瞬间，我仿佛又见到了那个冥府之中踏着光华而来的九天战神。

这样的陌溪才是真正的陌溪，是完整的他。我突然想起冥差甲多年前对我说过的一句话：“陌溪神君身司九天战神一职，上天入地无所不能，他却只心系天下。胸中有苍生的人，哪还装得下儿女私情呢！”

当初我并没怎么把这话放在心上，而今日见着了陌溪眼中的神色，我才知道冥差甲当真是一个观察入微的预言帝。

陌溪果真是心系苍生的，不管他变成了什么模样……

“我其实不大明白你的满足，不过你想做的事，我都会支持。”我摸了摸他的头，“陌溪的愿望是造福苍生，三生的愿望是造福陌溪。”

陌溪垂下头，眸中的温柔像是要溢出来一样：“陌溪也是愿意造福三生的。”

他这话太温柔甜蜜，让我不得不动了心：“陌溪。”我拽着他的衣裳，一本正经地道，“我们今晚便洞房吧。”

陌溪浑身一震，表情一瞬间有些僵硬，而后红色从他的颈项一路涨到脑门。

我接着道：“都说小别胜新婚，我们如今虽没有新婚，但以后迟早是会新婚的，而今又正是小别之后，你不知三生有多想你。左右这事以后都是要办的，赶早不赶晚，咱们洞房了吧。”

“三……三生你……这样不合规矩。”陌溪的脸红得不成样子，他拿手微微挡着脸，清咳一声，扭过头去，无奈极了，“你又看什么话本子了……”

“这样不好吗？”我道，“很多话本子里说洞房之后才有真爱。”

陌溪叹息一声：“这……得在成亲之后才行。”他轻声道，“三生，你且等等，不会有多久的。待我能给你更好的生活后……”

我有点委屈：“那在这之前，三生都不是你的真爱……”

他脸上还隐隐透着红晕，透亮的眼眸却那么清晰地映着我的影子，他一字一顿地说着：“三生，你是陌溪的相依为命。”他说得那么郑重，如同立誓，让我觉得再如何厚重的真爱都重不过陌溪说的这四个字。

相依为命……

我才发现，原来有一个人可以这么轻易地让我妥协。

翌日，陌溪去了宫里。我在屋里看了一会儿话本子，觉着闲得无聊便揣了话本子游荡去了茶馆听戏。

台上的戏子“咿咿呀呀”地唱着，我坐在二楼吃着茶果跟着“呜呜呜”地哼，忽然，一把长剑拍在了桌子上，震得我茶碗一抖。我嚼着花生仰头一看，夏衣一脸不友好地在我桌子对面坐下。我左右打量了一番，却听夏衣道：“别看了，我哥没来。”

我放下了心，便也不管她了。

夏衣给自己倒了茶，嘀咕道：“和石大壮见了我是一个德行，就怕我哥把他抓走。”她说完，喝了口茶斜眼看我，“你又是哪里的妖怪？”

我哼着戏，抽空答了一句：“我不是妖怪。”

“胡说！你若不是妖怪，昨日我哥为何要追着你走？”

“你哥爱慕我的美貌，仰慕我的气质，倾慕我举手投足间绝代的风华，他要跟着我走，我也没办法。”我随口道，“下次你再见着他追我，尽力将他拦着点，没办法回报他的爱意我其实挺愧疚的。”

夏衣听得张口结舌，末了又喝了口茶压下惊诧，喘了口气道：“嘴皮子可真利索。”

我不理她了，由得她在旁边坐了一会儿。她琢磨良久清了清嗓子，重新开口问道：“石大壮……你是什么时候和石大壮认识的？”

“十二三四年前。”

夏衣一惊，随即低头喃喃自语：“竟然……都已认识这么久了……”她自顾自地得出结论，“他竟然喜欢了你这么多年，竟能将一个人藏在心里这么久……”她说着声音越来越低，好像伤心极了。

我侧目瞥了她一眼，见小姑娘耷拉着脑袋，一副心灰意懒的模样。我心一软，安慰道：“你放心，我无论如何也不会喜欢他的，我心里有一人，谁也替代不了。”

“你这样……他却还那般将你放在心上。”

我的安慰让她更为失落，见她这副伤情的模样，我心里不由得犯嘀咕，这小姑娘模样生得俊俏，性子也活泼，要找个别的什么样子的男子没有？

她到底是怎么看上那憨直的石大壮的？我一失神，没注意便将这话念叨了出来。夏衣闻言，将桌子上的剑握得紧了些。

她沉默了很久，才静静地道："他救了我。"她说，"我不记得他那天是如何将那些妖怪赶走的，但是记得很清楚，他拉我起来，把我掉得老远的剑帮我捡回来，然后笨拙地安慰我让我不要哭。他像一个英雄……"末了她情不自禁地吐出了句，"虽然他笨了点，但我知道，如果他要对一个人好，那就会一直对她好，因为他笨。他不会三心二意，不会拈花惹草，只会对我一个人好。"

我挑眉，没想到这还是个有远见的姑娘，赞道："没错，如果在这世间找不到一个正常人一心一意地对自己好，那就找个傻子一心一意地对自己好，如此着实是个不错的法子。"

夏衣愣了愣道："不是，我不是因为这个才喜欢他的……"

我了然地点了点头："我明白我明白。"

"说了我不是！"

"我懂的我懂的。"

"你！"夏衣一踢凳子站了起来，手中的剑出鞘半分，可没等她将剑完全拔出来，斜里一只手忽然伸出来将她的手腕擒住："你不能伤三生！"

石大壮竟不知什么时候跑了过来。他怒气冲冲地对夏衣道："就知道你是个不好相与的！你缠着我便罢了，如今还想欺负三生吗？你要做什么冲我来便罢，她是我的恩人，我断不能让你伤了她！"

石大壮委实是个知恩图报的好人，只是他这嗓门太大，吼得一茶馆的人包括那台上唱戏的戏子都停住了动作，全部转头望向我们这边。我实在觉得演戏给人家看丢人得很，遂将石大壮的衣袖轻轻一拉："少安毋躁，此地人多，咱们都出去说吧。"

我这话音未落，夏衣的眼泪忽然啪啪地落了下来。

我看得愣神，石大壮也是一愣。

他的火气像是霎时被浇熄了似的，他有些手忙脚乱起来：“我……呃……我又没打你。你莫要哭了。”

夏衣哭得像个孩子似的：“你那么紧张她……你那么紧张……”她抽噎着道，“你可知她心里根本就没有你，你为什么就那么喜欢她呢？呜呜。”我了悟，原来她在这种情况下竟还是在为石大壮心疼，为他“喜欢了一个不喜欢他的人”而心疼。

这姑娘心地是这么好。我感慨，一颗石头心跟着她的哭泣酸了酸，一如看见话本中的佳人被负心才子抛弃了一般酸涩。

“我为什么就那么喜欢你呢？我怎么就那么喜欢你呢……”她抱头痛哭，号着便转身走了。

石大壮呆若木鸡地杵在我跟前。我使劲儿戳了一下他的脊梁骨：“你这下心底可是有点疼了？还不去将佳人抓回来抱在怀里好好蹂躏，明日早上掀开纱帐，你们还是极好的一对。”

“三生你在说什么呀……”石大壮挠了挠头，“我只是被她七窍流水的模样吓住了，我还是第一次看见有人在我面前哭成这样……”

我嘴角一抽，顿时觉得此人榆木脑袋，当真没救。

“我送你回去吧，省得待会儿她又来找你麻烦。”

“那姑娘今日倒是没给我找什么麻烦。”戏看不下去了，我卷了话本子走人，一边走一边道，“不过倒是你，怎生会在这里出现？”

石大壮叹道：“这不是为了躲她吗？”

“躲她？”

“对啊，左右我出不了京城，夏衣日日满城地找我，我藏在哪儿都觉得好像下一刻便会被她找出来一样，所以我想与其提心吊胆地躲着，不如反过来跟着夏衣，这样我就能一直知道她在哪儿，也能一直不让她找到我了。”

我其实挺嫌弃他这种做法的，但又觉得一个脑子不大好的人能想出这种办法已极为不错，于是赞扬道："这法子与你的人一样憨直朴实。"

石大壮挠着头羞涩地笑。

我和石大壮一路说说聊聊走回了家。是时已是黄昏，到了小院门口，没等我说话，石大壮便主动告辞要走，模样急切，像是生怕我将他留下来似的。

我也不为难他，正要摆手和他道别，忽听大门里传出一声怒叱："你一个新晋文官，不要太给脸不要脸！"

听这声音是个极为霸道蛮横的主，而这句话一听便是骂陌溪的，我当即脸一沉，推门进去。

院子里站着四个人，一方是陌溪，还有一方是一个主子和两个侍从。两个侍从看起来倒是威风，只是这主子腌臜得紧，我淡淡地瞥了他一眼，然后选择性地将他们无视掉，只对陌溪道："在门外便听见有狗吠了，又是哪家的畜生没拴好链子？"

其实我是认得这人的，早几天在去将军府里拿首饰卖的时候无意间见过此人，他正是大将军的第三个脓包儿子，施倩倩嫡亲的哥哥——施荣。这人凭着他老爹的关系在朝廷里混了个空闲武职当着，是个不折不扣的脓包。

我虽不知他来找陌溪做什么，但我的陌溪不是来让人欺负的，即便是言语上的也不行。

陌溪听闻我这话，神色有些无奈。他向我走了两步，将我的手握住，轻声说着："三生先回屋，这里我来处理便可。"

可他话音未落，那脓包荣忽而难听地笑了起来："我当是有什么原因不肯受咱们将军府这门亲事呢，原来竟已经藏了娇啊。"

他的声音像是一只被人捏住脖子的鸭子的叫声，听得我耳朵难受极了，只想施个法，让他三天三夜说不了话。

"哼，不过你这女人模样看着行，脾气未免太臭，哪及得上我妹妹温柔贤淑？你且将你这刁妇休了，受了我将军府的亲事，他日保你荣华富贵不断。至于你这下堂妻，小爷便勉为其难地帮你收了驯服驯服。”

来这人间十数年，我虽然遇见过不少奇葩的事、听过很多奇葩的话，但如此奇葩的人我还是第一次瞅见。这荒唐的语言已经将我撩拨到“愤怒”之外的境界了，我决定好好打量一下这完整的奇葩，别等以后的日子想见到这种人都不行，只能空余遗憾了。

然而便是在我观赏奇葩物种的过程中，陌溪倏地开口了：“少将军，你将贵府千金说得再如何好，在卑职看来也是比不上内子的。贵府千金性子淑静，卑职偏喜爱刁横的女子，贵府千金能予我荣华富贵，卑职却偏爱与内子共食粗茶淡饭。在卑职眼里，内子无论是做什么都比贵千金来得动人。望将军休要再与我提这门亲事，以免卑职说出更多有辱贵府千金身份的话来。”

他这一席话说得脓包荣瞠目结舌，也听得我心里跟开花似的，瞧他这一声声“内子”唤得多自然哪！

陌溪话音不停，继续道：“至于将军对内子抱有的非分之想，卑职只能说遗憾，朝堂内外谁人不知将军你脓包无用，如今这身份也是大将军想尽办法将你推上去的，你在其位却不思其职，依旧是一派脓包的作风。即便是前有大将军为你铺路，后有一干大臣替你护航，你却还是三年未升一阶。今上圣明，洞察细微，善于用人，但凡稍有成绩之人皆可得到善用，可见将军着实没什么本事值得今上提拔。内子聪慧敏智，卑职相信她心中自有判断。”

施荣像被陌溪的唇枪舌剑扎得千疮百孔似的，怔怔地立在原地，全然忘了反驳。他身后的两名侍卫各自转头看向别的地方，瞅着模样似乎在忍笑。看来平时他们心里也没少骂过脓包荣。

“你……你……你胆敢辱我！”

“卑职只是心直口快向将军谏言而已，良药总是苦口，将军若听得不舒爽了，卑职也没办法。或者将军觉得卑职说得不对，大可至圣上面前参我一本。彼时卑职自会在朝堂上向圣上以及各大臣转述今日对将军的谏言，正好也可让百官与今上一同评一评，卑职这话说得到底是有理还是无理。”

“你……你……”

脓包荣气得说不出话来。

我笑眯眯地招来门边愣愣看戏的石大壮，大壮走了进来，一身壮实的肉看得施荣身后的侍卫都有些发虚。

我道：“我觉着事情应该谈得差不多了，大壮，帮咱们送一下客吧。”

石大壮一点头，倒是十分通我心意地将我的意思直白地表达了出来：“哎，赶你们走了。”

脓包荣闻言，怒上心头，长得好似鞋拔子的脸瞬间涨成了一个快要烂掉的猪腰子。他怒喝道：“大胆！放肆！一个不知名的奴才竟敢如此与本将军说话！”

石大壮无奈地看着我：“他们不走。”

我做了个手势：“拎出去。”

于是，这三人毫无反抗之力地被拎了出去……

我转头拍了拍陌溪的肩，正想夸他两句，却见陌溪皱着眉还盯着大门的方向。我顺着他的目光看去，石大壮将那三人拎走了又回来了，正在关门。

石大壮一转身，目光与陌溪相接，石大壮倏地往后一退，“啪”地贴在了刚阖上的大门上。

陌溪松开眉头，眼神却没从石大壮身上挪开，刚才战脓包的锐气又一点一滴地在小院里蔓延开来：“石兄一别经年，可别来无恙啊？”语至末尾，声调微扬，连我都听出其中有几分危险的意味。

石大壮咽了口唾沫，喉结滚动的弧度我隔着老远都看清楚了。

他没说话。

陌溪上前一步还待言语，我将他拽住，心里觉着，石大壮心里如今是牢牢记着我的“恩惠”，当真对我好呢，这么个老实人，我也总不能由着陌溪欺负他，于是便对陌溪道：“今日我在路上遇见点麻烦，他帮了我，便与我一道回来了。”

陌溪转头看他，石大壮忙不迭地点头：“是偶遇，是偶遇的！我对三生当真没想法了！”

陌溪没搭理他，转头看着我：“何人找三生麻烦？”

我一张嘴，本想老实回答，但又觉得不对，如果老实答了，那不是就说明我刚才说谎了吗？我眼珠子转了一圈，笑道：“没什么，只是看戏时与人起了点口角。”我抢在陌溪问下一句话之前将他的手掌一抓，笑眯了眼看着他，“陌溪这可是吃醋了？”

陌溪一怔，扭头清咳了一声。

“我不会跟人跑了的。”我道，“我只喜欢陌溪。”

一千多年，我只遇到了一个陌溪，只倾心于陌溪。

不管我这话说再多次，陌溪的脸颊也还是会红，他的神色柔和下来，眉宇间的锐气与杀气尽数消散。

天色已晚，肚子已饿，我牵着陌溪道：“咱们吃饭吧。”我一转头看向石大壮，“要一起来吗？”

石大壮动了动鼻子，盯着我的眼睛几乎都要发光了，但在最后决定的那一瞬他却看了陌溪一眼，于是耷拉着脑袋，连忙拒绝：“不、不、不、不、不！绝不！”他拉开门夹着尾巴就灰溜溜地跑了。

我转头看了陌溪一眼：“陌溪，你这样赶走一个饿肚子的人，好狠心啊。”

陌溪沉默了一会儿道：“可如果让他留下来，便是陌溪对自己狠心。三生希望陌溪对谁狠一点？”

我果断地牵了陌溪的手：“让他自己哭一会儿吧。”

第八章 我也会保护你

晚上吃饭的时候我将陌溪好好夸了一通："陌溪说话一直都能暖我的心窝子，可近来说话尤其暖我的心窝子。"我往他的碗里夹了条鸡腿作为奖励，"特别是今日对脓包荣说的那番话，是我近来最喜欢听的话。"

陌溪一边将鸡腿上的肉剔下来给我，一边道："我尚记得幼时，但凡我受了欺负，三生总会为我出气，如今三生被欺负了，我自然也得为你出气。若以后还有这种事，我也定会好好地保护你。"他一顿，然后又道，"只是我愿三生永远不会受欺负。"

我因他的话而微微愣神，而后倏地笑道："陌溪，我本来想说，我今日喜欢的不是你骂了脓包荣，而是喜欢你称我内子。"他闻言一怔，我笑道，"我本来便是你的内子，打小定好了的，却一直不曾听你对外人提起过，如今你这样提起，我很高兴。"抢在陌溪解释之前，我又道，"可方才你说的话，比称呼我为内子更让我高兴。"

我埋头吃肉："你会保护我，我也会保护你的。"

翌日，陌溪如此前一样，早早地便去上朝了。

我窝在房间里烧着炭看话本子。我前日走在大街上都撞见了夏辰，昨天去个茶楼也能被夏衣撞上，我琢磨这几日当是不宜出行的日子，今日便打算在屋里躲懒，老老实实地等陌溪归家。

我看话本子看得正起劲儿，忽听院子外面一阵嘈杂，我眨巴了两下眼，思绪慢悠悠地从故事里抽出来，只道京城当真是个不祥之地，不出门也能有事找上门来。我一叹，合上书，理了理衣裳打算主动出去“找麻烦”。但仔细一听，那些嘈杂声音渐近，却是极为规整轻细的脚步声。

官兵？

自打我有灵识以来便是一个守规矩的灵。我被冥差抓过，被冥王骂过，被除妖师追过，被天师打过，却还从来没被官家的饭桶围攻过。

此乃人生第一次经历，让我有些许激动。

我出了房门，立在院子里，一直盼着他们破门而入一拥而上将我团团围住，让我瞅瞅官家到底有什么阵势。不料等了半天却等到一阵规规矩矩的敲门声，我不胜失望，便只好规矩地去开了门。

官兵大概是藏了起来，门口只站着一个清秀的小姑娘。我瞅了她半天才认出，这不是前日被陌溪扔在大街上的施倩倩吗！

她见我开门，顿时一阵被雷劈了的形容，喃喃自语着：“当真有个女人，哥哥竟没骗我……他当真带了个女人回家。”

联想到昨日脓包荣上门强求陌溪娶施倩倩一事，我心里隐隐有了谱，她这是打算亲自来探探陌溪的底呢。

我心道，喜欢是一回事，让旁人上门当说客是一回事，自己亲自上门纠缠又是一回事。我如今日日盼着陌溪娶我，可不能到这当口儿了让这姑娘纠缠得陌溪娶不了我。是以我将双手往胸前一抱，斜倚在门边，挑眉道：“不错，我当真是他的女人，自小便与他睡作一堆。你有何指教？”

小姑娘始终见识少了些，被我这话轰得外焦里嫩，往后踉跄了两步，险些摔在地上。看着她惨白惨白的脸，我心道这姑娘实在太软了，莫说比上我，便是比夏衣也落了几个档次。适时一个中年妇人突然从旁边蹦了出来，扶住施倩倩，指着我喝骂道："休得欺负我家小姐！别让你这些污言秽语损了我们小姐的耳朵！"

我十分无辜："她问，我答，句句属实，哪里污秽了？"

施倩倩的脸色更白了。妇女骂道："大胆妖妇！竟敢对小姐无礼！来人呀，拿下！"

我无奈地揉了揉额头，分明是这妇人无理取闹才是。我还想与她讲讲理，旁边眨眼间便蹿出一群青衣官兵。

终于给我等到了！这群饭桶围了过来！

我眼睛一亮，兴奋地"噢"了一声。那妇人却一阵大喝："她要耍暗器！保护小姐！"

刹那间，"铮铮"的拔剑出鞘之声听得我汗毛微立。

我张了张嘴，"和为贵"三个字还没起头，一把大刀便向我头上砍来。经过人世的磨砺，我的脾气已比初来之时要收敛许多，但也不带这么让人欺负的，顿时眼神一厉，狠狠瞪向第一个向我冲过来的士兵。

没修过法术的凡人被我这阴沉沉的一瞪，登时腿软，"扑通"一声跪下给我行了个大礼。

后面的人却没有学乖，一窝蜂地向我扑来。

我捻了一个诀，手臂轻轻一挥，围攻过来的士兵们全部被拍飞了。我叹气道："做人应当注意观察，审时度势。"

施倩倩与那位妇人都被阴气扫到，跌坐在地上，愣怔地望着我。我上前伸手欲将那妇人拉起来，她大叫一声"妖怪"，连滚带爬地跑了。我只能转而去扶施倩倩。

她倒是乖乖地任我拉了起来，我替她擦了擦脸上的灰道："再喜欢一个人，也应当有自己的尊严。这样上门找碴的事以后别做了，失了身份不说，还费力不讨好。嗯，还有，陌溪的这三辈子都已经被我定了。你若是真心想勾搭他，三辈子以后再来吧。”

我这话说的是事实，却没想过听在她耳朵里是另外一番味道。她眼眶一红，泫然欲泣地扭头跑了。

我将门口好好清扫了一番，便又淡定地回去翻我的话本子了。我犹记得方才刚看到才子佳人初见面，佳人强吻才子那一出，应当是出不俗的戏。

傍晚，陌溪急匆匆地回来了。

我倚在榻上，斜睨了他一眼，又继续看我的话本子。他在门口站了一阵，目光似在我身上来来回回地打量了许久。他默默地走进屋，在榻边坐下，斟酌了几番才道：“我听闻今日有官兵来过。”

“嗯。”

“可有受伤？”

“没。”

两句话答完，陌溪沉默下来。我将话本子扔到一边，起身坐好，直直地望着他：“你想问什么？”

他张了张嘴还是没有说话。我道：“官兵是我打跑的，施倩倩也是我赶走的。”

他看了我一会儿，竟颇为无奈地笑了出来。

我挑眉道：“怎么？原来你是想娶那个将军女儿的？嗯，倒是我不对，毁了你这桩姻缘。你既如此不舍，我去把那姑娘找回来就是，我看她对你用情还是挺深的。”说着我便往外面走去。

他拉住我，脸颊有些泛红：“三生，你明知我并非此意。你……你能为我吃这番醋，我心里其实是开心的。只是……”

“只是？”

“那些士兵说你是妖怪……”

我摇头：“我不是妖怪。”

陌溪盯着我，眼睛深处藏着些许无奈之色。

见他这表情，我恍然大悟："陌溪，你也觉得我是妖怪？"我话音微顿，然后道，"还是你一直便把我当作妖怪？"

陌溪蹙眉。

我自顾自地点了点头，喃喃自语道："没错，我与你一同生活了这么多年，容貌没有半分改变。想生火的时候便能生火，想吹风的时候便能起风，你认为我是妖怪自然也是理所当然的。"我喉头一哽，心里觉得有几分委屈和心寒，盯着他的眼睛问道，"你如今可是怕了我？可是嫌弃我？"

话音一落，陌溪的脸色变了几变，对我素来温和的面容难得显出几分怒色："我为何要怕你？为何要嫌弃你？你是妖怪又如何？我只知道我的三生并不曾害我，陌溪并不是一个无心的人，这世间谁怎样对我，我都有所感！且不说三生你并不是一个作恶多端的妖怪，即便你是那样的妖怪，我此生还就喜欢上了你这样的妖怪！"

"喜欢"二字让我的嘴角忍不住翘了起来，那些委屈霎时便化作了飞烟。我静静地看了他一会儿，我知陌溪的脾气一直很好，对我更是温和得没话说，难得见他发这么大的火，我觉得很是稀奇："那你在怕什么？"

他脸色一僵，被我一语道破心境让他有些难堪。他沉默了一会儿，轻叹一声道："三生，我怕你被欺负。"

我听了觉得好笑："你可还记得王小胖子家的后院？"

他斜了我一眼："一根草也不剩。"

我满意地点了点头："被欺负没事，只要欺负回来就好了。你娘子我什么都能吃，就是吃不得亏的。你倒还替我担心起这个来了。"

陌溪被我逗笑了，没再说什么。

晚间洗漱的时候，我看见他的衣袖上破了一个不大不小的口子，奇怪地道："这是怎么了？"

陌溪将衣袖藏了藏："无妨，不过是今日与几个士兵发生了口角，挂到他们的甲胄了而已。”

我伸手：“把袍子给我，我帮你缝一缝。”

点着蜡烛，我将那口子一针一线地补住，陌溪坐在旁边偏着脑袋看我帮他缝衣服，嘴角的笑意就没散过，似乎这就是一件令人满足的事。

“好了。”我将衣服递给他，见他脸上满满的温暖笑意，突然问道，“这当朝的皇帝可是个好皇帝？”

陌溪将衣服收起来，答道：“当是圣君。”

我点了点头：“那个兵权在握的大将军可是个好将军？”

陌溪皱眉：“若论带兵打仗，确实是个人才，但安稳天下、治理国家不需要他那份沙场血气。”

我又点了点头：“除掉他，民生可会更好？”

“少了大将军的制约，皇上能放手改革，民生自然会更好。”陌溪奇怪地看了我一眼，“三生何时对这些事感兴趣了？”

我没回答他，继续问道：“你若帮百姓除了大将军，你可会开心？”

陌溪的眼睛亮了亮，随即他又垂眸掩住了那丝光芒：“自是开心的。”

我还是点头道：“夜深了，你明日还要忙，快去睡吧。”

当陌溪的房间的烛火熄灭后，我依旧坐在床沿，睁着眼望着窗外的月色。

陌溪怎么会无故与别人发生口角？我将今天的事情连着想了想，心中明白了，定是他听见了有人说我是妖怪，一时没忍住脾气与人起了争执。陌溪向来是个隐忍的人，而今他又才做官不久，虽得皇帝宠信，皇帝却连宅子也没赐他一座，可见他如今的位置在朝中当是十分难堪的。

而今天早上，我与将军府的那一堆人动手，更是将陌溪推到了风口浪尖上。

我也确实与旁人不一样，国师夏辰已发现我在京城，以他那能与当年的除妖师成忘年交的脾性来说，他定是不会放任我不管的。回头待他听说了我与将军府的人动手一事，不定得用什么法子来折腾我，也说不定他会在皇帝面前说些什么来折腾陌溪。陌溪本就根基不稳，再被国师一指责，朝中那些愚蠢的人类不知得怎么挤兑他。

我想起陌溪提到他的理想时那璀璨的眼神，随手捻了一个隐身诀，穿入陌溪的屋子中。我轻轻摸了摸他熟睡的脸颊，一如从前无数次做的那样，我看着他的眉心下意识地蹙起，不知他是在梦中梦见了什么为难的事。我有些心疼，忍不住俯下身去在他的眉心轻轻一吻："陌溪。"我轻轻贴着他的脸颊，"三生不会做你的拖累的。"

我本以为事情会变得糟糕起来，已经做好了该做好的准备，但没想到那日之后，所有的人和事好像突然间都消停下来了。施倩倩和施荣没再来过，夏衣、夏辰两兄妹也没再出现在我的视线里，连石大壮也不见了。

陌溪每日早起上朝傍晚归家，一切仿似又回到了我与他住在小镇郊外的模样，安静而祥和。

可我知道，这或许就是传说中的暴风雨前的平静。

是日，连着下了几天雪的天终于放晴了，我这冥界的灵物虽不大适宜照太阳，可还是将摇椅搬到了院子里打算晒晒这一身懒筋，可太阳还没晒多久，忽然有人翻墙而入。

我懒懒地抬眼一看，是多日未见的夏衣。

她怎生找到这里来了？

"我已几日没见到石大壮了，他不在我这儿。"我摆了摆手，打发她离开。

夏衣却看着我没动，隔了许久才道："大将军已递请帖于我哥哥手中，邀他明日去将军府一叙，这一叙若叙出点线索，你是无论如何也跑不掉的。"

她这一番话说得莫名其妙，我听得一头雾水，转头看她："你哥哥这是……"我猜测道，"是与大将军生出了点什么不该有的情愫？"

夏衣闻言，本沉重至极的面容忽然一抽："你正经点！"

我自是相当正经的："那是你哥哥与大将军的事情，与我有何干系？我不喜欢大将军，也不喜欢你哥，没必要跑。”

夏衣眉头一皱：“你还不打算承认？”

我越发困惑了：“承认什么？”

“大将军府近来闹鬼，将军府上的三公子与小姐都患了邪病，说是见了些不干净的东西。”夏衣沉着脸看着我，“近来他们都见过你，且侍卫都佐证你着实会妖法，不是你，难道是别人搞的鬼？”

我恍然大悟，竟是脓包荣与施倩倩不好了，我解释道：“这几日我只在小院里走动，没有去欺负他们，你还是先去别处看看吧。”

夏衣沉默地看了我一会儿：“不管是不是你，他们现在认定了你，只要你在京城活着，他们心里不会舒坦。我哥的性子你想来是听过的，但凡是妖，他绝不会手下留情，你只有今日可以逃。”夏衣默了一瞬，又道，“我可以帮你，只要你答应我一件事。”

我心里虽厌烦被人追杀这事，却不是当真怕了那夏辰，若动真格的，只有区区十数年法力的凡人怎斗得过忘川千年累积起来的阴气？是以夏衣虽表情严肃、语调沉重，我却并不觉得是件多大的事，左右不过是又被追杀一场罢了。

我对她的要求更感兴趣，便示意她说下去。

夏衣垂眸道：“我要你和石大壮一起走，要和他好好地在一起……”

这话倒是让我更为惊讶：“你不是喜欢他吗？”

“我是喜欢他。”夏衣磊落地承认，目光却有几分黯淡，“但他那么喜欢你……一直被我缠着让他很不开心，我想让他开心，算是我……最后对他做点好事。”

姑娘，这可不是什么好事。我若向石大壮提出要与他私奔，不知他得被吓成什么样。我摆了摆手：“你走吧，我不用你帮，这事儿我自己搞定。”

夏衣蹙眉：“你不怕我哥哥收了你？”

我摇头说不怕，夏衣沉不住气道：“好，就算你不在乎自己，那你便舍得让你喜欢的人在朝堂中因你而受尽排挤与委屈？”

我的手指不由得僵住了。

“我知道，新晋文官陌溪。他如今日日在朝堂上被人指摘窝藏妖姬，为祸京城。若不是圣上一力保他，他在朝中哪还有立足之地？三生姑娘，你便不心疼他吗？”

心疼啊，我伸手摸了摸陌溪留在我手腕上的金印。夏衣姑娘，你不知道我有多心疼。

第九章 拖累

下午，我上街买菜，几日不出门，一出门却发现大街小巷皆在热议大将军府上闹鬼的事，还有京城藏了一个女妖怪的事，十步一个版本，讲得比茶楼的说书先生更精彩。我闲得仔细听了两三个版本，眼见天色渐晚，我算好了时间，拎了菜回家。

傍晚时分，陌溪归家。

他如往常一般洗了手便来吃饭，我给他夹了菜，端着碗细细地打量他脸上的每一个细节，没有挣扎，没有焦急，没有生气，陌溪几乎从不在我面前展现他的负面情绪，我的心尖像被什么东西撩拨了一下似的，又酸又软，我忙埋头扒了口饭。

“陌溪，”我道，“大将军府的事我知道了。”

陌溪的身形有一瞬的僵硬，他抬起头来，却对我微微一笑道：“在街上有无聊者嘴碎吗？三生不用忧心，陌溪一定好好护着你。”

我眨眼看他：“你相信不是我做的？”

“自然不是三生做的。”

“若是我做的呢？”我轻声问他。

陌溪微微一怔，抬起头，清澈的黑眸里清晰地映着我的影子：“那我更要护着你。”

活了千年，我头一次因一句轻飘飘的话而恍觉眼眶微热。“陌溪，”我道，“不是我做的。”

“嗯。”

“若当真恨他们，我会烧了他家后院。”

陌溪失笑：“是啊。”他说，“不管喜欢还是报复，三生都最是直接。”

这日夜里，我在屋里坐了大半夜，但闻陌溪房里的声音渐渐静下来，他的呼吸变得匀长之后，我捻了个诀，瞬息行至大将军府里。

在寻陌溪的时候我到施倩倩屋里拿过一些首饰卖钱，对路还是比较熟的，转过几个小院走到了施倩倩院前。她这儿院门紧闭，大门上贴着两尊门神，门缝中间贴了一溜儿桃符。我揭下一张符来看了看，这朱砂画得比冥王的字还丑，上面那点微末的法力怕是连幼灵都打发不了。

我将它贴回去，手指顺着朱砂印记画了个符，鲜红的朱砂一亮，好似一道红光激射而出，将小院罩了起来。

将军府的人毫无察觉，大家都仍在睡梦当中。

我耳朵一动，听见两个极小的喳喳声。我对这声音再熟悉不过，特别是在这种达官显贵的家里，极容易生幼灵。每年冥差甲冥差乙都会捉好几百个幼灵，幼灵们喳喳地在黄泉路上吵一路，有特别调皮的还会在我的真身前尿尿，是一群不折不扣的熊孩子。

想来施倩倩与脓包荣便是被这几个熊孩子的恶作剧给吓坏了。

我穿墙而入，一眼便瞅见了在院子里急得团团转的两只幼灵。我在门口的道符上加了法力，将小院圈了起来，他们出不去，本就慌了阵脚，这下一见我更是吓得不行，两个瘦得跟皮包骨头似的孩子抱成一堆，瑟瑟发抖。

“我本不喜欢管这种事的，”我道，“但你们俩这次的恶作剧可坑苦了我。”

俩幼灵腿一软，一起摔坐在地上。

我眯眼看着他们，一如看着在我的真身上尿尿的幼灵，当时我是那样唬他们的：“你们是打算自己拿水来洗干净，还是想以后再也尿不出尿？”当时唬幼灵的效果极好，于是我便又用上了同样的句式，“你们是打算自己去转世，还是要我让你们再也转不了世？”

两个幼灵连忙爬起来，凭着自身的直觉，在空中寻了个冥府入口，连滚带爬地跳了进去。

我一挥手，扯掉了设在小院周围的结界，正打算在门上刻上“妖已除”三字，院门猛地被推开。我忙向后一跃，退出三丈远，只见穿着国师袍的夏辰手执桃木剑跨进门来。

他面色冷漠地盯着我：“果然是你。你胆子倒大，杀了那除妖师之后竟还敢入京城来为非作歹。”

大国师见我第一句话便是这个，我呆怔了好半晌才想起，他口中说的这个人便是那个追了我整整九年的除妖师：“不对，是他来杀我的时候，自己杀着杀着累死了，与我半分干系也没有。我不是妖怪，更杀不了人。”

“哼！胡言乱语！”夏辰一振长袖，桃木剑上的符文隐隐发亮，“你身上阴气逼人，与此处气息一模一样，还想狡辩不是你害了此间主人？”

幼灵法力微末，身上没多少气息，有也只有一点阴气，而我身上恰恰全是阴气，也难怪夏辰将我和幼灵的气息混为一谈。

我解释道：“你若得空，去黄泉路上看看，那里处处皆是这样的气息。”

“放肆！”夏辰眉头紧蹙地厉声呵斥，“区区小妖胆敢口出狂言！”

我左右琢磨，实在不知自己哪句是狂言。

那夏辰却在这时启唇，竟念起了咒语。

我心道这天师果真和那除妖师一样，臭味都投到一堆去了，皆是不听人说话的主，心思也不单纯，我说的句句话他们都能给我想出点歧义来。

若以往碰见这种场面，我一般是一走了之，跑了算了。但我如今是不能跑的，若一跑，岂不是显得我做贼心虚？

我心中念头刚落，打算再与夏辰好好说理，忽觉脚下一紧。

我心中一惊，垂头一看，竟见石大壮的脑袋从土里伸了出来。我下意识地拿另一只脚对着他的脸狠狠一踩："作甚？"

他也没喊痛，拽着我的脚踝，大喝一声："走！"

"妖孽休走！"

"不不！"我拒绝的话尚未说完，他使一个遁地术，拉着我便到了地下，不过转瞬的时间，再一睁眼，看见的便是重重枯木树影，四周尚有白雪沉积。

石大壮在我身边坐下，捂着胸口喘气："可算逃开了。"

我气得恨不能把他的脸踩进雪里："你将我拖出来作甚？"

他不解地看着我："三生，那是夏辰啊！是大国师！他刚才是动了真格的了，我怎能不救你！"

"他动了真格的，我未必就斗不过他，你不该救我。我还得找他说理去。"

石大壮忙将我拦住："不成不成，你现在回去，将军府的人肯定都醒了，他们定会将你围住的。你要与他们说理更是说不清楚了。"

石大壮这话倒是点醒了我，夏辰来的时候我布的结界已经撤了，石大壮来了闹出的这点动静定是惊醒了将军府的人，这下我再回去他们定是严阵以待，若我凭空出现，岂不得将我"妖女"的名号坐实了？

我一时有些苦恼地坐了下来，不由得轻叹一声，我一叹，石大壮也在旁边叹气。

我转头看他："你又愁什么？"

"夏辰看见了是我救你，心里定又将我记恨了一笔，回头不知又要怎么折腾我。"

听闻这话，我又想起别的事："你是怎么在施倩倩的院子里的？"

“今日我还是像之前那样一直跟着夏衣的，见她进了你的院子，本以为她又去找你的麻烦了，在院外却听见了她与你说的那番话。”石大壮眉目微沉，有点与平时不同的沉着，“后来她出门的时候看见了我，说一直知道我在后面跟着她，但是她说她也知道，若是将她已察觉我的气息的事告诉我，我定又会跑掉，所以她便一直装作不知，让我跟着。”

石大壮说得没有感情，但是我能想象到每日夏衣走在前面，石大壮跟在后面，一个窃窃自喜以为自己骗过了前面的人，一人却宁愿纵容他的逃避，也想离他更近一点。

我叹息，多痴心的姑娘，多伤情的举动。

“她说觉着你那模样像是要干什么事，所以让我看着你一点，顺道还把我手上夏辰下的印给取了，让我看情况不对就带着你跑，所以我下午到现在便一直看着你来着。”

我听得愣神。

没想到夏衣竟当真舍得让石大壮走。

我转头看他：“大壮，所谓患难见真情，你瞅夏衣都为你把自己牺牲到如此地步了，多好一姑娘，你怎生就不喜欢她呢？”

大壮默默地道：“我被她哥追杀着呢……”

我默了一会儿，拍了拍他的肩：“你不用说了，我明白。”我站起身拍了拍屁股，“这是京城郊外吧，咱们现在往回走吧，再过不久，陌溪就该去上早朝了，我得赶快回去。”

我转身要走，石大壮却坐在雪地上一时没起身。

我回头看着他，他盯着雪地，表情困惑极了：“三生，你说，你会用生命去喜欢一个人吗？”

他是在问他和夏衣，我却不得不想到了我和陌溪，点头答道：“自是会的。”

因为我的生命和他们有点不一样，就像作弊似的。

回到自家小院，我悄悄推开自己的房门，忽听陌溪屋里传来一声轻唤："三生？"他推开房门，披了一件单衣便走出来了，将我细细打量了一番，"你外出了？"

我眼珠子一转，心里在编理由。院里的雪将他眼底映得一片透亮，陌溪熟知我的每一个动作，若是今日我骗他，他便是知道也不会说什么，但是一想到这一点，我便再也无法骗他。

我道："我去大将军府捉鬼了。"他一怔，我接着说，"鬼是捉到了，可后来遇见了大国师。"

陌溪忙走上前来将我的手臂捏住上上下下地打量，声色微急："他可有伤你？你可有哪里不适？"

"这倒是无妨，只是后来石大壮将我带走了。我没能将冤屈洗刷干净，怕是还让他们加深了误会。"我叹道，"陌溪，看来我今晚是给你找麻烦了。"

陌溪沉默地看了我许久，沉声道："于陌溪而言，唯有三生出事了才是真麻烦。"

我仰头看着他，他学着我小时候对他那样安抚似的摸了摸我的头，然后轻轻地把我抱进怀里："我知三生一直这样，为了我愿涉足危险之中，愿置身泥沼险潭。其实三生不知，有暗香白雪，还有三生，陌溪此生便已无憾了。"

我想告诉他，此生无憾的是我，却说不出这话。

在和陌溪相处的岁月中，我素来是主动的一个，像今日这般换他主动着实难得。他的胸膛已经变得足够宽阔，臂膀也足够有力，手掌也足够温暖。他已经长得足够大了，足以娶我，足以保护我。

但是……

我轻轻地拥住他道："陌溪，如果你可以一直抱着我多好。"

"如果三生愿意，陌溪以后便常常抱着你，可好？"

"嗯。"

陌溪早朝前，来了个宦官，传来一道急旨将陌溪召进宫。随宦官离开前他在我的额上轻轻烙下了一个吻：“三生，今日你莫要外出，在家里看看话本子吧。你床头我给你放了几本新的，晚上随便吃点就行，不用每天都费神做那么多菜。”

我眯眼笑：“那今晚我就只给你熬米粥。”

“三生熬什么我都吃。”

我挥手送他离开，看他随着宦官拎着的灯笼一步步走远，心里竟是那般不舍。

但是……

陌溪，我看见过提及苍生家国时的你眼底的光彩，知道你心中的抱负有多大。我喜欢你，想来勾搭你，是因为我喜欢的就是那样的一个陌溪。

我不该成为你的拖累。

陌溪走得很远了，可不知为何，他却又倏地转过身来，见我还站在院门口的灯笼之下，冲我挥挥手，示意我进屋去。

我笑着对他挥了挥手，如同小时候送他去学堂一般，关门进屋。

我背抵住门，轻叹一声，看口中吐出的白气在寒冷的空气中缭绕出苍白的弧度。

说到底，这三生终究也是你许我的。我想，用一生来替你挡劫也没什么大不了的，更何况今生我还是你的娘子呢，相公要做什么事，我自然得全力支持才是。

第十章 夺命

快至晌午之时，我给陌溪熬的粥已经熬得差不多了。我灭了火，舀了一碗来尝尝，刚喝了一口，忽听院门“砰”的一声被推开。穿得颇有仙人姿态的大国师夏辰迈步进屋。他身后跟了两个侍童，显得有些紧张。

我端着粥走出去，将嘴里的东西咽下去，然后舔了舔嘴唇，问道：“入门皆是客，要来一碗吗？”

似没想到我会以如此日常的态度迎接他们，一个大人两个小孩都有些怔神。场景静默了一会儿，夏辰一甩手中的拂尘，指着我道：“妖孽！昨晚让你逃了，今日我绝不会再放过你。”

我叹了一口气道：“你们这些人当真比石头还顽固，我不是妖怪说得老天爷都信了，你们却打死不信。你们这么固执，你们供奉的神灵知道吗？”

夏辰冷哼一声：“满身阴气，若不是妖，你说说你是何物？”

我若说我是忘川河边的石头化的灵，他只怕又得说我是鬼怪。我琢磨了一会儿道：“你又怎么确定我是妖怪？”

“是与不是，我的三昧真火验过便知。”

我想了想，点头同意："可以，但是你必须在人多的地方，将我架在台子上烧，让民众都看见。最后若是烧出来，证明我不是妖怪，你必须用你大国师的身份向天下宣告你杀错了人。"

他被我这番话震得呆住，愣了半晌才道："休要耍阴谋诡计！"

"唉，你一个修道之人，心思怎的如此不纯？罢了罢了，我也正赶时间呢，就现在吧，你速速将我拖去烧了。"我随手把碗放在他身边一个侍童手上，"帮我洗一下，谢谢。"

我快步走出门，反倒是他与侍童们怔在屋中。我奇怪地皱了皱眉，又回去将他的胳膊一拉："怎的跟个娘儿们似的，上次你陪着那除妖师杀我的时候，下手可没这么犹豫。"

待走到菜市口，已有军士将架子搭好，我瞧着有几个士兵很是面熟，好似那日陪着施倩倩来找麻烦的人。这里应当都是将军府的人，看来大将军是很想置我于死地啊。

军士们见到我毫发无伤地拖着国师来到这里，一时间都傻了。我翻身一跃跳到台子上，身形飘逸轻灵看得围观群众一阵赞叹。

我用绳子将自己草草地绑了绑，冲下方的国师招手唤道："哎，好了好了！"

大国师此时却没有动手，紧蹙着眉头望着我。我也将他干望着。

突然，旁边冲出一个妇人，是那日陪着施倩倩上门来挑衅的女人。

她冲着我大吼大叫起来："就是她！她是妖怪！她魅惑了尚书郎的神志，又对我家小姐与少将军施以毒手，以至于我家小姐与少将军至今不醒。国师，大国师，你一定得帮我们将此妖除了，以绝后患啊！"她拉着国师的袖袍一阵哭号，哭得当是听者流泪，闻者伤心。若她指着鼻子骂的人不是我，我怕是也会与她同仇敌忾一番。

国师的眸色冷了冷，挥袖拂开她，冷声问我："可有何辩解？"

我叹气："我真不是妖怪。"

一个鸡蛋砸在我的衣裙之上，穿着富贵的小孩自人群中钻了出来，举手又砸了我一个：“你欺负阿姐！你是坏人！你抢了我阿姐喜欢的人！陌溪哥哥明明是喜欢我阿姐的，都是你！”

看着衣裙上的两个碎鸡蛋，我不由得皱了皱眉头，而更撩拨我心弦的则是他那两句话。我冷笑一声，指尖一动，那小子便被我隔空举了起来：“小子，你姐喜欢他，可是他喜欢的是我。”

他在空中左右挣扎着。那中年妇人的哭号声越发大了，一直叫着：“妖女，休要伤害我家小少爷！”周围的群众也是一阵吵吵。

“休得伤人！”国师冷喝一声，我只觉身上捆绑的绳索一紧，指尖无力，那小子自空中落下，被妇人接住。

紧接着浑身一灼，一把火自我的脚底燃起。

三昧真火。

这凡人还真的修得了三昧真火，着实不易啊。

其实我是怕火的，冥界的灵物没有几个不怕火。只是若要验出妖怪与灵物的区别，用火炼一炼确实是个好办法。因为妖怪被火烧过后会留下内丹，而灵物或是人类被火烧了之后则什么都不会留下。

我并不怕死，因为从某种角度来说，我从来就没活过。黄泉路，忘川河，是我的故乡。

我本就生在已殇之地。

火灼烧得我浑身剧痛，恍惚之中，我好似看见了人群之中着急挠头的石大壮。他斗不过夏辰，更是没办法熄灭这三昧真火，急得直转，而他的动作引起了夏辰的注意。

夏辰一挥手，石大壮的脚边立时闪出一道火焰。石大壮骇得不轻，他周遭的人也立时跑了个干净，待得夏辰还要再出手时，夏衣不知从哪里挤出来将夏辰的手抱住：“哥！哥！你放了他们吧！你放了他们！小衣以后都听你的话，你让我嫁谁都行！我都听你的！”

夏辰挥手甩开她：“荒唐！还不回去！”

夏衣又扑上去将夏辰拽住，手中不知捻了个什么诀制住了夏辰一瞬，夏衣大喊：“还不跑！”

石大壮一咬牙，施遁地术不见了踪影。

当真是一出苦情极了的戏码……

而便是在这出戏当中，我的五感渐渐飘离，下面的人脸开始变得朦胧，嘈杂的声音变成了我耳边的嗡鸣。

我仰头，看见了我的老熟人。他们正在半空中看着我被火焰包裹灼烧。我想与他们打招呼，却痛得什么都做不了。

不知过了多久，我身上的灼痛感渐渐轻了，黑爷、白爷一转手，我便到了他们身边。身子久违的轻盈。

“哈哈！”黑爷大笑着拍了拍我的肩，“见过这么多死法，三生，你这浴火的模样看得我哥儿俩都被震撼了几番啊。”

他脸上的表情是如此欣慰，让我不知该说什么好，唯有拱手与他们客套了几句，转头往下望去。周围的群众和那个妇人都欣喜不已，欢呼着大国师的名字。唯有夏衣一脸苍白地颓然坐于地上。

而那国师却独自走上高台，双眼在一堆灰烬中寻了一番，脸色渐渐变得苍白。

黑爷唤我：“走吧，回头和哥儿俩说说，你这一生过得如何。”

“等等，你们且在这里等我一下，我……我还有点事未完。”

他俩对视一眼，白爷道：“战神？”

我点头。

“速回。”

皇家龙气依旧浩然，好在我现在已成了灵体，进去要容易多了。

我看见陌溪时，他正站在皇帝的书案对面。

他躬身道：“愿皇上能保我妻平安。”

皇帝品了口茶道："女子终归只是女子。"

"皇上，三生乃臣之命魂所系。"

我心中一荡，温暖满满地溢出，落在他身边。我从他身后圈住了他："陌溪，遇见你，三生有幸。"

陌溪身子微微一僵，轻轻向后转过了头。他自是看不见我的，却不知怎的好似有点愣神。

书案后的皇帝放下手中的茶杯，重新开口："昨夜大国师上急书求见，与我说大将军府近来的动静当真是你那妻子的动作。国师总是不会看错的，你才华横溢，日后定为朕所重用，若再惹百官非议怕是不妥，那些妖物还是别再接触了……"

"三生并非妖物。"陌溪抬头看着皇帝。

皇帝身边的太监立即高喝："大胆！"

皇帝摆了摆手："昨夜我已下令，着大国师今日亲自捉妖并将其除于菜市口……"

陌溪像被什么力道推了一把似的，蓦地退了一步。没等皇帝将话说完，陌溪倏地转身，不顾皇帝的厉声呵斥，穿过我的身体，疾步走出大殿，而后脚步越来越快，越来越快，最后径直在庄严宫廷的道路上疾奔起来。

他跑得那么快，好似恨不得能飞一样。

我一路跟着他。

他奔向菜市口，然而走得越近，看见周围的人越多，他的脸色越是苍白，脚步越是踉跄，就像快走不了路，喘不了气似的。

他终是到了夏辰将我烧死的地方，彼时夏辰正站在高台之上，手握一把白灰，神情凝重而晦暗地道："我以大国师之名，为此女三生澄清，她并非妖怪。"

人群猛地寂静。

此时，所有关于人间的嘈杂都在我耳边隐去，我只见陌溪眸中一空，往后退了两步。

我想上前扶住他，手却穿过了他的身体。

我叹息了一声。

“三生……”他轻呼我的姓名，带着无法诉说的悲怆。

我答：“嗯。”却恍然想起，他现在已听不到我的声音，看不见我的身影了。

“三生。”

“我在。”

而在他眼中，我已不在。

陌溪的此生，三生已不在了。

他遥遥地望着那高台之上在大国师手中飞扬的白灰，追着灰烬飘散的方向失神地挪了两步，伸出空荡荡的手掌去承接随风落下来的白灰。我忍不住走到他跟前，轻轻将他的手握住。飞灰落下，穿过我透明的手落在他的掌心里，灰烬好似还带着火焰的温度般将他灼痛。陌溪指尖一颤，身形变得那么僵硬。

白灰纷纷扰扰如雪散下，撒在陌溪的肩头、身上。他攥紧拳头，置于胸口，俯首轻问：“这便是你说的一辈子？”声音里藏着我数不清的隐痛，“这便是你说的一辈子？”

他身体微微晃动，像是站不稳了一样：“你骗我，三生……你骗我……”

好似被剥夺了所有力量，陌溪像稻草人一样直挺挺地倒下，地上尘土腾起，旋转，落下，和着漫天的飞灰，像要把他掩埋了一样。

我蹲下身去想扶他，白爷却在我身后冷声道：“该走了。”

我看着陌溪，在心里默默地把他这一世我能看到的最后的模样刻下。

“走吧。”我转身，踏上黄泉路，“我们走慢点吧。”

让我再贪婪地呼吸一口与他同在的这世间的空气，哪怕只多一瞬。

再踏入冥府的那一瞬间，我脖子后微微热了一下。是冥王给我留的三个印消失了一个，这表示陌溪许我的三生已完结了一生。

回冥府后，我不再喜欢沿着忘川河独自散步了，因为再如何走也只是一人。我日日倚在石头边等着陌溪再入下一世，然后我就和他一同去人间历劫。

在冥界的时间总是过得飞快。

其间我遇见了夏衣，她好似在人界过得不太好，只对我笑了笑便去转世了，我甚至都没来得及问一句她和石大壮后来怎样了。

当我又等了许久，看见一个算是熟人的身影时，我方知人界已经过了数十载。

我笑吟吟地将他望着，他也看见了我，愣怔了一瞬："你？"

"夏辰，好久不见。你的容貌倒是没多大变化。"

他并不理会我的打趣，眉头微皱："为何还不入下一世？"

"我等人。"

我这话说得理所当然，倒让他又是一愣。默了半晌，他叹道："是我害得你们天人永隔……"

我摆了摆手，正要说这一切都是天命劫数，他又道："你在冥界等了他一生，他在人间为你守了一世，断了你们今生的缘，是我的过错。"他顿了一顿，似乎想到了什么，坚定地道，"因果循环，此生我欠你们的，下一世定会将它还回来。"

"不用不用。"我忙道，"这是我与陌溪之间的事，犯不着将你这外人扯进来。"

他摆了摆衣袖，摇头叹气，翩然而去。

我想这人在人世间活得过久，总是免不了有用自己的观点去揣度并且确定别人的心思这个毛病。

他今世再是个道法高深的国师，一碗孟婆汤下肚，一座奈何桥跨过，一口轮回井跃下，前尘往事也会皆忘得干干净净。

下一生永远弥补不了上一世的过错。

夏辰转世之后，我琢磨着陌溪也该到冥府来了，便每日照着忘川河梳洗打扮，将自己弄得整洁得几乎与阴森的冥界有点不搭调。无事的时候，我便在石头下学着凡人的模样，捡根棍子，画着圈圈，嘴里喃喃着：“陌溪快下来，陌溪快下来。”

许是我的诚意终于感动了上天，那日我将自己装扮好，刚在石头下摆了个姿势，陌溪践踏着黄泉路的彼岸花，怒气冲冲而来。

是的，他怒气冲冲的。

我还在怔神，一团明晃晃的火焰带着灼热砸到我的脚边，我骇了一跳连忙躲开。

周围看热闹的灵物和冥差们一见到火，便立即消失了身影。

我不明所以地望向陌溪，此时他的相貌一如我第一次见到他一般——天人之姿。

只是这天人发起火来着实让人莫名其妙。

我心中有点委屈，等了这么久将他盼来了，一见面话都未说一句，他便直接对我动手，真是甚伤我心，甚伤我心！

他欺身过来，动手便要扣我的手腕，我护着命门往旁边一躲，险险地避开了他的爪子。

他冷哼一声道：“这倒是知道躲，这倒是知道害怕了，你怎的不由着我抓、由着我烧了？知道自己这条命得来不易，舍不得去了？”

我琢磨了一下他这话的意思：“陌溪，你是在气我？”

“气？”他冷哼一声，“我何气之有？你护我一生，又以身做盾替我挡劫，我谢你都来不及，哪敢有气。”

我张了张嘴，想说我确实不知你有什么好气的，然后想戳破他这个言行不搭的表现，但是看见他眉间的怒火，我还是闭嘴忍了下来，心中的委屈更甚。

见我一脸委屈，泪眼蒙眬地将他望着，他的面色僵了僵，生硬地道：“不许哭。”

我依旧眼睛波光潋滟地将他望着。

他额头青筋跳了几下，扶额忍了许久，终是长叹了一口气：“罢了。”他眼神一软，伸手拍了拍我的头顶，无奈地笑道，“说到底，其实是我的过错……”紧接着他面色狠狠一沉，“你身上的阴气怎么如此重？”

我娇羞地掩面：“因为想着你快来了，所以我日日用河水梳洗。你瞧我如今这模样，可喜欢？”

陌溪沉默了半晌。

我道：“我日日将东西好好收拾着，就盼着你下来。陌溪，你什么时候去转世，我同你一起去。”

他紧蹙着眉头：“一起？”

“当然。”

他翻转手腕，将一道金印打在我身上：“五十年内，你不得出冥府。”

我大惊：“为何？你说过许我在人世活三生的。”

“没错，不过是让你五十年后再去罢了。”

“可是你也答应过让我勾搭你的。”

“五十年后你自可去勾搭。”

“可那时你应当是个行将就木的老头子了，我找到你后与你一起的时间会变得很少！”

“如此，便别找了。”

言罢他迈步跨向奈何桥，我气得抓了一把泥直接砸到了他的后脑勺上。

他背对着我，我不知道他是怎样的表情，只见孟婆突然跪了下去，俯首磕头，恭敬地道：“神君恕罪。”

我这才想起，冥界黄泉路上的泥土当是这三界中极肮脏之物，我将这泥砸到了他的头上，对天上的神君来说，是天大的侮辱。

他侧过脸来，嗓音微冷：“我不想让你成为我的劫数。”

这话说得莫名其妙，我一时理解不了，只见他头也不回地喝了孟婆汤，前往下一世。

他定是嫌我多管闲事，不想与我在一起了。这么一想，我顿时觉得无比心酸，一头撞进石头中，好生泣了一番。

别人若是欺负我，我定会十倍还回来，可是陌溪欺负我……他欺负我，我便只能让他欺负着，既打不赢，又放弃不了。

不知哭了多久，石头外传来呼唤声：“三生姑娘，哎哟，我的三生姑奶奶，别哭了别哭了。”

我自石头中探了个脑袋出去，眼睛红肿地将来人望着：“冥差甲，何事？”

冥差甲摸着额头摇头叹道：“这几日从你石头里淌出来的水都能让忘川河升上几米了。一块石头泣成这样实在不像话，过奈何桥的魂魄们被吓得魂都快没了，冥王特让我来传你，想给你疏通疏通心理。”

我点了点头，颓废不堪地随着冥差甲去了冥王殿。

这任冥王长得精瘦，却是个吃货。我见到冥王的时候他正在吃肉，握着一个猪蹄啃得好不欢乐。

我对他点了点头：“冥王。”

“嗯，三生来了。”他一挥手，旁边的冥差给我送上了一个猪腿，油腻得让我反胃，便摆了摆手让冥差退了。

冥王瞅了我一眼道：“听闻你这几日正为陌溪神君伤情？”

听到陌溪的名字，我鼻头一酸，又是一副泫然欲泣的模样。

“别、别、别！”他连声阻止我，“今日我找你来便是要替你解这心结的，你若是再哭下去，忘川水只怕真得泛滥一次了。”

冥王抹了把嘴道：“三生，你可知陌溪神君此次下界是要历哪三劫？”

我摇头说不知。

“爱别离、怨憎会、求不得，此三劫乃佛家八苦中的三苦。神君上一世历的是爱别离这一劫。司命星君的命格本上写的是，陌溪神君与大将军之女施倩倩相互喜欢，却碍于阵营不对，一生生离，是爱别离。但是他的命格被你的出现打破了，他本该孤苦一生，却因为遇见了你，与你相守多年，暗生情愫。你想替他挡劫，以死替他铺平了前方的路，他一生与你死别也是爱别离。你阴错阳差的也算成就了他的劫数。”

冥王顿了顿，叹气道：“你未在前世镜中看过陌溪神君在人间的模样，啧啧，本是那么寡淡随和的一个人，却为了你，硬逼着皇帝斩了大将军的九族。他应当是对你用情至深，一生未娶。回到冥界之后，前尘往事皆忆起，照理说他是天上神君，清心寡欲，本不该执着于过往，他却依旧对你那番表现，嗯……可见余情未了啊。如今神君将你锁在冥界五十年，无非是想将你去人世的时间与他错开。他不想让你再变作他的劫数。”

冥王道：“他是在护你啊！”

我听得怔住。

“天上的神仙们大多瞧不起咱们冥界的人，三生你好好干，把这陌溪神君勾搭住，咱们冥府……啊哈哈哈哈，你懂的！”

冥王猖狂的笑声在我耳边变得遥远，我脑海中只有一句话飘过去飘过来地晃荡。

“他是在护你啊！”

卷贰

怨憎会

第十一章 五十年

我从不知道有一个五十年叫作“如此难熬”。

终于满了这刑期之后，我向冥王打了个招呼便转世了。

我寻思着，这一生不去找陌溪，他下一次回冥界之后若是再给我下个五十年的印该如何是好？我索性便依着他所想的，就在他垂垂老矣的时候去勾搭他。听说这种年岁的男人才是最容易出轨的，事业有了家庭有了，该享受的享受过了，生命就缺少一点刺激。

我便去轻轻刺激他一下，勾搭什么的自然不在话下了。

我想得美好，但万事总是有些意外的。

在冥界合计待了百年的时间，我身上的阴气比我第一次来人世时少不了多少，而且我刚出来，阴气还很新鲜，不一会儿便如腐肉引来苍蝇一般，引起了一群小天师的围攻。

这当真是一个太喜欢降妖除魔的年代，这群小天师的年龄加起来乘以十只怕都比我小上几岁。他们的表情皆凝重沉稳，我最不擅长应付这样严肃的孩子，便学着冥王的腔调威胁他们：

“兔崽子们滚开，否则我就炖了你们吃掉！”

“大胆妖孽竟敢口出狂言！”为首的一个孩子用剑指着我道，“我今日非让你灰飞烟灭不可！”

我挑眉看着这小子，年纪轻轻杀气却这么重，这品行着实没教好。我摇头叹气地将他师父埋怨了一番，正想使个诈脱身逃掉，远方突然传来一声女子的清喝：“长武速速退开。”

那人身着白衣，丝带翻飞翩然而来，宛若天女降临。

我看得一阵赞叹，没想到这俗世中竟还能养出这么轻灵的人儿。可我还未赞完，她手中就突然祭出一条白丝带，顺风射来，将我死死裹住。

我挣扎了一会儿，发现这货的材质好得让人诧异。

周围的孩子们齐齐向那女子跪下道：“师祖。”

师祖……

女子轻轻点头，叫他们起了，上前来将我好生打量了一阵：“倒是个水灵的妖物。”

我笑：“你也是个水灵的天师。”

她冷冷地扯了扯嘴角：“我虽看不出你的来历，但是被我的缚魂丝锁住，你就是有天大的本事也逃不了。”

我暗自与这什么丝较了较劲儿，觉得我没有天大的本事，这东西也确实是个绑人的好东西，但是若要搏一搏的话，这货还是绑不住我的，这姑娘说的话着实太没见识了。

“将她送回流波山，交由门派长老处置。”她对小童们如是吩咐，“我听人说，此处西边百里处尚有一妖，我且去将其除之，便不陪你们回去了。这妖物虽已被我绑住，但她的妖力我无法预估，需得谨慎对待。万不可让她寻到什么可乘之机。”

众童子恭敬地答了声是。

我琢磨着，现今我才来这世间，要寻陌溪也没什么头绪，不如与他们同路，少了其他天师的骚扰不说，还能顺道探探陌溪的消息。

不是个亏本买卖。

严肃的小天师们将我“押解”上路。看到他们这个样子，我总是无比想念上一世的陌溪。这群孩子之间，只有一个尚有点人味。他道号叫长安，是个文文静静的爱害羞不爱说话的孩子。

他的模样与上一世的小陌溪有点相似。

我喜欢看他，但每每我盯着他看的时候，他总是吓得面色青白，我不明所以，左右打听了一番才知道，这孩子是怕我哪天挣脱了束缚，将他抓去采阳补阴。

我顿时汗颜，且不说我是个灵物，不用做这些事，也不说这么个孩子有什么阳可以采，我即便是要采……我便是要采，也得先采了陌溪不是。

自那之后，我便克制着自己，不用那么赤裸裸的眼光去看他了。

在路上，我听小天师们说，而今这天朝皇帝喜欢与天师论法讲道，连带着民间的道术也兴盛不少，许多达官贵人也愿意把自己的孩子送去修行。而我们如今要去的这流波山比起普通的修行之处还要高级许多。

它是修仙的。

小孩说这话的时候满脸骄傲，好似做了流波的弟子是几百年修来的福分。我却凉凉地想，凡人飞升这事不是没有，只是千百年来就只有那么一两个人成功，上一世遇见的大国师夏辰当算是个天才了，可最后还是没能修成仙人，可见这概率着实小得可怜。

我将这话与他们一说，小天师们不满了，嘟嘟囔囔地说他们家仙尊便已经快到飞升的时候了，说那重华尊者是这世间最厉害的修行之人。我听得不以为然，也懒得与他们争，便没再谈论这个话题。心里却将这个重华尊者记下了，只道此天师别像上一世的除妖师与夏辰一样榆木脑袋才好。

小天师们看着面疙瘩那么大点，但是脚程很快，不出几日便到流波山了。

一路上没怎么探到陌溪的消息，我甚是沮丧，正想趁着他们还没入山前找个机会撕了这什么丝逃掉，不料我手腕上的金印有了反应。

它就这么微微一热，我“咦”了一声，尾音都还没落，只觉一股强大的气息自头顶扫过，卷得我满头的毛飞舞得好不欢乐。

待我拨开覆了满脸的毛，却见周围的小天师们对着一个方向齐齐跪下，齐声喊道：“仙尊！”

嚯，这货竟是流波的老大。

我定睛一看，瞬间便乐傻了。当真是踏破那什么鞋，得来全不费什么啊！

这可不是陌溪嘛！

但他如今看起来不过二三十岁的模样，半点没有年老衰败的样子，哪像一个在人世活了五十年的人！

我转念一想，也对，他今生做了个修仙的人，修的是仙家道法，虽然谈不上长生不老飞升为神，但是驻颜应当是不在话下的。我不由得在心中偷笑，陌溪啊陌溪，你想了法子躲我，却不料上天比你安排得更巧妙，这下我看你要如何躲我。

我嘴角刚咧出一个笑容，三柄长剑“唰”地射到我身边，剑上凌厉的杀气骇得我虎躯一震，我敛了笑，傻傻地将陌溪望着。

这三柄剑却不是他发的，而是尾随他来的另外三位白眉长胡子仙人扔过来的。那三人皆皱眉凝神，无比严肃地将我盯着。

陌溪冷冷地道：“何物如此重的阴气。”

我只是将他看傻了去，他这样的眼神……这样的眼神……上一世，他看施倩倩便是这样的眼神。

不知为何，我心中竟有些怕。我从不喜欢解释，此刻却不由自主地解释：“我身上的阴气虽重，可的确不是妖怪。我是石头化的灵，我叫三生。”

三位白胡子天师相互看了看，显然是不大明白我说的话。陌溪眉目一冷:“非我族类，其心必异。当杀。”

他这话说得决绝，我伤心之余又起了一股怒火，不明白陌溪这一生怎么投成了这么一个榆木脑袋。我尚未来得及说些什么，立在我周身的剑光暴涨，缠住我的白丝带也倏地缩紧，勒得我生疼。

我心中怒火更甚，我活了千余年，除了有时自己抽风找虐，还没有谁敢这么对我，当下便运起灵力动了真格与他较量。

他若是战神陌溪，此刻我便只有乖乖等死的份儿，但现在他只是修仙的陌溪，身体里了不起有四十来年的法力，即便他道术再高深，天赋再如何好，与我硬碰硬也是讨不了好处去的。

我们对峙了不过半刻钟的时间，陌溪的脸色便有些泛白。我琢磨着是不是不该仗着活了千年的岁数来欺负一个历劫的上神，正想撤手，陌溪嘴里猛地喷出一口黑血来。

我吓了一大跳，忙抽回灵力。

这……这，难不成我的灵力已经强到我无法控制的地步了?

我深感诧异。

那三位白胡子老道惊呼一声“重华尊者”，便立即将陌溪扶住，替他诊脉。周围一圈流波弟子也呼啦啦地围了上去。

我倒不担心他死掉，即便他死掉，我或许也是不大担心的。他“怨憎会”这一劫怕是还没有过，没有历过劫，他是不能再入轮回的。

那边的孩子们担忧地围了一会儿，其中一个突然站了起来。我识得他，他便是那个杀气很重的长武。果不其然，他立时拔剑出鞘，指着我，恶狠狠地道:“妖女竟趁着我仙尊重伤在身对他下毒手！实在该诛！”

他这一吼，顿时群情激愤，小天师们纷纷拔剑出鞘，怒气冲冲地指着我，连素来怯懦的长安也是一脸通红，同声吼着要斩了我除魔卫道。

我最受不了的便是小孩子围着我叽叽喳喳地要糖，而今这状况虽与要糖差了许多，但在我看来也是差不多的。

我立即投降："好好好！随你们处置，随你们处置！"

话一出口，那群孩子左看看右看看，没谁敢出来拿主意。

最后还是一位老天师抽空吼了一句："将她关入灵湖千锁塔！"

流波山中有一深潭，面积不大，下面却深得可怕。此湖中灵气四溢，流波弟子将其称为灵湖，天师们花费好几百年的时间在湖底建了一座千锁塔，专用来关为害世人的大妖怪。

我站在湖边看着，下面的塔在水波荡漾中若隐若现。我摸着下巴想，这确实是个关妖怪的好地方，一则灵力四溢，可以抑制和净化妖怪的妖气；二来，这是在水下啊！不能呼吸，再是强大的妖怪憋个百八十年照样得翻着白眼浮尸其中。

但是对我等灵物不一样，天地纯正的灵气正好有利于我的身心，是个方便我修行的好地方。当下我没挣扎什么，由着童子们给我戴了百斤沉的铁石脚链，又施了避水术将我带去了湖底。

湖中风光很不错，我凉凉地想。

被关进千锁塔后，童子隔着铁门对我吼什么塔中有符，强行闯出会死得很难看之类的话，我不甚在意地将柱子上的符纸随手撕下一张把玩起来。

这是关妖怪的地方，什么布置都是对付妖怪的，都说了好几千遍我不是妖怪了，这些人类怎生得如此迂腐蠢笨！

连陌溪也如此……

想到这个我气得有些委屈，鼻头酸了一阵还是压了下去。

闲闲地在塔底逛了一圈，我找到了一个楼梯的入口。那里闪着夜明珠的光往上延伸而去，直至塔顶。塔顶上似乎有个东西，隔得太远，光线又不好，我看不真切。好奇心一起，我想反正现在也无事，便顺着楼梯慢慢向上爬去。

待看清塔顶的东西时……嗯，应当说是那个东西中关着的人时，我突然很想笑。司命天君当真是个喜欢狗血缘分的天君，这人可不是上一世的大国师夏辰嘛！

虽然他现在眼睛是绿的，发着幽幽的寒光；虽然他现在头发是白的，妖异诡谲；虽然他这模样怎么瞅怎么是个危险的妖。但他此刻被铁索缠着手脚，拉扯在半空中挂着，外面还罩着一个密实的铁笼，处处贴着符纸，捆得结结实实的。

想来当初他被抓来时应当是个叱咤风云的大妖怪。

我心里想着，前世的陌溪恨极了道貌岸然的修行之人，这一世自己却成了个和除妖师一样恨妖至极的修仙者，而前世以斩妖除魔为己任的大国师，此生却成了一个被关在流波仙山湖底的大妖怪。这倒是个成全因果的安排。

“哟！好久不见！”我摆手冲他打招呼。

“你是谁？”他声音沙哑，吐词僵硬，想来是在这里被关了许久了。

我笑：“我是三生。”

他皱眉：“我们认识？”

我摸着脑门想了想：“不算认识吧。”

接下来便没了话。沉默得无趣，我左右打量了一眼这千锁塔的顶层，上方比下面要亮堂许多，因为在塔顶开了一个洞。

我奇怪，把这妖怪绑得这么结实，却把这个洞开在他的眼前，就不怕他找到机会跑了吗？又或者是流波的天师们都自信地以为这个千锁塔真的能将所有妖怪锁死在里面，给他开个洞，让他艳羡一番外面的世界，日日沉郁，郁闷至死？

我咋舌，这些天师当真毒辣，毒辣至斯！

我这方还未幻想完，他轻轻开口道：“你让开。”

我一时不明白他说这话的意图，但也顺着他的心意乖乖退到了黑暗处。

不一会儿，只见塔外的湖水变化几番，一抹阳光透过塔顶的洞射了进来，恰巧打在他的脸上。光线太强，衬得他的面色苍白得可怕。

那双绿幽幽的眸子变化了几番，慢慢浮现一缕痛色。

我惊骇地看见他的皮肤如被灼烧一般慢慢红肿起来，阳光越来越盛，他皮肤上的红肿起了水疱，有的甚至破开流出了脓水。

他的表情却只在开始的那一瞬出现了疼痛，之后越发沉寂下来。

在冥府中看过那么多刑法，可是这一幕依旧让我胃中翻腾。我实在是看不下去，将外裳一脱，扔过去覆住塔顶的那个洞，阳光被衣服这么一挡，顿时弱了不少。

又过了半个多时辰，太阳才慢慢从塔顶挪开。

我恍然想起，方才是正午时分，如此说来，这人每天都会被阳光如此灼烧一遍？

“多管闲事。”

他给我的行为做出如此评价。

我大度地不与他计较：“你在这里被关了多久了？”

他沉默了一会儿，冷冷地笑道：“兴许是十年，又或是二十年，谁知道呢。”

我叹了口气，觉得他很可怜，但是心中对他此生的命运甚是好奇：“为什么会被关进来？谁把你关进来的？”

他沉默着没再理我，我想，每个生物的心中难免都有一些小破事是不愿与人道出的，于是便没有再问他，而是转了话题道：“你想出去吗？”

“想又如何，不过是妄想。”

我得意一笑道：“如果我有办法救你出去呢？”

他抬头看我，绿幽幽的眼眸闪得好不明亮。

“嗯，我见你不是一个很坏的家伙，毕竟方才那太阳射进来的时候你还好心地叫我躲开了。我虽不知你是为何被困在这里的，但是被困了这么久，什么惩罚都够了。说起来你我算是有点渊源的熟人，我便好心救你一下，但我这也不是白救的。你今日承我一恩，他日一定要报答回来。”

“你想要什么报答？”

“最近有几个小屁孩甚是招我讨厌，奈何我是个心善的姑娘，对他们下不去手，你出去之后便好好替我打打他们的屁股，不要多了，一个月下不了床就是。”我想了想，“对了，其中一个要特别照顾一下，让他三个月下不了床才好。我来细细与你说一下……”

第十二章 呼遗

大国师夏辰此生的名字唤作呼遗，是个狼妖。

我上蹿下跳地替他将贴了一身的符撕了个干净。呼遗望向我的眼神越发惊异，最后竟隐隐透出些许畏惧来。

“你到底是何人？”他如是问。

我抓了抓头发，随手一挥，断了数千条粗铁链，有点苦恼地道：“我也真心不是人。”

铁条断作数截，沉在了千锁塔的底下。呼遗临空浮着，白发飘散，绿幽幽的眼眸中泛着一丝冷光，我对他心中到底是有多么欣喜并不感兴趣，打了个响指道：“帮我做完这事，你就完全自由了，走吧！”

呼遗却沉默了半晌，道：“流波千锁塔，只能进不能出。”

“不能出？”我好笑地看了他一眼，“我在人世上混的时间不算太久，但好歹也知道个不能强买强卖的道理。只让进不让出，就像商品有问题却不让退货一样蛮横。流波的天师着实没理。”

“他们便是蛮横又如何？这世道本就是强者说了算。”

“这话倒是合我心意。”我笑道，“那么，现在咱们便毁了这塔吧。”

他讶异地望着我。

我眯眼笑得开心：“强者说了算嘛。”

很久很久之后，当冥王与我说起现今这桩事的时候，依旧是一副感慨的表情：“当真是个石头的脾气，这灵湖灵塔，你说毁就毁了，搅得一湖水跟忘川河一样阴气沉沉的。你可知陌溪神君暗地里替你背了多少责罚？也就是因为如此，他下一世的劫才会那么难渡啊。”

而现在的我不知以后会有怎样的后果，全凭着自己的情绪，手一挥，乱了一池春水。

当天晚上，整座流波山都为之一震，所有流波弟子皆从睡梦中被惊醒，而后……流波山的孩子们被打得哭号了一夜。

那真是此起彼伏的哭声啊。

呼遗在前面动手，我就在后面捂着嘴偷笑。当找到长武之时，我拍了拍呼遗的肩膀：“三个月！三个月！”

呼遗会意，身形一闪，行至长武身边，当众扒了他的裤子，“啪啪”两巴掌落实了，长武的臀也狠狠地肿了起来。小孩平时再如何狠戾，此时也被吓傻了，等感觉到疼痛时，眼泪已哗哗地流了下来，号啕大哭。

我看着不胜欢喜，心里面也觉得有些不忍，便上去踩了他红肿的屁股两脚，挥手叫呼遗把他放了。

呼遗皱眉。

我问：“怎么？”

“如此他便有半年也不能下床了。”

“哎呀！”我惊讶地捂嘴，“我下脚很重吗？”

他转头看着我：“你说呢？”

我摸头，傻笑不语。

呼遗看着缩在院子角落里的最后一个没被打哭的孩子，转身便要去抓他。我忙将呼遗拉住："这小孩就……"别收拾了。

话还没说完，空中突然劈下一道惊雷。我与呼遗跃身躲开，齐齐望向空中。

其实仅凭着手腕上微热的印记，我便感知出了来者是谁。

陌溪，这世的重华尊者。

他见了一院子趴在地上抱着屁股哭的孩子，眉头一皱，目光流转地在我身上绕了个圈，最后落在了呼遗身上。两人目光交会，一时让我莫名其妙地觉得有些寒凉。

陌溪身后急急闪过数十道人影，是流波的长老和师父们赶到了。

长辈对这些小辈心疼得很，听闻一屋子的孩子号哭，个个都气得脸色发黑，转眼看见了我和呼遗，面色又是一变，场面一时杂乱起来。

他们嘈嘈杂杂地闹作一堆，我不胜心烦地掏了掏耳朵，对呼遗道："嗯，我说到做到，你帮我出了气，我助你找回自由。我看你这表情就知道你不喜欢待在这里，爱去哪儿去哪儿吧。"

呼遗还没答话，那方一个白胡子老头站了出来，指着我们喝骂道："流波岂是你们说来就来说走就走的地方！妖物呼遗！我尊者念在往日情分上饶你不死，而今你做出此等辱我流波之事，是何用意？"

我细细品了这番话，体会出个一二三来，其一，呼遗从前与此生的陌溪是认识的；其二，呼遗或许正是被陌溪封印在千锁塔中的；其三……依着现今陌溪如此讨厌妖物的性子来看，他竟没有杀了呼遗，有内情啊！

我抱起胳膊，在一旁闲闲地看起戏来，只可惜现下没地方可坐，也没有零嘴让我嗑一嗑，少了些风趣。

呼遗扯着嘴角冷冷一笑，道："我并未求你们尊者放过我，永世囚禁，倒不如让我去冥界重新转世，省得活受罪。"

我颇为赞同地点头。

"不知感恩的妖物！"说着，他拔剑出鞘，闪身过来，作势要杀呼遗。

我将呼遗往身后一拉，反手接了那老头的招数，拎住呼遗的衣领，也不等他再说什么，将他往空中一扔："走！"

阴气打在他的后背上，瞬间将他推了出去，不知去到何方……

有几个模样看起来很厉害的人转身便要追，我凝气低喝，一波狠戾的阴气荡了出去，压得那几人捂头呻吟。我道："你们要抓他就改日吧，今天我既然和他做了买卖，就应当是笔诚信的买卖，要保他全身而退才是。"

"妖女休要口出狂言！"

我盯着这多话的老头露出嘚瑟的笑："是不是狂言，你来试试呀。"我的表情将这个死板又较真的老头气得一抽一抽的，他握着剑便要向我劈来。

此时，远方突然传来一声仓皇的呼唤："师父！师父！"一个流波弟子急急地御风而来。那弟子落地后腿一软，一个没站稳，扑腾了一番，连着滚了好几个跟头，终于栽到了这老头面前。

"仙尊！师父！千、千锁塔……千锁塔毁了！"

众人怔住。

我淡定地挑了挑眉，目光在这群天师变幻得几近诡异的面容上扫了一圈，但见他们最后都将惊骇的眼神挪到了我身上。我眨巴眨巴眼睛，耸肩道："嗯，我不曾想到那什么塔这么不经收拾，轻轻地鼓捣了几下……"他们越发诧异的眼神看得我心慌，最后我只得摸着头傻笑，"哈哈，它就变成一团团粉在湖中飘散开了，啊哈哈哈哈……"

他们一个比一个气得厉害，却不见我动，连要逃跑的意思也没有，流波的这群老头不由得犯了难。他们不知该如何处置我，关也关不住，打也打不过，愁得直跺脚。

其实我一直没有逃离流波的打算，即使是放了狼妖，毁了千锁塔，连带揍哭了他们这一群小天师，我也没打算逃的。

我想，即便这一世的陌溪不那么讨我喜欢，但我也不能让他落到别人的手里，至少我要守着他的清白，守完这一生。或者让我在这一生里毁了他的清白，演一出聪慧痴情女强取豪夺禁欲清修男的虐恋故事。

我这边正在脑里把故事补得绘声绘色，那方的我家陌溪终在斟酌一番之后，非常有魄力地说了一句："关至我的寝殿之后，由我亲自看管。"

在众人犹疑不定时，我第一个点头说好，惹得陌溪剑眉一蹙，目带怀疑地又将我上上下下打量了一遍。

我一想到此后能与他住进同一间院子里，便大度地不想与他计较他此时的态度了。

流波是当今修道界的圣地，而重华尊者又是流波的头，他的寝殿自然不会差到哪里去。

但是当我被带到他的寝殿里后，将他寝殿后的这一方小院一打量，登时眼眶一红，感动得险些落下泪来。

他雄伟的寝殿之后竟然是一块与整个流波有些格格不入的清幽梅园。此时人界正值初夏，是万物茂盛生长的时节，但是在陌溪这梅园之中仍旧覆满了白雪，红梅开得正艳，香气溢了十里，一看便是被人施了法术的。

"这……这花……"我声音微微颤抖。

重华的寝殿是不允许闲杂人等进来的，所以此时只剩我与他两人。他见了满园的梅，神色比早前柔软了许多，心情颇好地回答我："为数不多的喜爱之物罢了。"

我眨巴眨巴眼睛，散掉眼中的水汽。

陌溪，陌溪，你即便是喝了孟婆汤，也没忘了晴雪暗香，也还记得幽静梅苑吗……

你心里……是记得我的啊。

此梅苑被重华施圈禁之术，圈禁了此方地界的时间和空间，保得梅花永远停留在冬日里最美的那一刻，也让踏入的人无法再出去。这是一座牢笼，一旦谁踏入一步，便是他的笼中之物。

但是被陌溪圈禁，三生也心甘情愿。

见我踏入他的法术中，重华没再多言，淡漠地转身离开。我望着他的背影，伸手轻轻触碰着红梅之上的白雪，冰凉的雪却灼热了我的心房，让我不得不再一次确定这当真是情劫。

三生石，石头的情劫……

我被圈禁了几日，日子过得甚是无聊，再美丽的一片景色，看个两三天也足够我腻味的了。我琢磨着央陌溪给我送点话本子进来，供我消遣消遣，但是连着在结界边徘徊了几天也没见到陌溪的影子，我失望至极，至极失望。

我每天便趴在结界边，画着圈圈，要死不活地唤着陌溪的名字，自然，我此时唤的是重华这个名字。

但是，任由我锲而不舍地声声呼唤，他仍没有出现在我的视野之中。

倒是在我放弃呼唤他后，没有几日，他却出现了。

彼时我正在学着古人融雪泡茶。自然，我这里是没什么茶的，所以我砍了一树梅花，用树枝当柴，将梅花给煮了，看看这么多梅花能不能熬出锅粥来。

我这方正在琢磨着要不要再砍一株梅树时，重华一脸青黑地出现了。

我灿烂一笑，对他挥了挥手。

他疾步跨至我身边，扫了眼被我连根拔掉的那株梅树道："煮梅？"

我眨巴着眼，欢乐一笑道："尊者可觉得这是雅事一桩？"

他冷哼道："焚琴煮鹤在你眼中也是雅事？"

我正色道："这得看那琴用的是什么木，好的木头烤出来的肉自然是香的。这鹤也不能太老，老了杀起来也不大雅观。"

他嘴角一动，冷漠的脸有一角似已崩塌。他稳住情绪，声音比先前更冷三分："不许再动我的梅。"

我摇头，理直气壮地道："不行。"见他脸色难看得要发怒，我解释道，"若不是我实在闲得无聊透顶了，我怎会砍你的梅？所以杀死你的梅花的最终凶手是我的无聊，若是我不无聊了，自然不会理会你的梅花，而且先前我在那结界边号了那么多日，你都不曾理会我，逼我做出今日之举的是你。你若不想我动你的梅……”

“你待如何？”

“你得给我话本子，最新的话本子，还有瓜子和清茶。”

“流波的人从不伺候人。”撂下话，他转身就走。

我凉凉地道：“这梅花不肯长，能成这样的规模得长了不少年吧，得来不易啊，我会尽量替你节约一点的，一天砍一棵，保证棵棵物尽其用，绝不浪费。”

那边离开的身影微微一顿。

翌日，我一觉醒来，地上便扔了不少话本子。

我翻着这些故事，捂着嘴偷笑。陌溪啊陌溪，今生你就是个傲娇！

有了话本子的陪伴，我的日子要好过多了，左右在冥界也是过这样颓废靡烂的日子，我还不如在这里一边守着陌溪，一边伴着晴雪暗香，乐得自在逍遥。

可这逍遥的日子总是难免混进一点奇怪的东西。

是日，天气不大好，我在小院里溜达了一圈，扰了重华几声，如往常一样没人搭理。我正打算回房躺着，忽见结界外西边的天上飞过来一个人，我细细一打量，这可不正是前些日子遇到的漂亮天师嘛，听说名叫青灵，她可是除妖回来了？

我这方尚未猜完，便见那天师去势一改，径直向我这处梅林撞来。

陌溪这圈禁之术可没有分别妖魔鬼怪的功能，但凡不经主人允许私自闯来者，除非是法力强大得能将这结界撞毁，否则必定被挡在结界外面。以天师这速度摔下来，无异于一头栽到青石板路上，必定当场摔成肉酱。我忙拍着结界大喊：“哎！你流波的天师要摔死了！哎！陌溪！”

我这后两个字刚一出口，忽见主殿内一道白光箭似的直直冲向天际，将那天师一接，身姿潇洒地落了下来。

看样子天师是落在结界里的，目测应当离我那小屋挺近，我小步跑了过去，还没靠近便听见那天师呕血的声音。我探近了一看，只见天师紧紧地拽着重华的袖子，而重华一边替天师把脉一边冷声问："青灵，何人伤你？"

青灵天师只艰难地吐出"灵玉山"三个字，而后便一口血涌出来，堵住了她的嘴，她没喘上气，被自己的血呛晕了过去。

重华忙扣住她的手腕，将体内灵气源源不断地往天师身体里送。然而越送他的脸色便越苍白，那天师呕的血也越多。

我闲闲地道："你再不撒手便当真要害死她了。"

重华也察觉到了异样，我话音刚落，他的气息便收了回去。

他前段时间才受了伤，估计不大经得住折腾，这一会儿工夫已让他额上生了冷汗，我贴心地将青灵天师身上尚算干净的衣服撕下来一块递给他："擦擦汗。"

重华调整了一番内息，睁眼瞥了我一眼，一句话也没说，将天师打横抱起便要往外走。我也不追，只坐在雪地上道："她受的伤，你们天师治不了的。"

重华脚步一顿，回头看我："你如何知道？"

"看你方才为她治伤便知道啦。"我招了招手，"你将她放下，我能治她的伤，嗯，或者说，我能解她的毒和咒。"

重华蹙眉，仍旧放不下心中对我这"其心必异"的家伙的戒备。对他这样的态度我虽不大高兴，但因着是陌溪，这些不高兴我便也通通忍了下去。

"我之前见过这天师一次，肤白貌美，气色红润，身体极佳，这三点她虽及不上我，但在这人世间也算个佼佼者了。可她如今印堂发黑，双颊凹陷，肤色暗黄泛乌，这一看便是体内有毒的征兆。再者，你助她调理内息时，自身亦受到影响，可见她这伤是会过渡到他人身上的。而法力这种东西一旦伤了谁，是断不会从一人身上过渡去伤害第二人的，所以唯一的可能便是毒了。最后，我瞧她呼吸紊乱，吐出的白气寒且阴冷，呕出的血略带黑点，依我所见，这当是阴瘴之毒。”

重华眸中的戒备隐去了些许，想来对我的话信了几分。

我拍了拍身前的雪地，让重华将天师放下：“你说，这来自冥界的毒，你们流波天师能解吗？”

其实这阴瘴之毒满冥界都是，空气里飘着，忘川河里淌着。只不过到冥界的不是精魄便是神仙，这些瘴毒对他们都没什么影响。而常年生活其中的灵物等更是练就了一身在阴气瘴气中提高修为的本事，对我来说，这实在是再熟悉不过的气息了。

是以，这天师一落下来我便看出其中端倪了，说这么大一堆话给重华听，不过是想显摆显摆自己的学识渊博，以让他对我刮目相看继而倾心罢了。

“另外你瞅瞅她的额头，那看起来像被蚊子叮了个包的红点里，可是有咒印？若我没看错，这应当是让人记忆混乱的咒术，看来这个妖怪不想让别人知道天师经历的事呢。”

重华将青灵的额头细细一看：“你还识得咒术？”

“前些天你抱给我的那堆话本子里面恰巧有一本关于咒术的书。我闲来无事，便翻来一同看了，奈何领悟力是一等一的，将那里面的东西学了个大半。”

这后半句自然也是自夸的话。我先前在冥府便学过一点咒术基础，只是没常用，该忘的都忘得差不多了，前些天在重华抱来的那堆话本子里翻出了一本关于咒术的书通篇看了看，只能算是温习了一遍旧知识。若真要论“学了个大半”，只怕还差那么一点……

不过好在这个天师现在中的只是较低级的咒术，以我之能，大概还是能解的……吧？

重华皱眉问我："你知晓如何替她解咒驱毒？"

"自是知晓的。"我奇怪，"你身为流波仙尊，却未学咒术？"

他皱眉道："我修习的是仙家心法剑术。"

言下之意是有点看不起咒术的样子，我撇嘴，不以为然，没再接他的话。

现场一时静默。

青灵天师在我俩之间抽搐着四肢不停地呕着黑血。

重华约莫是在等我自觉自愿地去治疗青灵天师，但我为何要自觉自愿地去救她呢？我希望这一世的陌溪能放下他的姿态来拜托我。

终于，在刺鼻的血腥味下，重华眉头皱得死紧地主动开口与我谈条件了："你要如何才肯治她？"

这句话当真问得太好了。

"我要你成为我的人呀。"

重华眉头一蹙，厉声喝道："荒唐！"

嗯，果然这个要求还是太激进了吗？我沉思了一会儿，忍痛退了一步："那你就亲亲我吧。"

重华嘴角一动，我见他脸色越来越黑，一副要撕破和平谈判的模样，于是又忙退了一步："好吧好吧，那这事今日便缓缓，你且记着你欠我一件事便成，我先帮她将毒解了，她这样吐下去，怕是得把五脏六腑都吐出来。"

我将掌心贴在天师的额头上，她身上那点阴瘴之气还不够我拿来玩的，一转手便将她身体里的毒气全吸出来自己消化掉了："好了。"

重华略诧异地望着我："这便好了？"

我点头："好了，毒好解，可这咒现在解不了。"

"为何？"

我解释道："解咒讲究，得需要施术者身上一物作为引子方可进行，咱们还得一起去她方才说的那什么灵玉山找到施术者才行。"

重华眉头一皱道："一起？"这语调与他当初在冥界给我下"五十年不

得出冥府”的禁令时一样嫌弃,“我去便可。”言罢,他将青灵天师打横抱起,抬脚便往结界外走去。

我连忙跟上:“为何不让我去?”

他不回答我的问题,只冷冷地道:“圈禁之术不会因我不在而减弱,流波弟子也并非无能之辈,你若想趁机逃……”

“我不逃,我与你一同去收妖。”我径直打断他的话,卖力地推荐自己,“你瞅,这天师又中毒又中咒的,可见伤她那人极厉害。你带上我,我能解毒又会解咒,简直是收妖小能手,你带上我事半功倍。”

“除妖乃我流波应尽之责,不用假借其他妖物之手。”他脚步未停,我心急地一把将他的腰带拽住。

说实话,我委实忧心陌溪现在的身手斗不过那妖怪,对方会施咒不奇怪,奇怪的是在人世间能驱使阴瘴之气,想想便知那不是什么好相与的角色。我虽不怕陌溪死,却怕他受伤,怕他疼,怕他被欺负。

可我拽着他,还没来得及说话,重华脚步猛地一顿,回过头,目光极为冷冽,一道灵气狠戾地拍在我的手上:“放肆!”

他这道灵气打得用力,径直让我的手背红了一大块,极其疼痛,但他眼中的寒光就像剑,扎得我心窝子更疼。一时间我心里想好的那些话皆在喉间消散,全然不知自己的手该放在哪儿,甚至惶恐得连做什么表情都不知道。

这一世的陌溪,是这么讨厌我啊。

他是……

对我一点怜惜也没有的。

第十三章 厌恶

我望着他，眼睛却不像在冥府望着生气的陌溪那样波光潋滟，因为我知道，现在的陌溪不会因我疼而疼，不会因我哀伤而哀伤。他是重华尊者，疾恶如仇，在他眼中，妖即是恶，我即是妖。

他厌恶我。

见我被他拍傻成这样，重华一时也有些怔然，却没说一句道歉的话，又转身离去。

想来也是，打了一个妖怪，对他来说有什么好道歉的呢？

但即便他打疼了我，我也舍不得让他被别人打疼，于是我随手捡了块石头，狠狠地往他的后脑勺砸去，决定自己先把他打疼了再说。

重华像是有预感似的脑袋一偏，轻而易举地躲过了我扔过去的石头。他侧过脸看我，却没想到我刚才扔过去的那块石头撞上了他身后的一棵梅树，因着力道够大，又反弹到他身边的梅树上，树干颤动，两棵梅树的枝丫上的积雪哗啦啦地落了重华一身，也让被他打横抱着的青灵天师兜了一身的雪。雪让天师的身体蓦地变重，重华一时不察，竟让青灵天师直接掉在了雪里。

他的脸被白雪洗礼过后有点难看。他冷冷地瞥了我一眼，弯腰要去将青灵扶起来。

我噘嘴道："虽然你对我动手让我很伤心生气，但我还是要和你一起去除妖的，只是这次我要换个说法。"我清了清嗓子，"你这个圈禁之术会不会因你的离开而变弱、流波的弟子有没有能力看住我这些都不重要，就像那湖底的千锁塔一样，它在你们看来厉不厉害都无所谓，很重要、有所谓的是我想不想出去。"

我这话半是挑衅半是轻蔑，重华心里似动了怒气，他也不扶青灵天师了，站直了身子沉着脸看着我。

"你现在可以在'去杀妖怪前先与我打一架'还有'和我一起去杀妖怪'这两件事里面做个选择，你姑且选选吧。"

重华声音极冷地道："我没时间陪你折腾。"

"我自是不要你与我折腾。"我道，"我只是想去看看那妖怪长什么模样，顺带帮帮你。"我将两件事的顺序倒了一下说给他听，然后保证道，"若是你怕我在途中跑了，你可以给我施个咒啊，像是不论何时何地都能察觉到我在哪儿的咒，或者是一呼唤我就必须出现在你身边的咒。"

我走近他，将袖子撸起来，翻过手腕露出命门给他："但凡有能让你安心的咒，你给我下就是。"

重华沉默着没动。

我恍然记起他方才才说过他不会咒术，正想说让他把手给我，我自己来，却见他垂下目光，愣愣地看着我手腕的命门处，神情在刹那间有些恍惚。

我顺着他的目光一看，原来他瞅的是陌溪在我的手腕上烙下的金印。我们初见时，陌溪许了我三生自由的金印，那时他让我日后好好护着命门，可今日我这举动，委实有负他当日的嘱咐。

不过都是陌溪，又有什么关系？就算他今日想要我的命……

他也要不了啊！

左右他现在是打不赢我的。

重华伸手扣住我的手腕，食指与中指恰好搭在我命门的金印之上。

他看了一会儿："这印记……"

我仰头看着他，猜想他是不是想起了什么，他却只说了那三个字便沉默下来。过了一会儿，他好似寻回理智，刚想抽回手，我却一把将他捉住，速度奇快地在他的掌心里画了个印。我拽着他的手，一脑袋磕在他的掌心里，重华慌忙将手抽回去，可我的脑门已经在他的掌心上触碰过了。

符印已在我的眉心上印下，待那灼热的感觉在肤下消散后，我道："这个咒术能让你时时探知我的所在，还能看见我看见的世界，所以……"我咧嘴一笑，"只要你想，我就在你目光所及的任何地方。"

他握紧掌心，有些失神。

我道："我不会逃跑，也不会离开你，我会一直陪着你。"上一世没做到，这一世我便尽力去做到吧，我在他幽深的黑眸里看见了自己的影子，像是在立誓一般说着，"我会一直护着你。"我说得那么缓慢，情真意切，几乎把自己都感动了。

重华却在回过神来后冷冷地问我："凭你？"语调微扬，略带轻蔑。

"凭我。"

我郑重的回答一时镇住了重华，他默了一会儿道："你到底意欲何为？"

我眨巴着眼难以置信地看着他："这还用问！"我道，"我就差给你献身了，做得这么明白，你怎么还不懂？我除了意欲勾搭你，还能意欲什么？"

重华的脸色又慢慢变青，他转身扛了地上的青灵天师便走。

我追在他身后喊："你还是冥顽不灵地不想让我去吗？方才你没见着我给她解毒吗？翻一下手就好了，我那么好用，你不再用用？你将我留在这里是屈才！"

追到结界边缘，重华扛着青灵天师进了前殿，我只好倚着结界壁坐下，心里想想，觉得气不过，拿雪堆了个雪人，在雪人脸上写了“重华”二字，然后开始拿手指在雪人的肚子上戳洞，待戳得雪人快烂掉时，身后突然有个声音凉凉地道：“这也是咒术？”

我一巴掌拍烂了雪人的头，站起身来，转头一看，却见重华已换了一身衣裳，与素日在寝殿里的闲适打扮不同，这身衣服显得更为干练，立领束袖，一副外出远行的打扮。他背后一把三尺长剑寒光袭人，阵阵剑气激得我浑身鸡皮疙瘩冒个不停，看起来是个宝贝。

我隔着结界上下打量了他一会儿，一张嘴正要说话，重华却一挥手，结界上蓦地开出了一道门。他看着我，神色还是冷冷的：“待助我了结此间事端，你依旧会被囚禁在此。”

他终于还是决定用我了，如此看来，他还不算是迂腐到极点嘛。

我咧嘴笑了：“我说了，你在哪儿，我便在哪儿。”

与陌溪一同去除妖啊，我很期待。

去灵玉山的路我越走越觉得熟悉，却又想不起来为什么会这么熟悉，便只当自己在第一世的时候误打误撞来过。

但闻灵玉山上产灵玉，却是近几十年才被人们开发出来，山下小镇也是新兴的。因着是靠这些石头发家，所以小镇里家家都是一个玉石坊，户户都有心灵手巧的玉石工匠。

我随重华一路走去，但见街边尽是粗糙的汉子拿着工具在打磨石头，“刺啦刺啦”的，听得我一颗石头心缩成了一团。

“咱们快些走吧。”我看着旁边一屋里的俩大汉拿锯子你推我拉地切割一块圆石头，一门心思念叨着这不是石头该来的地方，下意识地想去抓陌溪的衣袖，身边的人却蓦地让了一步，退到一边。

没抓到人，我这才回神往旁边看去，但见重华蹙着眉头，极不悦地瞪了我一眼。

“休要再动手动脚！”他说完，迈脚就往前走。

我站在原地略无辜地看着他。

重华走了一会儿，隐忍着情绪回头看戳着未动的我：“又有何事？”

我无辜地道：“是你说让我不要再动手动脚了。我不动，你又生气。”

重华语塞。

便在我调戏他的时候，忽然有一丝我极为熟悉的气味打斜里飘进我的鼻子里。我用力嗅了嗅，这是冥界的阴气没错，只是这丝气味当中还隐隐混杂着一股腐朽的味道。

我的目光在街边小屋里寻找着，但见那拉石头的两兄弟背后漆黑的屋子里有一团白花花的影子倏地一闪，我眉头一皱，五指成爪，挥手间，一记阴气便要脱手而出，电光石火之间，重华的身形却倏地移至我身前，他将我的手架住，挡下了这还未出手的一击。

那黑屋子里的白影便在这时化作一股白烟，自屋中飘散。

“哎呀，跑了。你拦着我作甚？”我对重华的阻碍很是不满，但看了看他身后，我了然了，“你以为我要毁了人家的铺子吗？我很温柔，怎会做那般暴力之事？”

重华一默，随即神色略凝重起来：“你见了何物？”

“妖怪啊。”我指着那方正奇怪地打量我与重华的两兄弟道，“就在他们背后的屋子里面，若我想得没错的话，便是咱们这次来要除的妖怪。”我奇怪地看着他，“你未曾察觉？”

重华的面色更为凝重。

这可是稀奇事，照说重华现在这个境界对凡人来说是高境界了，他却连对方的气息都未曾察觉到……

我登时幸灾乐祸地笑了起来：“你这下除妖可得靠我做眼睛了！”我拍了拍腿，“快来抱我的大腿呀！”

重华嘴角一动，斜眼瞥了我一眼。他抬脚就往前走，一副打死也不求我的刚硬模样。

我也不强求，跟在他后面道：“不抱便不抱吧，虽然你对我不好，但我还是得尽责地告诉你，你走的方向错了，我隐约感觉到他的气息是往灵玉山里去的。”

重华倒是不矫情，脚步一转道：“带路。”

灵玉山里果然处处是灵玉，我看着它们便如同看见了石头一族壮大的未来，但一想到山下“刺啦刺啦”锯石头的那些人，登时又觉得前景堪忧。我正感慨家族命运之际，我身后跟着的重华忽然道：“你当真在寻妖物气息？”

“当真。”我道，“只是现在已寻不到了。”我摸着下巴琢磨道，“这妖怪将气息隐藏得好，幻术也使得好，看来有些难应付。不过有个奇怪的点是，青灵天师身上的咒术不大像是这妖怪下的，因为气息不对……”

我这话音未落，脊梁骨倏地一寒，背后阴瘴之气森森地向我袭来，一如当初我用忘川河水洗脸时那般感觉，清新极了。

我畅快地深呼吸一口气，正想转身与那妖怪打个招呼，却觉阴气之中蓦地插入了一股恶狠狠的杀意。

好吧，不打招呼，打架也是可以的。

我一转身，手掌一挥，扑杀而来的滚滚阴瘴之气尽数被我纳进掌中。

在我动手之时，重华也反应极快地抽出了背后的三尺长剑，剑刃上若隐若现的“清虚”二字闪出透心寒光。他一挥长剑，一股迫人的灵气混着剑自身的凛然杀气砍向那团黑乎乎的阴气团。

翻滚的阴气霎时被清了个干净。

此剑果然厉害！

但见那阴气消散之后，一个白衣女子静静地立在那方。她捂着肩头仿似已被重华砍伤，一头生得极好的白发垂下来盖住了她的脸，让人看不清她的长相。

“滚……”女子嘴里轻轻发出了一声极含混的声响，像是嘴里被塞了什么东西似的说不清话。

重华亦摸不清她的来头，没有贸然出手。

我轻轻弯下腰想去看她的模样。

忽然，重华手中的清虚剑震颤嗡鸣，四周倏地阴气大盛：“滚！”尖厉的声音像是忽然从空气中撕出来的一样，那女子的身影瞬间不见，待我再察觉到时，她竟已转到了我身后！

此妖手法竟比我预想当中的还要快上三分，她锋利的爪子一把挠了过来，我下意识地抬手一挡，她的指甲便像刀一样割破了我的手背，我反手欲直接将她的手腕擒住，却不料清虚剑自旁边插来，将女妖怪挑开。

重华瞥了一眼我的手背，袖中滑出一个极小的白玉瓶扔给我，简短地道：“止血。”话音未落，他便又与那妖怪战成一团。

我接着尚带着他的体温的玉瓶，倒出里面的伤药撒在伤口上。

其实这伤根本没什么大问题，她的阴瘴之毒伤不了我，这顶多算被狗挠了一爪子，我用不着重华这上好的伤药，但因为是陌溪给的，所以对我来说，这就不是药了，是关心。他只用这么一点点关心，就奇迹般把我这些日子以来的难受与委屈像烟似的吹散了。

我除了在心里唾弃自己没出息以外，还能真正怪他什么呢？

我发呆之时，忽闻女妖怪闷哼一声，我抬头看去，竟是重华那把清虚剑穿透了妖怪的腹部，那妖怪却在此时倏地抬头，一张恐怖的脸吓得在冥府长大的我也倒抽了一口冷气。

她没有眼睛、鼻子，没有耳朵，想来那嘴里的舌头也……

重华亦是骇然，却在他怔愣的瞬间，女妖怪手中阴气凝聚，一掌拍在重华的胸口，将他生生拍飞了出去。清虚剑自重华手中脱落，插在一旁的土地里。

我急急唤着陌溪的名字跑了过去，但见他脸色乌青，唇边带血，一张脸上尽是痛色。我心疼极了，只想将伤了他的人的骨头踩碎，但我回头一看，那方哪里还有人，连气息都消失得干干净净了。

重华呻吟了一声：“休要管我……”他一边说一边喘，“此妖已被我重伤，先将她捉住……”

“你也受重伤了，别动。”

我将他摁住，动手要扒他的衣襟给他看伤，重华却不知犯了什么毛病，拼死将自己的衣襟攥住：“不……不要碰我！”

“不碰怎么治伤？”我强行将他的手掰开，撕开襟口，看见他平坦的胸膛上一掌黑色的印记正在慢慢消失。我知道这些阴瘴之气是要渗入他的体内了，彼时若五脏六腑均被侵蚀，我可是吸不干净的，到时候死了倒还好，最怕重华身体棒，挺个三五个月死不了，那阴阴的扎肉的痛可就折腾人了。

我心里一着急，也懒得与他打招呼了，埋头趴在他的胸前，嘴唇轻贴上他温热的胸膛，重华身体莫名地僵硬起来，他拼着最后的力气来推我的脑袋：“胡！胡闹！”

我懒得搭理他，那方一手擒了他的手压住，一手抓上了他的脸将他的口鼻死死捂住，这方贴着他的胸膛深深一吸气，那些没入他胸腔里的阴气慢慢地都被我吸到了嘴里，但免不了还是有一些气息残留在他的血液及内脏中，我得找个地方给他多灌点水才行。

“重华，我扶你去找水喝，你这两天得保证多吃多拉。”我说了这话，他却没甚反应，我愣愣地抬起头来，松开捂住他的口鼻的手，拍了拍他的脸，“喂……重华？陌溪？”我狠狠拍了他两下，他没醒。

他竟被我捂得晕死过去了。

好嘛，这下活该我驮着他去找水喝了。

我将重华扛了起来，先去捡插在地里的清虚剑，可我的手刚碰到剑柄，只听“刺啦”一声，我的手被猛地弹开，并伴随着被雷劈了似的麻痛感，我甩了甩手：“还认人，倒是个难得的宝贝。”

我不客气地撕了重华的衣摆，打算拿他的衣服绑上清虚剑拖着走，但哪想我这布条刚挨上清虚剑的剑柄，一道比方才更厉害的灵气噼里啪啦地顺着布条打在了我的手上，登时将我的两只手灼个通红。

我扔了布条，盯了这把剑一会儿："好吧，那你就在这儿待着。"

清虚剑像是在气愤地嗡鸣。

我觉着这剑与它的主子重华是同一路冷艳高贵的傲娇货色。因为重华是陌溪，所以我愿意担待他的脾气，但这剑在我心里可不值几个银子，我没必要担待它。

于是我果断地扛着重华走了，让它插在那儿嗡鸣到天荒地老。

行至小溪边，我却为拿什么东西给他汲水犯了难，小片的叶子汲不了水，大片的叶子这里没有，用手捧吧，还没走到他身边便漏完了。

我一怒之下，将重华拖到溪边，打算把他的脑袋放进水里让他自己喝，结果刚把他的脑袋放进水里，清澈的溪水便径直灌进了他的鼻腔中，呛得重华咳嗽个不停，我忙将他的脑袋托了起来，研究一番，终是找对了姿势。

我一只脚跪在溪水里，让他的脑袋枕着我的膝盖，捏开他的下颌，把水浇进了他的嘴里。

日头将溪水晒得有些暖和，我手背上的药很快便被溪水冲干净了，在方才那一番动作下伤口又裂开了，手背上的血混进水里一起被我浇进了重华的口中。

血腥味兴许重了些，让他有点不适，他的眼睛微微睁开了一条缝，大概是没有力气嫌弃我，所以他只是半梦半醒地将我望着，安静得一如上一世的陌溪，在面对我的时候半点不反抗，半点不戒备。

看着这样的他，我心里软成一片，像以前那样摸了摸他的头："还难受吗？"

他没答话，阳光在他睁开的眼睛里面投下细碎的光："湿……"

湿？

我将他落在水里的头发捞起来拧了拧："待会儿帮你擦干就是。"

他的衣襟刚才便被我扒开了，此时我拿手指轻轻一拨，便看见了他光滑的胸膛。黑色的阴瘴毒气已被我吸出了一大部分，但还是有少量残留在他的皮肤里。

“那妖怪的阴气挺厉害的，不过你放心，有三生在，绝对不会让你出什么事的。”

他的眼皮动了动，竟又闭上眼睡去，也不知他方才有没有听见我的话。

第十四章 重华

我觉着水喂得差不多了，便打算就近寻个地方将他安置好，可刚驮了他起身，还没走出一步，忽觉一股妖气飘来，我顺着味儿望去，但见一个十来岁大小的小妖怪躲在溪流另一边的树后面看我：“你背后驮的是修仙的人吗？”这小妖怪可爱得紧，身上妖力也没多少，我也没戒备他，点了点头道：“没错。”

“方才，和那个狐妖姐姐打架的是你们吗？”

方才那个五官皆无的女子竟是个狐妖？传闻中狐妖不都该衣袂飘飘风姿绰约的吗？怎会生成那样？见我困惑，小妖怪挠头道：“就是那个，白色头发、白色衣裳、脸被坏人害了的姐姐。与她打架的是你们吗？”

听他这般说，我心中方了悟了，点头道：“约莫是我们，怎么了？”

小妖怪点了点头，往后面招了招手：“就是他们！”

我心里忽然闪过一丝不祥的预感，这念头还没落实，便见小溪对岸的树林里忽然站出了许多人来，有老有少，有男有女，但他们的气息在我嗅来都一样，全是石头化的妖怪。

一堆自家人啊！

只是现在这堆自家人的面色都不大好："又是打着除妖名号来的臭天师？"

"多管闲事的修仙者。"

"这副道貌岸然的嘴脸真让人恶心。"

"杀了他们。"

"杀了他们。"

他们的声音小，但全都清晰地传到了我的耳朵里。

这些妖怪道行都不高，若论一对一他们决计是斗不过我的，但如今他们人多，而我又得护着昏迷了的重华，法术施展不开，若斗起来，场面估计不大好看。

于是我面容一肃，道："诸位误会了，我与这修仙者不是一伙的，我是受他胁迫，被逼无奈才到此助他除妖，其实我心里一万个不愿意。你们看，他如今昏睡不醒，便是在方才与那女子斗法之时我在他后面使了阴招，将他害了。我这不是正打算将他拖走埋了嘛。"对岸的妖怪们冷眼看着我，倒没真动手，我默默地退了一步，"青山不改，绿水长流，各位江湖再见。"

我手上捻了个诀刚想跑，胳膊却蓦地被一人拽住。我下意识地挥了一记阴气出去想将来人逼退，那人却躲过我这招，用极其欢实的声音喊道："三生！"

我一愣，这才定睛打量来人："哎哟，石大壮？"

"你还活着呀！"他很惊喜。

"你还没死啊？"我略带惊讶。

他竟不像以前那样挠头憨笑了，只勾了勾唇，一双眼睛泛着潋滟的光，语调微扬，打趣道："呵，有谁见面像咱们这样问好的？"

呵，他这变化可委实让我惊了一下。

这从容的气度、这自我调侃的风趣、这一双比之前不知勾人多少倍的招子，我惊奇地将他上下打量了又打量，从头到脚，除了他的脸是石大壮，我着实找不出还有别的地方与以前的石大壮相像的了。我奇怪地问道："一别经年，大壮你可是遭逢过人生大变？"

石大壮闻言，神色微敛，复又眯眼笑起来："瞧你说的，三生啊，咱们这一别已近百年，人世早已沧桑，还有谁能不变？"

不对不对不对，这实在太不像石大壮说的话了，我扶着额头稳了一会儿。

上一世我死后，陌溪还在人界活了数十载，他第一世完了之后到冥府给我下了个封印，我一等五十年，算来，我与石大壮是分别了差不多百年的时间。可时间未免也太不留情面了，怎么都把当年憨厚老实的石头变成这一副明媚忧伤的模样了？

"不过细细一看，你倒是未怎么变，还同以前一般机灵，这……"石大壮看了眼我驮着的人，微微怔然，"陌溪？"

"他现在的名字叫重华……"

我这话还没说完，溪对岸有妖怪奇怪地道："岩岫大人，您认识他们？"

岩岫？连名字也变得文雅了……

"这二位是我的故人，此事怕是有误会。"石大壮转身对他们道，"我自会向他们询问清楚前因后果，各位今日且先散了吧。"他在这些人里仿似极有威信，不过两三句话便将其他妖怪打发走了。他转头笑眯眯地看着我："三生，你们若没有落脚的地方，便先到我的住处去吧。"他的神情有些高深莫测，"不过若真要研究起来，那还是你的住处。"

上一世在陌溪去做官之后我还想过，若命运仁慈，让陌溪渡劫成功，我定陪他到白发苍苍，随他告老还乡，还住在他小时候住的院子里，过着和他小时候一样的生活。

但后来我没来得及陪他走完一生，上一世的那个愿望我便任它随着忘川河水向着冥府深渊流淌而去。我未曾想过还有再回到红梅小院的一天，所以在看见重华的后院时，才会那般惊奇和感动。

但当日的惊奇与感动仍不及现在。

看见眼前的这座小院，我险些将重华扔在地上。

它一点没变，还是当初的模样。

难怪我会觉得来灵玉山的路这么熟悉，原来这是一条回家的路啊。每靠近这小屋一步，便好似有无数的回忆扑面而来，像是陌溪昨天还在我身边念书，我方才还躺在院中的摇椅上看话本子。

然而回首已过百年。

我侧过头看了看我背上的重华，他的脑袋正搭在我的肩头上，睡得不省人事。我心酸地吸了吸鼻子，泫然欲泣地感慨道："没良心的负心汉。"

走在前面两步的石大壮蓦地脚步一顿，有些敏感地回头看着我："说我？"

我抹了把泪："我说他呢。"我一边跟上石大壮的脚步一边道，"你如今为何住在这儿？方才那些妖怪又是怎么回事？"

"相国陌溪死后……"他看了重华一眼。

我解释道："这是陌溪的转世，如今他是流波的掌门人重华，已经不是你以前认识的陌溪了。"

石大壮一怔，变得漂亮的眼睛里露出奇怪的神色："那你……"

"我也转世了，不过我是关系户，不用喝孟婆汤。"

石大壮默了许久道："是了，你以前便说你是冥差来着。而今想来，冥差的身份虽是骗人的，但你着实与冥界有些渊源吧。"

当然，这渊源还是极深的。

石大壮顿了顿，问："既然如此，你当初为何不早些回来看看陌溪，他为你……"石大壮仿似有些说不下去，而陌溪为我伤情，这些我是知道的，也懒得追问他了。

"也罢，这都是过去的事了，再与你说也没用。"他继续道，"当初你去世之后，我还在京城待了几年，后来我离开京城，便到这里住下了，算来已有好几十年了。方才那些妖怪是这山上的玉石所化，都是在这几十年间凝成形的，兴许是受了我身上的妖气的影响吧。它们因此称我为大人，其实我也没做别的什么事。”

我其实打心里不信他的话，没做什么事，一个好好的老实人怎会变成这副模样？

他推开院门，一阵香气迎面扑来，浓得有些呛人。

“阿岫。”一道娇柔的声音随着香气传来，钻进耳朵里，仿似要将人的骨头都喊得酥掉。

我打了一个寒战，但见一粉衣女子身若无骨似的黏上了石大壮的身体。

我眨巴着眼打量着二人，越打量越觉得这女子的五官看起来有点眼熟。

石大壮习以为常似的将女子的腰一揽：“槿儿，你又调皮了。不是说好下月初八我去看你的吗？”他这副德行简直与话本子里形容的风流浪子没什么两样。

我看得啧啧称奇。

女子用手指在他胸口画圈，连看也不看我一眼：“人家想你了嘛。”

“今日有故人拜访，待初八我再去寻你。”言罢，石大壮竟将粉衣女子往门外一扔，把我拉进门里，“嘭”的一声便关上了大门。

我看得目瞪口呆：“如此……也行？”

“自是行的。”

好嘛，他拒绝姑娘的招数是越发见长啊，如此干净利落，实乃世间少有之果决。

他头也没回地往屋里走去：“先前你的房间如今我在用，我这便将另外两间房给你们收拾出来。”

我侧耳一听，屋外竟没有佳人怒斥负心汉的声音，看样子对方竟已经习惯被这么对待了？

“壮士！”我连忙驮着重华跟了上去，“壮士，此等收服人心的技能你到底是怎么练满的，你教教我啊，正好我最近在驯化一个人来着。”

石大壮一边给我铺被子一边笑道：“很简单的，没心没肺就可以了。”

看他说这话的表情，我登时觉得他这些年过得定有隐情。我仔细一琢磨，终于想起为何方才那女子的五官我看起来眼熟了。

我将重华往石大壮铺好的床上一放，正色看着他：“夏衣……”这两字一出，石大壮的眼神蓦地一黯，我问，“你可还记得她？”

“记得啊。”他笑着看我，“她是因我而死的。”他说得好似夏衣的死对他全然没什么影响，但说完这话，他却仓皇丢下一句“我去整理另外一间屋子”便逃似的走了。

我摸了摸下巴，回忆起在冥界的时候看见夏衣来转世时的表情，登时极想知道他们之间的故事。肚里想看热闹的馋虫被勾了出来，我正想出门去将石大壮逮住好好问问他们的过往，忽闻身后一声呻吟，是重华醒了过来。

我暂时饶过石大壮，走到重华身边，见他挣扎着坐起身来，我便想好心伸手扶一扶他，却被他下意识地躲开了。他神情防备地将屋子打量了一圈：“这是哪儿？”

“你家”这两个字我终是咽进了肚里，没说出来，正在斟酌时，却见扫了一圈屋内装潢的重华有些失神地道：“这屋子……”

这是以前陌溪住的屋子，摆设基本没变过，只是屋里的桌椅比之前陈旧了许多。

见他这副神情，我心里是极为感触的，却也没想违背天条将他上一世的事情告诉他。沉默了会儿，我道：“是我一个故人的屋子。你不是受伤了嘛，便借人家的地方歇一会儿。”话音刚落，石大壮抱着从另外一间屋子里搜出来的废旧物什从屋门前经过。

重华一见他，周身杀气大涨，动手便想要除妖。

"唉，你的伤……"我阻拦的话还没说完，便见重华探到身后拿剑的动作倏地僵硬地停住了。

他自是得停住的，因为他那把清虚剑被我留在了树林子里。

重华的表情一时变得极为难看，额上暴起的青筋暗示着他极力隐忍的情绪："清虚剑何在？"

"被我丢下了。"

他抬头看着我，目带杀意："丢在哪儿？"

"树林子里。"见他周身杀气愈重，我解释道，"这委实不能怪我，你那把剑认主，我碰不得便算了，连我裹着你的衣裳去拿它，它也不肯，我无奈之下，只好将它留在林子里了。"

重华暂时压下怒火，算是将我这个解释听进去了。

"带我去找它。"

"你现在不宜乱动。"我拦着他。

"带我去找。"

"可你现在……不能动。"

他抬头看着我："清虚剑乃流波至宝，不可遗失。"

"可你……好吧，其实你可以稍稍动一下，但……"我将实话交代了出来，"但我已经找不到那片树林子了。"重华脸色发青，我挠头看房梁，"刚才偶遇故人，一路走一路聊，哈哈哈……我居然没有记路，哈哈……"

他的呼吸压抑又沉重："方才那石妖可是你的故人？让他带路。"

"他约莫也是找不到的。"我道，"丢下剑的地方离他遇见我的地方也有挺远的距离呢……"

重华显然不想再与我说话了，也不管胸口里的阴瘴之气怎么样了，推开我便往院子里走，可没走两步他便捂着胸口跪了下去，应当是身体里残留的阴气散开了。

"好、好、好，我去找、我去找。"我架不住这苦肉计，忙道，"待找到了我就在剑旁边守着，先前你不是给我施了个咒嘛，等你的伤好一些了，追着我的方位来便是。”

“你们这是……”我正与重华说着，石大壮端着茶进了屋。

重华抬头，目光冰冷地盯着石大壮，想来又是什么非我族类其心必异的思想在作祟了，我将他重新拖到床上，给他盖了被子：“他那把剑被我丢在林子里了，我现在去找，你看好他，别让他把你杀了。”

石大壮闻言失笑道：“我可不是以前那傻妖怪了，如今要杀我，却是要点本事的。”他不慌不忙地把茶放在桌上，“至于那把剑，我托人帮你们找便是。”

我一想也成，这山里的妖怪怎么说也是天天在这山上跑着的，他们人又多，找起来定是比我快一些的。可我这边还没点头，那方躺在床上的重华便道：“清虚剑，不用尔等妖物去寻……”

我万分感动地坐到他的床边，紧紧地拽住了被子：“你是说，你准我去寻，便是不拿我当妖物看了吗？”

重华沉默。

他半天没答话，我心里有点失落，叹息一声对石大壮道：“他又脑袋不好使地犯别扭了，他刚才说的话你别当真，就让山上的妖怪去寻吧，且让他们快些，咱们重华仙尊还有一恶妖欲除。”

“我便是来与你们说说你口中那恶妖之事的。”石大壮没急着离开，倒在一旁自顾自地搬了凳子坐下，“据我所知，那狐妖本性不坏，如今变成这样着实是被恶人害的。若是可以，你们能否睁一只眼闭一只眼地放了她，毕竟她也是个可怜人……”

“妖岂有可怜一说……”我将被子一角揉成一团塞进重华的嘴里，死死捂住。他如今体弱，虽怒极却反抗不得。

我问大壮：“你且说说她为何可怜。”

石大壮将端来的茶自己喝了，说书先生一般声情并茂地道：“说来也是一出戏，三年前这狐妖看上了山下镇上的一个穷书生，使计嫁给了他。后来书生高中，被朝廷指派来做了知县，上面的知府大人很是看好这个书生，便想将自己的女儿指给他。书生并未告诉知府他已娶妻，一边娶了新人，一边派天师到山里来杀狐妖。可那天师道行不深，没杀得了狐妖，倒是在山林间拾得你那上一……喏，就是以前那除妖师的法器，得法器护佑，他才逃出了此山。"

是了，上一世那除妖师死在树林里的时候，他手中那厉害的法器可是不知道滚去哪儿了，没想到如今却以这样的方式再次在我的生命里听闻到。

"书生虽负心薄情，狐妖却并未想去报复他，觉着左右当初是自己决定嫁给他的，如今有这样的结果她也认。"

她这心情便好似我一样，是我自己决定勾搭陌溪的，所以这一世他再怎么折腾，我也认。我同情地叹了一声，点了点头，十分理解狐妖的心情。

"本来事情到这里就算了，可未料到那书生竟然找上门来，痛诉自己是如何被知府逼迫而娶其女儿，央求狐妖去帮他的忙。狐妖终是喜欢书生的，便一时心软随他去了，却不想那书生已在家中着天师摆好了阵法，困住狐妖，取其内丹放置于法器之中。他本还想就此打散狐妖的魂魄，令其永世不得超生，最后却被狐妖逃掉，唯有一魂一魄与她的内丹一起被困在了法器里。"

这……前半段若还能说是话本子里的桥段，后半段这书生的狠毒便是连话本子里的负心汉也不能及了。

"前些日子，那书生又请了一个极厉害的天师前来杀狐妖，结果那天师在狐妖手里也未讨得好处，受了重伤，也不知逃去了哪里。"

那天师现今正在重华的殿里好生躺着呢。

我咋舌道："是有多大的仇，直接杀了她还不行吗？为何还要这么折磨她？"

“先前我不是说了嘛，当时好似是那狐妖使计，让书生娶的她，书生心高气傲，或许一直心有怨怼吧，而具体如何我也未曾细细了解过。再话说这之后，这狐妖当时虽逃脱书生的毒手，却不知为何，始终无法转世，扛着自己那具已经死了的身体日日在这山林间游荡，半妖半鬼。她想去找那书生复仇，可书生手中的法器太厉害，让她无法靠近，她便只能空留人世，每每看见，便令人不甚唏嘘……”

我转头看向重华，他皱着眉头，不知在想些什么。

石大壮劝道：“左右她如今也没做什么坏事，何不放她一马？”

“不行。”我语气坚定得不容置喙。

石大壮吃惊地看着我，连重华也面带异色。

我挠头道：“本来她若只是个寻常妖怪，放她一马也不是不行，但就你这说法来看，她如今已不是寻常妖怪了。她不算活着，因为身体已经死了，所以身上阴气浓厚。可她也不算死了，因为她少了一魂一魄，魂魄不完整，入不了冥界。”我看着重华道，“现下想来，你感觉不到她的气息也正常，因为她已经成了一个违背轮回的存在。再加之她心中积怨极深，这样下去指不定哪日便会起什么无法预料的变化。需得在她起这个变化之前，送她去转世才行。”

“可她的一魂一魄尚被囚在那法器之中。”石大壮叹息道，“说来惭愧，我之前也不是没想过帮她，只是你应当知道那法器的厉害，书生为防狐妖报复，整日贴身带着法器，我试了许多次也近不了他的身。”

那法器的厉害我自是知道的，上一世它只照了我一下，我便被它灼伤了背，还惹得陌溪好一通担心。

我在忘川修了千年的阴气尚斗不过里面的金光，更别说这些了不起只有几百年法力的妖怪了。我沉思了一番道：“我这里有法子将狐妖的魂魄从她身体里提出来，至于她另外的一魂一魄……”我转头看向重华，“仙尊，上吧。”

重华将我的手推开，吐出被塞进嘴里的被角："我流波从不助妖物……"

"如此，清虚剑你便自己去寻吧。"我道，"那狐妖你也自己找就是，左右你现在察觉不到她的气息。而且，依现在这个情景看来，伤了青灵天师的应当是狐妖，但只怕给她下咒的另有其人，毕竟狐妖那种状态，要给人施咒基本是不可能的。这施咒者你也自己慢慢找去吧，只是怕天师等不到你找到人而已。"

重华又一度语塞。

我在心里给自己撒花，将他这一世傲娇的脾性掐住了，戳痛处还真是一戳一个准啊。

石大壮在一旁捂嘴笑道："如此，我便着人去找剑，顺道探探那狐妖的下落，以便你动手取她的魂魄。"

"嗯，这点时间正好让重华仙尊梳理梳理他体内的气息。"

石大壮的离开让屋子里又安静下来，重华闭上眼不看我。我本想扒开他的衣服看看他胸膛上的黑印，但见他蹙着眉头不是很高兴，便没轻易动手，只道："你方才心绪激动，让残留在身体里的阴气扩散了，不过那点阴气你自己应该也能调理，我就不插手了。你要喝水给我说便是。"

他闭着眼没说话，在我以为他已经开始认真调理气息的时候，他却倏地开口道："你到底是什么人？"

"是个来勾搭你的好女人。"

"你不愿说实话便罢了。"他闭着眼道，"不用找这些庸俗言语来糊弄我。"

原来，我对他表白，他一直以为我是在说玩笑话逗他玩呢……

我不由得感慨，上一世不论是谎言还是事实，我说什么陌溪信什么，而这一世，不论我说什么陌溪都不信了。这或许就是我骗了以前那么相信我的陌溪后，应得的报应吧。

我不再解释，重华的气息也渐渐变得细长均匀。

我搬了把椅子坐在旁边，像守着以前生病的他一样，静静看着他的面容，只是看着再顺心的面容毕竟也不是精彩多变高潮迭起的话本子，我看着看着便慢慢地睡着了。

第十五章 罢了

这几日我委实过得心累，这一觉睡醒后竟到了第二天早上，晨曦的光是柔和的，透过纸窗户照进屋子里，让一切看起来还和梦中一样。

我揉了揉眼，下意识地往床上看了一眼，却正好对上了一双清亮的眸子："陌溪醒啦。"我探手便去摸他的脑门，"好点了吗？"额头是正常的体温，显然他的身体很好。

直到手被推开，我才陡然惊醒，这哪里还是生病的陌溪。

我抽回手，有些不自然地揉了揉手腕，做好准备迎接重华的训斥，自然也准备好了如何将他的恶言恶语顶回去噎死他。可没想到他只是掀开被子坐了起来，淡淡地扫了我一眼："陌溪是何人？"

这句话来得太突然，问得我有些措手不及，只得愣愣地看着他。

见我这样的眼神，重华也好似突然惊醒，捏了捏自己的眉心："罢了……算我没问便是……"

"陌溪是我以前的相公。"

重华微怔，不知是惊讶我坚持回答的态度，还是在惊讶我回答的内容。

“他是这世上最好的男子。”我想了想，忍不住添了一句话，“你与他相比，容貌不相上下，性子却差远了。”

重华一怔，好似有点不服气地想与我争论什么，最后却只是敛了眉目，略嫌弃地瞥我一眼，不再继续这个话题：“今日要去寻那狐妖，你手上的伤可有大碍？”

我抬手给他看，手背上只剩下一条淡淡的伤痕：“那妖怪给我弄不出多大的伤口，已经好了。”

话音刚落，房门被猛地推开，石大壮神色急促地扑了进来：“快随我来，狐妖现在便在院外林间。”

重华一掀被子下了床便往外走，我连忙拽住他的袖子：“你那清什么剑还没找着，不能和她硬碰硬。说实话，你现在也没那个能力，所以回头见了狐妖你别妄动，放着我来，之后还有用得着你的时候。”

我将他往身后一拖，抢先跟着石大壮跑了出去，也懒得顾及重华此时的脸色和心情了。

刚出小院，我便察觉有浓浓的阴瘴之气在林间弥漫，只是今日这股阴气比起之前少了几分怨恨与杀意，更接近于冥府的气息。

石大壮一边跑一边催：“快些，我让几个小石妖缠着她玩，可别等她发了狂，否则几个小石妖就要倒霉了。”

我惊讶地问道：“她还会和小石妖玩？”

“听说她之前很喜欢小孩子，即便变成这样了也喜欢。若有孩子缠着她玩捉迷藏，她通常不会拒绝，即便现在变成了这样，还是和几个小石妖关系好。她生前我虽然不认识她，但这么喜欢孩子的人，想来应该是很好的人，所以我才说她可怜。”

离那方阴气越来越近，我放缓脚步，拽住石大壮悄声道：“你待会儿记得拦一下重华。”

石大壮往我身后看了看，随即点头。

我缓缓深呼吸，将林间飘散的阴气慢慢吸入腹中。

白衣白发的女子背对着我，和普通人玩捉迷藏一样捂着眼，面对大树数数，只是她的舌头被割了，只能发出这种意味不明的“啊啊”声，全然听不清她数的是几。

我往后看了看，见石大壮赶走了几个小石妖，又将重华拦着躲在了一棵大树背后，我才放心地走上前，拍了拍狐妖的肩。

她浑身抖了一下，却没有回过头来，只是身上的气息倏地变化，杀气陡增。

寻常人在这样的阴瘴之气的侵蚀下怕是已动弹不得。我也不说话，待将她周身的阴气都吸得差不多了，我又戳了戳她的脊梁骨：“姑娘。”她僵了僵，似对我平缓的语气与毫发无伤的身体感到有点不知所措，我道，“我听了你的事情，觉着我大概能帮你的忙，咱们谈谈呗。”

她缓缓地转过头来，白发将她的整张脸都覆盖了，但我从发丝间还是能隐约看见她被毁坏的五官。她喉咙里发出像野兽一样警告的呼噜声，身体里的阴气又澎湃地涌出。

我不客气地接受了她的馈赠，许是觉得我是个不大对劲的人，她慢慢收敛了周身的气势。

“你能不能听见我说话？”我一字一顿地说着，将声音放大，语调缓慢，尽量不刺激到她。

她这才慢慢地点了点头。

我就地坐下，拍了拍旁边的位置：“来，别客气，先坐下说。”

她抱着膝盖蹲了下来，耷拉着脑袋，看起来一副呆呆的样子，全然不似昨日初见时那般张牙舞爪，杀气凛然。看来情绪对她的影响挺大的嘛，或者说这才是她该有的样子，毕竟少了一魂一魄，她反应有些呆怔迟缓也是正常的。

“你上次那么凶，是被我和另外一人吓到了吗？还是你以为我们是来害你的？”

她没有反应。我道：“你现在半死不活，身体里的魂魄也是残缺的，我知道你不好受。我现在有法子帮你把你的魂魄取出来，然后送你去下一世，你可愿意？”

她默了许久，摇头，动作虽慢，却很坚定。

我琢磨了一下，开导她道：“我知你是放不开过去，可这人世间哪有什么是放不开的？你的身体已经死了，这就意味着你这辈子都结束了，恨也好，爱也好，不甘心也好，所有的情绪都该随着你的身体的死去而消亡了。回头去了冥界，喝一碗孟婆汤，翻过这一篇已经写满字的书页，你睁开眼又是一段漫漫人生路，实在不必为了已经过去的事陷入执着。”

她不为所动。

我柔声道：“以前我见过很多人，在喝孟婆汤前号啕大哭痛不欲生，但一碗汤水下肚，什么奇葩都会安详地跨入轮回井，那当真是一个和谐的场面，那般祥和的心态，怕是只有在喝汤的那一瞬才能感觉到。其味有点苦，但咂咂嘴就变甜了，没传说中那么难喝，熬汤的老太婆还是用了点心思的，虽然那些对我不大管用……”

“咯！”石大壮藏在远处的树后咳了一声。

我抓回了话题：“俗话说早死早托生，你赶在花样年华时上路，这是好事啊！是该庆幸的，快别耽搁了，去吧。你会在天地大道的运作中长出新的五官，有新的身体，像你喜欢的那些孩子一样没心没肺地闹腾，撒丫子漫山遍野地乱跑。你也会爱上别的人，那书生算什么，根本就不能算事儿。”

她脑袋微微一动，慢慢转向我，一张被割得乱七八糟的脸再次清晰地展现在我眼前，即便是第二次看见，我还是有些愣神。

她周身的气息开始变化，很显然，刚才提到的“书生”二字刺激到她了。

我不动声色地将她释放的阴瘴之气吸走，说道：“不管你今日同不同意我取走你的魂魄，最终我还是会把它取走的。姑娘，你得明白，为了一个不值得的人搭上以后的生生世世是一件多么亏本的事。”

“滚……”

有含混的声音从她的喉咙里面发出来，然而我细细一研究，才发现她说的竟然是腹语。

“姑娘再听我一句……”

“不好！快跑！”

远处的石大壮大喝一声，狐妖身上的阴气登时暴涨，我全神贯注地一吸，却没想到我正吸着阴气的时候她忽然一爪子挠来，抓在我的脖子上，登时挠破了我的喉咙，血狂喷而出，冲出来的弧度把我自己都给惊呆了。

我捂住伤口一抬头，狐妖又是一爪对我抓来，我慌忙抬手一挡，将她的手臂抓住，拼命地抽取她身体中的阴气。

狐妖怒极，一张嘴，没有舌头的嘴里显出上下两排动物一样的尖牙，脑袋凑过来便咬我。

在我伸手挡之前，忽觉有人一下揽住了我的腰，将我抱着往后拖了几步。

我心中一喜，只道不管陌溪怎样转世，始终还是在乎我的，我心中的自得骄傲一时直冲上天灵盖，然而待我怀揣着满眼希冀回头一看，却见抱住我的人是石大壮！

前一瞬有多高兴这一瞬便有多失落，我怒而推开石大壮，指着他斥责道：“话本子上不是这么写的！重来！”

石大壮被我斥得愣住，憋了好一会儿才道：“好啊，把他俩叫来重新来过……”

我立时转头去寻重华的身影，却见他已与狐妖赤手空拳地对起了招。

狐妖的身体少了一魂一魄本该迟钝，凭着怒极时以阴气驱动身体行动，才能快如箭矢，但刚才她的阴气被我吸了不少，这下动作便缓了下来，隐隐有斗不过重华的趋势。

见势不对，狐妖也不缠斗，转身就跑。重华更是毫不犹豫地追了上去，根本就没分心来看我一眼。

一眼也没有……

我这脖子还在不停地喷血，喷得石大壮一头一身都是，他急急忙忙地撕了自己的衣服给我裹上："别动啊，你别动啊，我还没包好，你越动血喷得越凶啊！"

我的血喷得连石大壮这么迟钝的一个妖怪看着都慌了，而重华他居然……他居然就这么抛下我走了？

没错……现在是捉住狐妖的最好时机，我理解重华的举动，甚至一转念就可以给他找出无数个理由，但他走得那么干脆、那么果断……

"我、我的胸口甚痛……"我拽着石大壮的手喊，"甚痛！"

"你伤的不是脖子吗？"石大壮不解，"胸口也被挠了？"

"心痛！心痛！万箭穿心！万马奔腾！"

"关万马奔腾何事？"石大壮无奈，"先包伤口成不成？"

"不成！"我怒道，"把血留着，让他追了妖怪回来自己看，现在喷得越多越好，越狰狞越好！让他看看自己都干了什么！"

石大壮叹道："三生……他委实什么都没干。你这么伤害自己又是何必？既然你方才自己都说了孟婆汤是个什么样的东西，你明知……他已不是以前的陌溪，你这样做，也不一定能换来他一个疼惜的眼神，你到底为何这般执着？"

为何执着？

这个问题将我问得愣住了。

执着于让重华对我好，执着地拿现在的重华和以前的陌溪相比，执着地希望现在的重华还能像上一世的陌溪那样和我相处。

我不是不知道孟婆汤的厉害，只是期待着陌溪能成为喝过孟婆汤后最特别的一个，而我能成为让陌溪变得特别的理由。特别到能让他有摆脱掉孟婆汤的力量，能让他将我刻在灵魂深处，像烙印一样，不管用什么方法，不管过多少时间，都无法抹去。

熟悉冥府往生力量如我，也会在心里期盼这种虚无缥缈的事情。

原来，何必执着与冥顽不灵不过是因为一个是旁观者清，一个是当局者迷。

一时间，我竟恍然明白了狐妖的心情，不甘心、放不下、舍不得。就算心里对所有的事情都想得清楚明白，但做出的行为，在旁人眼里总是逃不过“痴傻”二字。

我傻了许久，直到石大壮在我身边松了口气：“终是止住血了。”

话音刚落，便见逃走的狐妖忽然从天而降，径直被丢在了我身前。

重华自林间走回，看了我一眼，微微皱眉。

我脖子上的血虽然被石大壮止住了，但刚才喷出来的血液已染红了我的大半个身子，连着将石大壮也喷得一身狼狈，场面好不触目惊心。

我凄凄哀哀地望着他，等他说几句关心的话给我暖暖心肠。可是到最后，他却只说：“你可还有力气取出她身体中的魂魄？”

我心里的委屈从五脏六腑都一起涌到舌尖上了，但最后，只能咂了一下嘴，自己尝了尝这苦味道，动了动脖子道：“没问题。”

他不会是喝过孟婆汤后的例外。

我在心里提醒自己，慢慢来，慢慢来，勾搭陌溪的这一世才开始呢，还早。

我撸起被血染得湿漉漉的袖子：“小伤，溅出点血而已，不碍事。”我说完这话，场面静默了很久，只有狐妖一人在地上蠕动着想要逃跑。

小风刮过，石大壮小声哼道：“那……你是不是该把她的魂魄取出来了呢？”

我还直勾勾地望着重华，不放过他脸上的任何一丝表情：“你不拦着我吗？”我问，见他皱眉，又道，“我在逞强呢，你都不拦着我吗？”

石大壮在一旁扶额，重华动了动嘴角道："你有能耐逞强，便该有能耐憋着别说出来。"

"我不说你怎么知道我在逞强呢？"我教训他，"重华，我在给你机会心疼我，你要珍惜。"

他有些怒了："你先前不是说这妖伤不了你吗？"

"我说什么你就信什么呀？先前我说我不是妖怪怎不见你信？"

重华额上的青筋跳了跳。

打赢了嘴仗，我心里总算舒坦多了，这才转头看躺在地上的狐妖。

她或是觉得我们都没注意她，拼命地往旁边滚，意图逃跑，只是伤得太重，挪得还没乌龟快。我一把拽住了她的手腕，将她禁锢住："我理解你的不甘，也明白你现在不管怎样都想不通这事儿的心情，所以知道靠别人劝你是劝不出来的。"我道，"我动手咯。"

我用拇指在狐妖的额头上一点，她拼尽最后的力气挣扎，重华与石大壮都被她身体里涌出来的阴气逼退两步。我口中念着收魂的真言，拇指上金光闪过，转手之间，一团白乎乎的气体便被我捏在掌心里。

一魂一魄的残缺让魂魄的形态极不稳定，随时有可能灰飞烟灭。

我一张嘴，将她的灵魂吞入口中，以己身为宿体，暂时承载她这残缺的魂魄。

这样做有风险，一旦不慎，被她的灵魂夺去肉身也不是不可能的事，但我自信地认为，以我的魂魄与精神力量的坚韧程度，这样的事情发生的概率实在太小。

重华眯着眼语气微妙地问我："你方才吃了何物？"

"天地精华。"我大方道，"味道苦中带甘，你想吃吗？我可以吐出来让你尝尝。"

于是重华又不搭理我了。

我看了看地上已瞬间僵硬且慢慢发黑的狐妖躯体，吩咐石大壮："让别的小妖将她的躯体埋了吧。我们趁现在去找那负心书生，争取今天之内便将另外的魂魄找回来，然后送她去转世。”

石大壮点头：“知县府邸我能找到，遁地去不过瞬息之事，找到书生也简单，唯一棘手的，是那书生随身带着的法器。”

我默默地转头看向重华，石大壮也与我一同转头去看他。

重华默了一瞬，淡淡地瞥了我一眼：“你颈上的伤口尚有血渗出。”

我以为他还在纠结帮不帮妖怪这回事，所以在找借口推托，忙赌咒发誓地保证：“我这当真只是皮肉小伤，看着吓人，决不妨碍我除暴安良。”

他皱眉默了一会儿道：“去便是。”

石大壮挥手一施法，缩地成寸，不过眨眼时间，四周景色便已变了，这是砖墙围成的小院，院中幽静无人，看这花草树木，当是一个县衙府内的花园里。

我左右看了看，问石大壮：“那书生如今既然做了县太爷，青天白日的，自是该在公堂上办公，再不济也该在书房里待着，你将我们带来这花园里作甚？”

石大壮高深莫测地一笑道：“我带你来自有带你来的道理。”话音未落，却听假山遮挡住的小路那头有脚步声缓缓踏来，石大壮得意地扬了扬眉毛，轻声道，“之前想帮狐妖时，我还是来踩过点的。”

那边的脚步声越近，渐渐传来了一个男子极轻的声音：“还是回去歇着吧，昨日吐了一晚，今早也没吃什么东西……”

“整日躺着也乏力，小家伙待在肚子里也无聊。我得走走，他才不闹腾。”

这番对话听得我们三人一呆，竟是这书生与那知府家的官小姐有了孩子。

这想法才在我脑海里闪现，我便忽觉体内一阵气息涌动，其凶猛程度几乎让我站不稳身子，往斜里偏了一下，拽住重华的袖子，才稳住神。重华皱眉看着我，倒难得有良心地没将我甩开：“怎么了？”

我拍着胸口顺气："狐妖她吃醋地怒了……"

重华眼神微沉，我还没来得及体会出其中意味，那书生已领着他娘子走过了石头假山，与我们打了个照面。

书生将官小姐往身后一护，肃容问道："你们是何人？"

我将旁边两人一打量，也肃容回道："严格来说，我们都不是人。"

书生闻言面色一冷，护着官小姐道："你先离开。"官小姐白着脸看了我们几眼，终是一咬牙，捂着肚子跑远了。

我望着官小姐的背影，思索着摸了摸下巴，这官小姐身上的气息……略奇怪啊。

书生在宽大的袖笼里摸了摸什么东西："不自量力的妖孽，定又是受那妖妇所托前来送死的。上次让那妖妇跑了，这次决计不会再让你们活着走出县衙。"

重华张了张嘴欲说话，那书生抽出法器，不由分说地便对着重华一照，重华一挥手，以灵气为屏障，将金光尽数挡住。我躲在他身后戳了戳他的脊梁骨："这下你可知，被人误以为是妖怪，还被不由分说地一通乱打是什么滋味了吧？"

重华冷哼了一声："你便不是妖也非人，岂可与我对比？"他一挥袖，灵气拍散书生照来的金光。

那法器虽厉害，书生却是个没法力的人。若是我与石大壮，天生该被金光克死，重华却不同，他一身凛然正气与修行之人本属同根，加之几十年修为在身，欺负书生，那是像翻手掌一般容易。

见金光被击碎，书生大惊失色。

重华迈步上前，正色道："我乃流波山掌门，今日并非受狐妖所托而来找你麻烦，只需你归还狐妖魂魄及内丹，我自会离去。"

书生抱着法器戒备地后退两步："你以为我会上你们这些妖怪的当吗？"

"那便恕我得罪了。"

书生惊慌失措，知那金光似乎对重华造成不了伤害，他竟一转手冲我照来。我本以为藏在重华身后便无碍，哪想此时重华向前走了几步，书生向后退了几步，在一个斜角的位置“唰”地便照来耀眼的光芒。

我被照得措手不及，当场愣住，回想起上一世那被灼伤的后背，大叫糟糕，心道这次定要毁容了！

第十六章 温暖

但奇怪的是，这金光照了我许久，我却没觉得身上有哪里疼痛，仔细一看，竟是在我身前两寸的地方，有一道灵气凝成的屏障将金光挡住了。它像布一样将我包裹住，严严实实地将我保护得那么好。

气息温润，一如以前那个男子，有着世界上最温暖的怀抱。

在我失神之际，重华已在一两招间抢过了书生手中的法器。

金光消失，围在我周身的屏障也一同不见。我心里尚有点惋惜，毕竟现在能体会他给的温暖的机会是那么少……这书生委实太过软蛋，有如此厉害的法器，竟连重华放水的两招都过不了。

重华拿着法器犯了难，我奇怪："怎生不将里面的魂魄和内丹放出来？"

"这法器我不会用。"

我拽了书生的衣襟，将他提起来晃了晃："把魂魄和内丹放出来。"

书生恨恨地盯着我："我便是死也要她魂飞魄散。"

"你这是有多大的仇？她已经死了，不管过去怎样，这场戏都该结束了，放她去托生，饶了她也饶了自己，为自己积德，也给后辈积点福吧。"

“她死了？”书生冷笑，“我只恨她死得太轻松，当初她为逼迫我娶她，先后害死了我妹妹与娘亲，她为何就不想想要为自己积德？”

原来……还有这么一出家族血案在里面藏着……我心里犯着嘀咕。

狐妖的魂魄却在我体内躁动起来，照这架势折腾下去，我估计也是扛不住的。抱着速战速决的心态，我将书生拎着与我面对面道：“那狐妖已死，你不放过她也行，我不杀你，你方才也看见这天师的厉害了，待会儿我就让他杀你妻儿，屠你县衙，推了你的房子，填了你的池塘，连院里的花花草草也一棵不剩地全给你连根拔起。你自己琢磨一下，放是不放。”

重华的脸色不大好看，书生更是铁青着整张脸。

“你不信？”

我转头一望，正巧院外赶来了一队县衙的侍卫，我拿手肘撞了一下重华的手臂：“放倒他们。”用的是以前使唤陌溪去打酱油的语气。

重华一抬手，挥袖之间，那队侍卫一片哀叫，个个仰倒在地，不再动弹。出手打了人，重华才反应过来，愣愣地看着自己的掌心，好似对自己这般听话的举动觉得有些不可思议。

我没管他，只拽着书生抖了抖：“瞅见没？你要是不照办，下一个打的就是你的至亲。”

书生紧咬牙关，最终恨道：“好……我放。”

我松了手，让重华把法器递给他，书生拿着钵，半天没有动作。

重华微微戒备地挡在我身前，我从他背后探出脑袋去对书生道：“早晚都是要放的，这么好的东西早点空出来去盛斋饭多好，何必天天拿它打打杀杀？”

重华回头，皱眉瞥了我一眼：“休得对法器不敬。”

我撇嘴，没将他的话放在心上。

那书生犹豫了许久，终是对着法器念了个咒，反手将它一倒，里面掉出一颗金闪闪的珠子与一团白乎乎的气体。

重华将金珠捡起来，我则抓住了空中的白气吞进了肚子里，让狐妖的魂魄在我的体内慢慢融合。

此间事了，我果断地挥手道：“好，这事算了了，还有一事……”

我话未说完，忽觉自己体内阴气陡然大盛，那狐妖完整的魂魄拼命地在我的身体里胡乱折腾，我只感到体内一阵剧痛，紧接着便眼前一花，待再回过神来时，我已经飘在空中，看着自己的身体在狐妖的魂魄的操控下慢慢动了起来。

这混账妖怪……

我就一个没留神，她竟然把我的身体给……抢了！

身边的石大壮与重华没有及时察觉我体内魂魄的转换。石大壮拽了“我”的胳膊刚想施展遁地术，却被狐妖猛地甩开。

石大壮微愣地问道：“怎么了？”

狐妖并未理会他，只漠然转身，定定地望着书生。我飘在空中，看不见她的表情，但她的异常已让重华察觉。只见重华探手便去扣“我”的手腕，意图制住“我”的命门。

狐妖一反手，挣脱开去，周身阴气“嘭”地散开，径直将重华推得猛地退了两步，捂住胸口，仿似已被打乱了内息，极其难受。

这是自然的，先前与重华动手我都留了几分力气，而这狐妖却是个不知道吝惜力气的主，借着我的身体，每一招都使的是全力，重华区区四十来年的法力，哪里对付得了她。

我看得心里焦急，却无论如何也无法将她从我的身体里挤出去。

不过幸好她推开了重华便没再对他动手，只死死地盯着书生，声调冰凉，冷冷地开口道：“我几时杀了你的母亲与妹妹？”

书生闻言怔住。

狐妖却在他反应过来之前倏地甩出一股阴气打在书生的手上，拍掉了他手中的法器。疼痛让书生回过神来，他定定地看了狐妖许久，随即面露憎恶之色："你这妖妇！"

狐妖步步迫近书生："我何曾对她们动手？"她道，"你我的婚礼是婆婆主持的，你我的合卺酒是你妹妹看着我与你喝下的！你进京赶考时，我与她二人送你至镇外界碑！她们又怎么会是被我害死的？"

狐妖仿似字字泣血地厉声道。

听闻这番话，不仅是书生，连我也愣住了。

这事儿还有反转。

魂魄极轻，我在空中选了个舒服的姿势飘着，忽觉背后有人拍了我两下，我转头一看，是冥差乙来收魂了。我向他问好，顺带问道："黑爷、白爷呢？"

"有两国正打仗，两位大人在那边忙着呢。"冥差乙答完，看了看下方的人，又看了看我，"三生，你这情况，到底是死没死啊？"

"我还没死呢，死的那个抢了我的身体在下面唱戏。你我先看着，回头等她唱完了估计就该把身体还给我了。你再引她去冥界。"

冥差乙咋舌："我的事儿还很多呢，哪有时间看她唱戏。"他随手一划，凭空转出了一个本子，不耐烦地翻了几页，道，"这么俗气的一出故事，有什么好看的。"

我被他这话勾起了兴趣，忙飘到他旁边，凑过脑袋去看命格本："着实俗。"我道，"司命星君最近可是气血不顺，怎的写出这种故事来了？"

命格本上道这书生原本当真是喜欢狐妖的，但后来官小姐在书生回来当知县的时候看上了他，想招他为婿，而书生又念着家中爱妻不肯答应，所以官小姐嫉妒成狂，竟生了篡改书生记忆的念头！而且当真让她改成功了！

"听闻最近天上的司命星君又有情伤了，可见不得人好了，写出这种故事也理所当然的。"

我撇嘴，继续转头往下看，伸手向冥差乙道："有零嘴没？"

冥差乙没搭理我，与我一同看着下方。

是时，书生方从刚才的愣怔中走出来，喝道：“胡言乱语！”

“哈！若我今日胡言，便叫我被天打雷劈魂飞魄散！”狐妖厉声道，“相识之初，我着实使了小手段诱惑你，但这世间何人不曾用手段迷惑情人？而后成亲之时，你知晓我是妖怪，却仍旧执意娶我……”

许是回忆起当初令她开心的事，狐妖神色稍缓：“我感念你情深义重，愿将一生许你。你赶考之时，婆婆与小姑先后染病离世，独留我一人空守在家，你博得功名回乡，却已迎娶他人……”她声色微顿，像是在压抑情绪，“此一生缘灭我也未曾怪你，可你怎能狠心害我至此！你竟忍心害我至此！”

狐妖怨愤难平，周身怨气化为寸寸杀意。她一抬手，狠狠掐住书生的颈项，用力极猛地直接将书生摁倒于地。但她只颤抖着手，将他困住，未曾真正使力捏碎他的脖子。

书生却未顾及脖子上的手，眼神涣散，嘴里难以置信地呢喃自语着：“不可能，是你害了我至亲，是你使手段强逼我娶你，我杀你天经地义！你现今还想说谎诓我！”

狐妖已怒极，全然失了理智。她不再说话，收紧虎口，但见书生面色登时涨得青紫。冥差乙在一旁凉凉地道：“哎呀，不好了，她用你的身体杀人，命债也是得算在你头上的。”

我大惊：“这怎么行？破了戒，我下一世还怎么去勾搭陌溪？”

我心里一慌，忙扑下去，使了所有力气一头撞进我的身体里，却只将我的身体控制了一瞬，松开了掐住书生的脖子的手，紧接着我又被推了出来。我大急，喊道：“你还不觉得事情有蹊跷吗？”

重华与石大壮此时都听不见我说话，他们欲上前拦狐妖，却被狐妖周身散出的阴气推开。

我道：“他的记忆与你的记忆根本就不对盘！不是你俩有一人疯了，就是有人使坏！你快自己掂量掂量！”

狐妖周身阴气大减，动作蓦地顿住。

书生呛咳不止，狐妖失神呢喃：“记忆不对……怎么会不对？”她拉开书生的衣袖，但见他的小臂上有一块被咬出来的伤疤，道，“这是成亲之后我与你吵架时气极咬的，当时你还笑骂我只会动口，我赌气不给你上药，还是你妹妹给你擦的药。我记得那么清楚，怎会是我记错了？”

书生听她说一句脸色就白一分，直至最后，一张脸竟惨无人色：“不可能……不是……”他的脑子好似已乱成了一片，“这不是事实！”

场面静默了一会儿，石大壮忽而摸着下巴道：“前些日子我听人提过，现今有修道者其心不轨，得一邪咒之术能篡改人的记忆。他莫不是中了此类咒术？”

“篡改记忆？哈！”狐妖苍凉一笑，“篡改记忆……”

“你没有逼我？不……不对……是你害我的亲人……”书生的记忆仿似全然乱了。

狐妖的声音越发苍凉：“你竟是被篡改了记忆……”

书生根本听不见别人的声音，痛苦极了，不停地拿手捶打着脑袋：“不是这样，不是这样！我要你嫁我，我与你吵架，我属意于你……我爱慕你……”

狐妖听闻这番断断续续夹带着痛苦呻吟的话，倏地落下两行清泪：“你属意于我？你爱慕于我？”

“我爱慕你……”

狐妖长笑落泪：“原只是命运弄人，你未曾负我，你未曾负我……”

一身怨气在这一句句“你未曾负我”的话语中慢慢消散，她也不再去追究是谁害她，也不再去琢磨要如何报复，更没觉得自己现今有多凄惨，好像这书生一句“爱慕”便打消了她所有的不甘与憎恨，好像知道他没有辜负她的心意，此生便再没有遗憾了。

这狐妖原是个痴儿……

饶是这故事再俗套，在眼前活生生地演一出也不由得让人心生感慨。我在心里一叹，可这声叹息在看见她接下来的举动之时陡然升了个调："住嘴！别用我亲陌溪的嘴去亲这软蛋书生啊！"

我急急地往我自己的身体中一撞，这次倒是轻而易举地将狐妖从我的身体里撞了出去。

重新掌握自己的身体的控制权，我一巴掌将书生的脸拍开，刚要从他身上站起来，便觉后领被人提住，那人猛地将我提起，像拎猫一样把我从书生身上拎开，放到一边。我脚一落地，转头一看，却发现是重华抓的我。

我在他幽深的眼眸里看见了自己愣怔的模样。四目静静对了那么一会儿，重华才将我放开："你方才……"

不等他说完，我飞身一扑，将他的腰紧紧抱住："陌溪啊，我险些就被人毁掉清白了！"

重华的身体有一瞬间的僵硬，随即他才陡然想起什么似的将我撕开："男女有别！休要再胡乱拉扯我！而且……"他紧皱着眉头，"我并不识得什么陌溪，更不是他。"

"这是自然。"我眨巴着眼看着他，"你若是识得，那才是活见鬼了。方才是口误，小细节就不要在意了嘛。"

重华似没想到我答得这般坦然，张着嘴像是被什么情绪噎住了喉。

"相公！"正在这时，忽闻院外女子惊呼了一声。

我抬头一望，却是这书生怀孕的妻子找来了。她身后还跟着一名青袍道人，那道人贼眉鼠眼，一看便不是什么好东西。

但见这方动静，道人脚底一抹油就想开溜。石大壮纵身一跃，屈指为爪，扣住天师的肩头，天师回身挣脱，但不过三两招后，石大壮便擒住了他，迫使他跪于地上。

见挣脱不了，天师忙抱头大喊："大仙饶命，大仙饶命！所有事都是夫人让小的做的！"

见天师被擒，女子轻轻咬牙，面色有些难看，却还是忍着害怕行至书生身边，将已神志不清的书生抱起，一遍一遍地唤着“相公”。

我忍不住仰头一望，但见空中的冥差乙已经将链子套在了狐妖的手上，唱着引魂曲，牵着她，一摇一晃地慢慢走向冥界的入口。

我以为狐妖或多或少会有点不舍，但没想到她只是跟着冥差的脚步，一步一步地慢慢远去，不曾回头，也没有留恋。

本来对她而言，这一生已结束了，她也已放下执念，这事情的经过不重要，结果更是不值一提。

我心中有几分怅然，回头看见将书生紧紧抱住的官小姐。她挺着个大肚子，听着书生嘴里迷迷糊糊地不停念叨着狐妖的名字，官小姐紧咬着下唇，晦暗的神色中隐藏着不甘。

“你把咒给他解了吧。”我道，“这样下去，他约莫会疯掉。”

女子抬头恨恨地瞪了我一眼，神色间的怨怼令我心惊。她将书生抱得更紧：“不解。”她说，“解了他就走了，我不给他解。”

我看着她摸着下巴琢磨了一会儿，心道，她身为一个官小姐，自是不会这些江湖邪术的，于是我转头去看被石大壮抓住的天师。

天师会意，立即道：“咒是我下的，是我下的，我解我解。”他连滚带爬地跪行至书生身边。

我碰了碰重华的手臂：“你还瞧不起妖怪呢，你瞅瞅你的同行。”

重华冷冷地瞥了我一眼，保持沉默。

我扬声道：“你先前可是还对一个天师下过咒啊？”

天师愣了愣，眨着眼睛回想了一番，道：“是，是有一个天师，呃，其实小人学艺不精，要篡改一点记忆还成，像这样改掉知县大人的很大一部分记忆却是不太娴熟的，所以日日都要对知县大人巩固咒术。那日小人正在做此事时，恰好被仙姑撞破，仙姑说她可除妖，但让我别再这般害人，我本想住手的！”天师忙表清白，“但都是她！”他指着官小姐道，“都是她逼我的呀！她让我趁仙姑不慎，对仙姑施以咒术，改了仙姑的记忆，让仙姑去除妖了……”

重华皱眉问道：“咒术只是改了记忆？可会害人性命？”

“不会不会！”天师忙道，“我怎敢害仙姑的性命，只是小的……当真学艺不精，那咒术若长久不解，怕是对脑子……不大好……”

我点头：“那你自己割块肉下来，我们拿回去救人。”

天师吓得脸都白了：“使不得使不得，姑娘既通咒术，小的给你一缕头发便可解仙姑的咒。”

我点头同意，石大壮在一旁毫不客气地揪着天师的一缕头发径直拔了下来，天师疼得直揉脑袋，却半句话也不敢抱怨。

石大壮踹了他一脚：“这书生的咒还不快解！”

“这就解这就解！”天师伸手去抓书生的手，那官小姐却像疯了一样猛地将他推开：“不准碰他！”她喝道，“他是我的！只是我的！他的记忆没有错！我让他知道的就是他的人生！我已经有了他的孩子！你们不能把他从我身边带走！”

我皱起了眉头。

那天师见我这样的表情，登时一慌，比女子更大声地道：“你这疯婆子！都什么时候了还想着要男人呢？他都快被你害疯了！我先前真是被猪油蒙了心才来帮你的忙，你再不让开，不要怪我对你不客气！”天师转头看着我笑道，“嘿嘿，姑娘，你说是不是这个理儿？”

我没说话。

女子疯了一般，死死抱住书生，赤红着眼道：“不行！不能带走他！我好不容易才让他和我在一起！好不容易才有了现在的生活……”她怒瞪着我，“你们为什么要来？你们凭什么打乱我的生活？”

我直视着她的眼睛：“姑娘，你可知你先前便是这样打乱那狐妖姑娘的生活的？”

她一愣，咬牙道：“她本就是妖，人妖殊途……”

我沉默，往旁边看了看重华。他察觉到我的目光，侧过头来，四目相接，我在他清澈的眼眸里那么清楚地看见了自己的影子。我撇嘴道：“是啊，妖即是恶。”重华眸色微深，却没有说话。我转过头去，继续道，“可你不是恨妖，也不是疾恶如仇，你没你想象中那么善良和正义，你只是嫉妒。”

我本预想着这句话说出能换得女子震惊之后幡然醒悟的神情，却没想到在我的余光之中的重华的目光比那女子更为震惊。他惊得都让我不得不转头去询问：“我的话砸到你哪里了吗？”

重华慢慢收敛了惊讶之色，神色变了几番之后却变得比之前更为冷漠：“与你无关。”

那你惊个甚？我撇了撇嘴，学着他的模样，嫌弃地睨了他一眼，继续对女子道：“生前作孽太多，死后是会下地狱的，那里风光不大好，你可掂量清楚了？”

“生前何必管死后事。”

凡人总是这般目光短浅，不过这也是他们的天性。我招了招手：“石大壮，咱们走吧。”

大壮微怔，却也没再说什么，只厉声警告那天师：“若下次再叫我知道你以此手段为非作歹，我定亲手废了你。”

那天师忙不迭地点头。

我转身走了几步，却见重华立着没动，于是转头唤他：“重华，走了，你不是还要回去找剑吗？”

他在几步之外定定地看了我一会儿，终是抬脚跟上。

还没走出小院，我便听见那女子吩咐道：“把他的咒术加深……”

“唉……可……”

“最后帮我一次吧，道长，就当作做好事，看在孩子……”

后面的话我就听不见了，石大壮施了一个遁地术，不过眨眼间我们便落在了梅林小院里。

“总算是了了一桩事。”我伸了个懒腰，“大壮，你让小石妖们去找的剑可有下落了？”

“你们先歇着。”石大壮道，“且待我去问问。”

重华道：“我随你去，若是他们未曾找到，我便亲自去找。”

我在他身后猛地捶了一下他的后背，重华一时没忍住便咳了出来。他怒视着我，却咳得连一句指责也说不出来，我道：“前些日子你受的伤还没养好吧，今天又被打乱了内息，内息乱了岂是这会儿工夫好得了的？你别逞强了吧，回头找到了剑还得御剑回流波，还是省省力气，先歇着吧。”

石大壮见状失笑，自顾自地出了小院。

我也没搭理重华，回了自己住的那间屋子。

石大壮回来时正是红霞满天百鸟归巢的时候。

我在我以前的屋里翻出了几本已作古的话本子，正重温得精神，忽听院外有女子娇嗔的声音，听声音与之前缠住石大壮的那个女子还不是同一个。我合上话本，大叹如今人心不古，开了门便贴到大门那边听热闹去了。

外面的女子好似在哭哭啼啼地说些什么，石大壮只有一句：“你且回吧。”当真是薄情至极啊！

我听得专注，却不想大门忽然被推开，门扉“啪”地打在我的脸上，我连连后退，快站不稳时，却落进了一个怀抱里。

不是重华，还有谁？

他一如既往地皱着眉，我笑道：“你坏哦，也跟我一起听墙脚。”

重华额上青筋跳了跳，放开我便往门口走去，将进门来的石大壮上下一打量，沉声道：“还未找到清虚剑？”

门外的女子已经走了，石大壮轻轻关上门道：“我已着他们今夜加紧找了，约莫明日便能找到。除了这个，我倒是还有一事想与你们商量。”石大壮道，“今日去询问石妖们清虚剑的下落之时，有一小石妖提到那狐妖好似还有个妹妹，不过她妹妹天生与其他妖怪不同，姐妹俩一同修行，姐姐都已经化成人形许久了，妹妹还是变不成人形，只能保持狐狸的形状。石妖们与我商量，看能不能将今日拿回来的这狐妖内丹送于她妹妹，若能助得她妹妹化为人形，也算是尽了一份心意，不辜负狐妖这么多年的修炼。”

这倒是个好想法，我转头看向重华。他垂眸想了一会儿道：“照流波惯例，妖物内丹我须带回流波封印。”

石大壮愣了：“这……”

我随地捡了块石头起来，在手中一变，石头便变得与狐妖内丹一模一样了，我道：“这才是狐妖内丹，你拿回去封印吧，你兜里那颗是假的。”

重华抽了抽眼角，冷哼一声，拂袖而去。

我撇嘴扔掉手中的石头，石大壮笑问：“你这下惹怒他了，内丹可更不好要了。”

我轻叹道：“到底是怎么长大的，长出个这么没人性的脾气。”他这一世的父母教得可没有我好。

“不给也罢，左右不过是个心意罢了。”石大壮将手里的一个油纸包举起来晃了晃，“你也别气，今晚就先吃吃烤肉睡个好觉。”

我大喜：“好、好！不叫重华！他扫兴！”

石大壮勾唇笑道：“你说这么大声谁都听见了……不过正好烤肉少，我们俩分刚刚好。”

我一边接过油纸包，一边问：“我埋在院里的梅树下的酒你给我挖出来喝了没？”

“你在那里埋了酒？”

我与石大壮对视一眼，于是愉快地将那两大坛子百年陈酿挖了出来，搬着酒，提着肉，到梅林深处对月共饮。

第十七章 通透

酒过三巡，天上的月亮变得有些朦胧了。我啃着烤肉，听石大壮在耳边道：“我还以为，以你的脾气，今天定是会让那天师解咒的，没想到你竟甘心这么走了。”

“解了咒有什么好处吗？”我晃了晃手中的酒杯，看里面的月光被我摇碎，“狐妖已死，解了咒书生也不能跟她回到从前那样的生活，书生说不定会埋怨自己，然后从此丧失意志。而那个官小姐也已经有了孩子，大人的错总不能让小孩担着。且不论解咒之后，这书生会怎样看待那个孩子，便说没了书生，官小姐能不能生出孩子来都还是个问题呢。解了咒，看起来咱们好像守护了什么公平、正义，但是完全没有意义嘛，一举毁了三个人，我可不干这种缺德事。”

石大壮轻笑道：“三生想得通透。”

“你呢？”我转头问石大壮，“其实我一直想问问，你和夏衣之前到底是什么样的结局？”

石大壮浅浅酌了一口酒：“她哥哥给她定了亲，但是她逃婚了，她一路被人追着，也一路追着我，后来她替我死了。”很短的故事，却在讲完之后让月色更凉了几分。

“所以……你现在……”我比画了一下，不知道怎么形容之前的那两个女子，“是已经放开了过去，过上了新的生活？”

石大壮笑道：“没有。”他的声音有些哑，“三生，你是知道我以前很蠢笨的。夏衣死在我怀里，我甚至都形容不出当时自己的感觉，只是恨自己，却又连为何要恨自己都不知道。以前我曾问你会不会用命去喜欢谁，夏衣会，她做到了……也开始让我痛恨自己。我看见了自己以前的胆小和卑鄙，开始知道她那么不容易……”

他好似说不出话了似的停顿下来。

我惆怅地灌了一大口酒：“可不是不容易嘛，以前不理解她，这一世自己终于体会到了，自己喜欢的人不喜欢自己，还要去死皮赖脸地追求……做这种蠢事需要那么多的勇气，唉……我的存货都快用完了，不知道回头能上哪儿去借点。”

“呵，夏衣可是从没向谁借过，就像夏夜的萤火虫，把自己所有的光烧完了，便毫不犹豫地赴死，决绝得令人措手不及……”石大壮道，“葬了夏衣之后，我要帮她报复我自己，想过很多法子来惩罚自己，可觉得都不够。后来我开始努力让自己去爱上谁，想把她受过的苦都受一遍……”

“大壮……”我不忍心地道，“我实在是不得不说，当初的你真是太……憨直……这是人干的事吗？”

石大壮也笑了：“所以啊，不出意料，我谁也爱不上，一直到现在，没有帮她报复到自己，反而与女人相处得越来越游刃有余了。我想，我大概是天生不会喜欢人的吧。”

我咬了块肉一边嚼一边问：“你想念夏衣吗？”

石大壮看着酒杯，看了许久才道：“想。”

“那你大概也受到惩罚了吧。”我咽下肉，与愣神的大壮碰了下杯，“现今谈这般伤感的话也没用，喝，不醉不归！”

我一仰头，又灌下一杯酒，不知饮了多久，天上的月亮开始从一个变成两三个。夏夜凉风吹上脑门，我觉得人生真是惬意极了。

石大壮已经在我身边抱着酒坛呼呼睡了过去，我觉得小风吹得正好，打算在林子里散会儿步，说不定……说不定我又能遇见一个小陌溪，可怜巴巴地拿着扫帚扫地，然后我又可以拿着包糖勾搭勾搭他，那可真是手到擒来。

不知晃荡了多久，我忽见前面的梅树边立着一个人影，白衣蓝纹，是流波仙门的打扮。我揉了揉眼凑上前去，还没将他的脸看清楚，便听他道：“想假借醉酒逃跑？你可还记得，你给自己下了一个咒？”

我努力地想将他看清楚，他却一直左右不停地来回晃，我心急地想一把将他抓住，却没想到他竟然躲开了。

“别动！”我喝道，“让我好好看看你。”

我迈了一步，却不知怎么的，忽觉脑子一晕，接着便觉天旋地转，一仰头往地上倒去，但新奇的是我的后脑勺没感觉到什么疼痛。我伸手胡乱地揉了揉，却奇怪地揉到了另一个人的手。我顺着他的手背摸到了他的手指，骨节分明，肥瘦合适，可以烤了：“这蹄子长得甚好。”

那人好似被调戏得怒了，手猛地抽回，我却更快地将他的手掌拽住。

这下我躺在地上，脑子虽然还有点晕，但好歹他不晃了，我终是将他的五官慢慢看清楚，他的眼睛带着清冷的辉光，看得我心底莫名一动，不知怎么的，鼻头一酸，眼眶一红，泪水跟不要钱似的喷涌出来：“陌溪啊……”

我喊道：“陌溪啊，我好想你。”

我一只手将他紧紧拽住，一只手要去揽他的脖子，却被他空闲的另一只手无情地拍开。

他的拒绝让我心里登时委屈得受不了：“为什么不让我碰你？”

他的眉头狠狠地皱了起来:“你喝多了。”

“你说了要一直对我好的!你说过你会给我念话本子听的，你说了要一直让我欺负的，你说你永远赢不了我。你说了那么多，却没一句话是真的，你是骗子，你说话不算话。”

“我不是你要找的人。”

“你是!”

“不是。”

“那你证明你不是!”

他不说话了。

“你就是。”我把脸贴在他的掌心里，轻轻蹭着，“你是陌溪啊，我最喜欢的陌溪。”

陌溪没再狡辩挣扎，任由我拉着他的手磨蹭，然后在他的掌心落下轻轻的一吻:“不过没关系。”我在他的掌中轻声道，“是我决定来勾搭你的，这些……都没关系。”

世界沉寂下来，我耳朵里除了虫鸣，别的声音都慢慢消失……

翌日，我在“咚咚咚”的急促敲门声中醒来。窗外阳光正好，我打了个哈欠，想去院子里开门，但打完哈欠，闭上嘴，却回味出嘴里有股奇怪的血腥味，眼睛也涩得紧。我抹了抹嘴，揉了揉眼，奇怪地拍了拍脑袋，怎么有什么地方不对的感觉?

我套上鞋子披上衣裳，慢吞吞地摸下床，拉开房门，从缝隙里看见重华已经去开了院门。但见那院门口似乎是一个小石妖，看见重华，石妖有一瞬的怔然，随即怯怯地问:“岩岫大人不在吗?”

“不知道。”我看不见重华的表情，但隐约听出了他语气中的不高兴。一大清早便如此不悦，他的肝火未免也太旺了。

小石妖有些发怵:“那……那我待会儿来好了。”他转过身迈了两步，在重华关门之前又退了回来，拿手抵住门，水汪汪的眼睛直勾勾地盯着重华，眼神里的害怕与坚强一起闪闪发亮，“那个……”他的声音极小，重华却出人意料地没有像平日那样毫不客气地对待妖怪，而是耐心地等着小石妖的下文。

“我听岩岫大人说，小狐狸姐姐的内丹在你……你这儿是吗？”

“嗯。”

他鼓起所有勇气一般道：“可以给小狐狸吗？”

重华没答话。小石妖怕被打走似的，伸出手可怜巴巴地捏住了重华的衣摆：“求求你……”

我被这小妖怪的模样打动了，正想扑上去将重华的衣服扒了抢下内丹递给小石妖的时候，却听重华道：“好。”

小石妖浑身发抖，难以置信地抬头看着重华。

重华从怀里摸出了一个物什，金光闪闪，正是那狐妖的内丹。我惊讶地眨了眨眼，却不是诧异他将内丹给了小石妖，昨日我看他的眼神便已猜到他会把内丹拿出来，所以我对他的这举动并不感到意外。让我诧异的是重华的手上竟缠了白色的纱布，还有血色从纱布上隐隐透出来，看来流了不少血。

他这是在什么时候受的伤？

“这便是那狐妖的内丹。”在我琢磨他是怎么受的伤之时，重华对小石妖淡淡地道，“此后若有人问起如何得来此物，你便说在地上捡的，不许提我。否则，我现在便将它捏碎。”

小石妖被唬得一抖，但见重华没有别的动作，这才战战兢兢地接过内丹，细细打量起来：“当真是狐妖姐姐的内丹！”他眨巴着大眼睛看着重华，“你不收我，还愿意把内丹给小狐狸，你这个天师不像他们说的那么坏……”

重华背对着我，我看不见他的表情，只听见他冷冷地道：“且回吧。”他一转身，堪堪看见了拉开门缝的我。四目相接，他见被我撞破这件事，表情一瞬间有些尴尬。

“你诚心待我们，我也得做个诚心待你的好石头。”门口的小石妖还没走，抱着内丹坚定地说着，“我和你说吧，与你一同来的那个姑娘不是个好姑娘。”

我瞪眼，喂喂！血口喷人啊！我何时做了不是好姑娘该做的事了？

小石妖垂着头没看我，自顾自地道：“先前那次，你与狐妖姐姐动手被打晕了，那姑娘亲口对大伙儿承认的，说她是被你胁迫的，被逼无奈才助你来此地除妖。”

我喉头一哽，想起了那天乱诌的一通话。这下被人当面点破，我只好咬着嘴巴摸鼻子。

重华却眯起了眼，神色微妙地打量我。

“她还说你被打晕，是因为她在你和狐妖姐姐斗法的时候在你背后使了阴招，然后还打算将你埋了来着。”

这小石头疙瘩大的脑袋，将我的话记得还挺清楚！但见重华看我的神色越发微妙，我恼羞成怒，撸了袖子大喝一声：“呔！可耻告状小儿！看我今日不抽你！”

小石妖大惊，惊恐地看了我一眼，拔腿就跑，却还没忘大声喊道：“你是好天师，我才救你的！以后别胡乱杀妖了！”

我也没当真去追他，看了看重华的脸色，他倒是没生气，脸上也不见素日的嫌弃与嘲讽，正常得让我有些不习惯了。

我斯文地放下了袖子：“你听我解释，事情不是你想的那个样子……”重华迈腿要回屋，我忙扒开屋门，扑上前去拦他，“你听我解释啊。”他没理我，于是他向左我便向左，他向右我也向右，始终挡在他身前，“当时着实是为情形所逼，我才不得已说出那番话，你想也知道，我怎么可能害你……”

“我没说你害我。”似被我缠得不耐烦了，他终是扭过头轻声道，“你不需要解释。”

我愣住。

许是我将他盯得太久，他竟有点不好意思起来一样，轻咳一声，绕过我，快步回了房间。

这是什么意思？

他是相信我不会害他，还是已经厌烦得话也不想同我说了？从他刚才的表情来看，还是前一种的可能性要大一些。

我眨巴了一下眼睛，他信我不会害他，没有再用“妖即是恶，绝对不会做好事”的态度来看我了。经过这次“除妖”，重华竟得到了精神的升华！这简直就是生命的进步啊！

我又转而一想，在小石妖说得那么笃定的情况下，重华还是选择了相信我，可见这些时日，我在他心目中的分数已噌噌噌地往上涨啊，更说不准他已经……

“唉，我还没使多大力气，你就被我勾搭上了，看来我也生了个狐媚子的容貌。”

“呵！”

忽闻背后一声轻笑传来，我转过头去，但见石大壮迈步进来，笑道：“我这可是扰了姑娘的孤芳自赏？”

“我原谅你了。”我大度地一摆手，随后问，“你这大清早的是去了哪儿？”

“自是去将昨日咱们喝的那一摊给收拾了呀。”石大壮笑道，“你倒是闹腾舒服了，一晚上上蹿下跳地叫陌溪，将园子折腾得一片混乱，末了还逮着人家重华尊者死命咬了一口，他手上的肉都快被你咬掉了，你是有多恨他啊……”

我张着嘴静默了一会儿才道：“你说我昨晚干了啥？”

“拔了几棵树，咬了一个人，顺带抱着石凳子哭了一个多时辰……”

“别说了……”我抬手制止他。

石大壮笑道：“怎么，这会儿可是悔不当初了？”

我暗自兴奋地握了握拳头：“没，我只是觉得……”我抬眼望向重华紧闭的房门，眼睛里仿似有光要将那门上的纸灼穿，“我这样闹腾，今早重华还没对我生气，除了他倾慕极了我，我实在找不出别的理由可以解释了。”

石大壮适时默了一会儿道：“还好以前陌溪让我迷途知返了。”言罢，他换了话题，“方才我回来时碰见小石妖了，他说已经找到了清虚剑，你待会儿问问重华，是打算歇会儿再去拿还是……”

“吱呀”一声，房门被打开，重华身形如风：“带路，现在便去。”

看来他着实是着紧那把傲娇的剑的，不然怎么会急得连听墙脚这种事情都暴露了呢……

清虚剑果然还插在我丢下它的地方，有气无力地嗡鸣着。我扫了一眼四周：“对了对了，正是此处。”

重华将剑握住，心疼地以袖拭剑，这模样好像上一世的陌溪害怕我被人欺负时露出的表情，让我没来由地对这把剑有些吃味。

收剑回鞘，重华对石大壮礼节性地一抱拳道：“多谢，这便告辞了。”

我愕然地问：“这便要走？”

“还留着作甚？”

其实我还想陪重华多去除几个“妖”，做一对行侠仗义的神仙眷侣，但也没关系，眷侣做不了，换成圈禁虐恋的怨偶也成。阅览了天下话本子的我，口味也算是极广的。

我点头：“如此便走吧。”我向石大壮道别，“其实你不必把心思花在别的女人身上，大可去找找夏衣，说不定你们缘分未了，一转头又瞅见了。这一次只要你不作死，约莫就没有人会死了。”

石大壮失笑：“好。”

重华施了御剑术，清虚剑在他脚下，托着他与我飞了起来，升到半空中，我向下一望，只见先前来的那个小石妖正在溪边蹲在一只小狐狸面前，将那狐妖的内丹喂给小狐狸吃了。

小狐狸咽下内丹，身上隐隐闪出了些许金光，模样开始变换，渐渐成了一个人的样子，那五官……

清虚剑陡然升起，四周登时化为层层白云。

“哎……”我轻呼。

重华微微侧头：“何事？”

“没……”我向下看了看，已经看不见灵玉山的影子了。还真让我给说准了，缘分来了，剩下的，且看你二人是否自己作死了……

第十八章 居然跑了

御剑回到流波，路过灵湖时，我看见湖面上还有人在清理化为齑粉的千锁塔的尘埃，不由得感慨："我毁千锁塔的时候没觉着它有多大啊，怎生你们流波弟子打扫了这么久还没将它打扫干净？"

重华没回答我的问题，却直接将我丢进了他后院的结界之中。连青灵天师都是被抬到结界里我住的那间小屋里来让我给她解的咒。

我的咒术习得也不是太好，还得一日一日地慢慢给青灵天师解。且我解咒解得慢的最重要的原因是，我这里扣着一个他的师妹，也算是流波的"老辈子"了，他每天好歹得抽时间过来看看。我若一下就把青灵的咒解了，那重华日后怎么来看我呢？

在给天师解咒的过程中，我极力为自己争取自由，赌咒发誓自己绝对不会再毁他流波的一草一木，但重华始终无动于衷。

他把青灵天师丢在我这儿，自己便投入了忙碌的门派事务当中。我则整日治一治天师，又在院子里逛一逛，重华来看青灵了，我便调戏调戏他，日子过得还算惬意。

是日，刚给青灵的咒解了几分，我见天色晴好，便突然来了兴致，捏着话本子，嗅着梅香，漫步在花影之中，恍惚间觉得又回到了上一世的模样。我整日懒在屋里，陌溪自学堂上回来之后，伴着明媚的阳光推门进来，轻轻唤我一声：“三生。”

我享受着这难得的记忆中的余韵，闭着眼想象着上一世的陌溪陪伴在我身边，我向前一步，他也向前一步，不多不少，刚好能在我向后一倚时便倚靠得到的地方。

我走走停停似乎每一步都有陌溪的跟随，睁开眼，眼前依旧是红梅傲雪。我回头一看，却吓了一跳。陌溪竟真的负手站在梅边，定定地望着我，不知看了多久。

我欣喜地笑起来，“陌溪”这两个字到了嘴边，又咽了下去，变成了“重华”唤出声去。

他不知在想什么，还愣怔着没回过神来。

我欢快地蹦跶了过去，张开双臂，动手便要抱他。这么些日子不见，让我甚是想念。

他不出意外地闪身一躲，我本以为这一抱会扑个空，却没想到抱住了一个剧烈颤抖着的小小的身影。我将怀里这小东西提出来一看，颇为惊异：“长安啊！你来这里做什么？”

这货就是先前那个以为我要将他采阳的小天师，他与上一世的小陌溪长得相像，我见着他总是不由自主地心疼喜欢。

他却只顾着抖，没有答我的话。

我奇怪地瞅了瞅站在一旁的重华。他的神情这才变得如往常一般冷漠，他斜了长安一眼，淡淡地道：“好好反省。”言罢甩了衣袖，转身便要离开。

长安见他要离开，拼命地挣开我，奔过去跪在地上，抱住重华的大腿，一脸鼻涕眼泪淌得好不欢实：“仙尊！仙尊！别把长安一人留在这儿！长安不想死！长安不想死！”

我抹了抹汗，尚不记得自己到底是做过什么天怒人怨的事，竟然让这孩子怕成这样。上次我打了一山的小天师，不也独独放过他了吗？这孩子怎的不知感恩，还如此怕我？我不平地戳了戳他的小腿肚子，换来长安更为惊恐的眼神，活像我当场就会扒了他的裤子为非作歹一般……

重华一甩衣袖，拂开长安，淡淡地瞥了我一眼，道："与同门相争，致其伤重，罚你独省一月已是极大的宽容，休要在此号哭，丢人现眼。"

我眨巴眨巴眼睛，心里面算是明白了他的意图。

想来我与他共患难那段时间的表现已让他觉得我着实是个安全的好人，所以才放心地把自己犯过错的弟子扔到这里来，想借我的"恶名"吓一吓对方。

我唯有在心里为自己叫屈。

重华拍拍袍子兀自洒脱地走了，留长安一人趴在地上，哭得浑身抽搐，满面凄凉。

我戳了戳他的头，长安肿着一双眼，抬头望我。我和蔼一笑道："咱们聊聊？"

费劲地与这小孩聊了半天，我连哄带坑地终于将他为何被罚来这里的事情问了个清楚。

这话要从上次我毁了千锁塔放了那只狼妖说起。我本以为我放了那狼妖，他自是会跑得远远的，忘记此间恩怨，重新做个好妖。却不想那狼妖竟是个执着的货，不但没就此隐没，反而集结了一些对流波有怨恨的妖怪，欲一举摧毁流波。

既然得知狼妖有了这阴险的动作，流波自然不能坐以待毙，所以决定宴请各大修道门派的掌门，共商御敌大计。

长安的故事就是在这样的大背景下展开的。

话说当流波的小天师们都在为明日的宴席准备的时候，上次被我狠打了一通的长武在床上养伤养得无聊，吵着要吃明日宴席上给嘉宾们吃的果子。正巧看见了长安端着果子路过，长武便想讨一个来尝尝。而长安又是个老实孩子，不肯给他，俩小孩几番言语冲突下来，长安忍不住推了长武一把。

由于长武正伤着，一时不察，竟被长安直接从床榻上推了下去，脸着地，摔了个头破血流。这一幕恰恰被路过的某长老看见了。长武哭闹不断，长安百口难辩……

于是乎，他就在这里了。

他用这张与上一世的陌溪太过相似的脸涕泗横流，让我看着觉得无比闹心。我好言安慰了他几番，赌咒发誓地要为他报仇，他终是慢慢歇了号哭，抽噎了半晌问我："你、你对我这么好，是想把我洗干净，然后、然后采、采了我吗？"

我抽了抽嘴角，真想知道他师父素日都给他灌输了些什么思想。

我捏着他胖嘟嘟的脸颊，微微一笑道："采，当然要采。不过我只想采了你们的仙尊，把他采得干干净净！"

"仙、仙尊……"

我捂着心口深情地道："是啊，本来你这皮囊也生得不错，奈何小了一点。而我心里也早住进了你们的仙尊，满心他的身影，满脑他的风姿，入睡前想的是他的嗓音，清醒时想的是他的面容，不见他时思念成疾，而见到他时我又心跳如擂鼓。在我不能察觉的时候，我已为君倾心，倾得神魂颠倒，不能自拔，情难自禁地想将自己交代出去……"

"仙尊。"长安伸出一个小小的指头，往我身后指了指。

我回头一望，只见青白道袍滑过梅树边，拂落一枝梅花上的白雪。他走得太快，我甚至连他的身影也没认出。

他居然，跑了……

"当真是你们的仙尊？重华尊者？"

长安点了点头，又想了一会儿，道："仙尊走时，脸是红的。"

我愣怔了一下，轻叹一声，喃喃自语道：“重华啊重华，没想到你还有这么个怯场没用的模样，我不就是向你表个白嘛……”

结界里的夜虽然冷，却并不阴寒，我常年生活在忘川河边，不畏惧这点寒冷。但是长安不一样，再是天资好的孩子，总归是个人类。我让他睡在青灵天师身边，帮他铺好了被子，也点燃了素日都不点的柴火。自己关门往梅林里面走去，打算找个平点的地方在雪地里将就一夜。

我为什么去梅林里睡？自然是因为那孩子见我在旁边死活睡不着觉！

我选好了地方，抱着胳膊躺下，心道自己终归是个善良的灵物。

第二日清晨，我醒来时却见长安拿着一床被子，轻手轻脚地给我盖上。见我睁开眼，他吓了一大跳，哆嗦了两下，连连往后退去，脚下一个踉跄，狼狈地摔倒。我起身欲扶他，他却连滚带爬地跑了。

我伸着手，额头青筋跳了跳，想忍却没有忍下来，张口正要骂人，那小屁孩却躲在一株梅树后面，探头探脑道：“那个……那个，今晚，你还是可以进屋睡的。外面……冷。”

我静静地盯了他一会儿，叹气道：“我叫三生。”

他眨巴着眼，过了好久才怯懦地叫了我一声：“三……三生。”

我欣慰地点了点头，自屋里搜出前些天重华给我送来的话本子，倚在梅树下面惬意地看起来。这是一个才子佳人久别重逢、破镜重圆的故事，非常符合我现下的心境，我自是看得十分投入。

又是一日晴好，青灵天师的咒我便是解得再慢也解完了，我却还不想让她醒来。我与重华尚未有点实质性的进展，将饵放跑了，我拿什么钓鱼啊？

是以今日解完咒，我便给她下了个昏睡咒，让她保持闭眼状态。

午时，重华似是从繁忙中抽空出来，到了我这小院中，开口便问我：“青灵的咒还未解？”

我眼珠子一转道：“当初说给她解毒、解咒的时候，你可还记得我跟你提过要求？”

重华皱起了眉头。

“我当时让你做我的人你不肯，让你亲亲我你也不肯，我大度，这些都不与你计较了，但你好歹还是得答应我一件事啊，不然我不是白帮你这么多忙了？这买卖不划算。”

“你待如何？”

我笑道：“我待要你给姑娘我笑一个。”

重华额上青筋一跳，还没说话，忽听旁边“哗啦啦”一阵乱响。

我俩转头一看，见小小的长安惊呆了地望着我与他家仙尊。他手里抱着的是我先前看完了便乱扔在林子里的话本子。长安这孩子老实，总爱帮我收拾东西，这下被吓到，手里的书全掉在了地上：“你……”他小小的脸蛋涨得通红，“你这是在像师父说的那种逛花楼的男子一般……调戏仙尊吗？”

我眼睛一亮：“长安，你师父当真是个妙人儿！”

瞧这形容，多贴切！

重华却恼羞成怒，厉声喝道：“胡言乱语！”他打嘴仗打不过我，便转头找长安的不痛快，“休要以为在此地关禁闭便不用修行，还不回去看书勤修心法！”

长安还是极怵重华的，被他一喝，立马捡了地上的书，慌忙跑了。

我斜眼看他：“拿小孩子出气可真不是个英雄。”

重华隐忍地捏了捏眉心：“青灵何时能醒？流波不久之后有一大会要召开，她身为掌教之一，得在场。”

“你答应了我的要求，我便让她醒。”

我这话说得直白，本以为重华还得气上一气，但他好似已经习惯了被我折腾，只无奈地叹道：“只要不违背伦常，符合礼数……”

不想听他再说空话，我一挥衣袖，一张石桌两个石凳凭空出现，桌上摆了一盘棋，我道："你与我来下盘棋吧。"

他怔住。

我主动选了一方坐下："咱们还是像以前那样，我持黑子，你执白子可好？"我将白子推向他那一方，重华却仍旧站着没动。

"我何时曾与你对弈？"

我继而笑道："我以前与人下棋时都这样。"我抬头看着他，"你不会连与我下棋都觉得是违背伦常、不符礼数的事吧？"他终是坐在了我对面。

我将棋子递给他："你便当是消遣吧。"

重华接过棋子。

然而一局棋没下到半炷香的时间，棋盘上胜负立判，重华敲着棋盘难得在我面前心情好地勾起了嘴角："消遣？"这两个字问得略带讥讽。

我也没恼："我知道我赢不了你。"我将手里的黑子递给他，"所以，你来教教我怎么赢你吧。"

他盯着我手中的黑子沉默了许久，眼眸中沉凝着几分我看不懂的情绪，最后他还是没动，只淡淡地道："帮你赢？还有这种道理？"

"你与我下棋，就是这种道理。"

"你输了便是输了，我断不会帮你赢我。"

他这态度和言语与我记忆中的他相差太远，让我一时没反应过来。

我终是将黑子放了下来，想了想，道："好吧，这盘棋算我输了。"我将棋子随手一扔，道，"不过我迟早能赢回来，青灵天师也该醒了，你去看看她吧。"

言罢，我起身离开。

进了小屋，我一挥手便解了先前给青灵天师下的昏睡咒，没一会儿便见天师皱着眉头呻吟了几声，然后慢慢地睁开了眼。

重华自我身后跨入屋子，行至青灵身边，天师一睁眼见是他，有几分惊异："师兄？"她抬手揉了揉额角，"我这是……怎么了？"

重华道:“先前你去西方灵玉山除妖，重伤而回。”

“是吗？”她合上眼，摇头道，“我知晓我去灵玉山除妖，可怎么受的伤，我一点都记不起来了。”

重华回头看着我，我撇嘴摊手，能解咒都算不错的了，还指望我能解得多好吗？

重华倒也没怪我:“记不起便罢了，身体可还有大碍？”

“只是累得紧，应当没什么事。”天师默了一瞬，小声道，“此次多谢师兄搭救。”

重华刚欲开口，我便抢过话头道:“你着实得好好谢谢你师兄，他自己伤尚未好便急着帮你找治伤的方式了。”

重华闻言，略感诧异。

青灵天师这才挪来一个眼神看我:“是你？”

我点头:“是我，你吩咐的那群小天师将我带回流波后，我现在正被关在你家师兄的寝殿后面的梅林小院里呢。”

青灵还待说话，重华便道:“此事稍后再说不迟，我先着人来此地带你出去调养。”他走出小屋。我不想与青灵天师待在一个屋子里大眼瞪小眼，于是跟在他身后一同出去了。

重华沉默地走了一路，待快出结界时，忽而道:“方才你为何不说是自己救了她？”

“我不喜欢她，也不需要拉拢她，所以没必要让她记着我救了她。但你是流波掌门，你需要，帮陌……帮你招揽人心，这自是我该做的事。”

我尚记得上一世最后一眼见陌溪，他是那么无助，上至文武百官，下至贩夫走卒，没有谁肯为他说一句话。所以这一世，我希望不管在什么时候都有人能帮帮我的陌溪，至少不要让他孤身一人。

陌溪侧过头，目光静静地停在我的脸上，我看不懂他眼里的神色，只觉那幽深的眼眸像要将我拉进去似的。默了许久后，他扭过头，声音薄凉地道：“我不是你要找的那个陌溪，我的事与你无关。”他走出结界，声音小得有点模糊，“你不该把对另一人的好理所当然地转嫁到我身上。”

“为何不该？”我扬声道，“我不仅会把对他的好转嫁到你身上，还想把自己转嫁到你身上。”

前面的重华脚步一顿，握拳走了。

他这步伐踏得比方才生气了许多，我轻叹，不管怎么转世，陌溪好似都很喜欢莫名其妙地生气呢。

我转身往回走，路过方才与重华下棋的地方，见长安趴在桌子上看棋盘，我一笑，走过去拍了拍他撅起来的屁股：“小不点还懂棋？”

长安立时捂着屁股一脸惊慌地看着我，但见我没有别的动作，才嘟嘴道：“师父常夸我聪明，教过长安下棋。”

我笑道：“哦？那你说说，这局棋是谁赢了啊？”

长安数了数棋子：“黑棋赢了。”

我嘲笑他道：“还显摆自个儿聪明呢，这分明是……”我转头一看棋盘，愣了，“这确实是，黑棋赢了……”

是重华在我走了之后，帮我落了子啊……

我望向梅林外的重华寝殿，失神道：“长安啊。”我伸爪子捧住他的脸狠狠地搓了搓，“痛吗？”

他的脸在我的双手间死命挣扎，我点头：“看来是痛的。”

长安挣脱了我，立即跑到桌子另一边去躲着：“当然痛！又不是在做梦！”

是啊，又不是在做梦。

我一捂脸，在长安惊骇的目光下就地打了个滚，扑腾了许久也平复不了胸腔里欢实蹦跶的心。

转嫁重华……这说不定也不是一个梦啊。

第十九章 生气了

今夜是流波宴请各大掌门的日子。

天色暗下来的时候我正巧将这本话本子看完，一抬眼发现今晚的流波山灯火通明，照得天空也亮上了三分。

我感叹着重华的圈禁之术修得太好，让我着实找不到空子钻出去。凑热闹可是我除了勾搭陌溪之外最大的爱好。我闲得无聊，绕着梅林逛了一圈，没见着什么漏洞，便也死了心，准备回去洗洗睡了。正在这时，我一晃眼瞧见两道白色身影闪过大殿后门。

好奇心一起，我定睛一看，哟！这不正是重华尊者和青灵天师嘛……

此时我只见那青灵天师拽着重华的广袖，一脸急切，但是重华的脸藏在阴影之中让我看不真切。他们摆出这么令人遐想的动作……

我暗自咬牙握拳——你们，到底想干吗？

我借着夜色的遮掩，藏好自己的身影，蹲在梅树后听着他们的对话。

“师兄！”青灵天师急切地道，“如今狼妖进犯，你怎还将那来路不明的妖物留在这里？应当尽早除掉才是！”

我叹气，都说过几千次了，我是来路不明，但真心不是妖物啊！

重华的身影晃了晃，道：“此事改日再议。”他的嗓音有些沙哑无力，像是被人灌了不少酒——醉了。

那天师却不依不饶：“师兄莫不是见那妖物外表柔弱，心生怜意了？”

胡说！我哪里外表娇柔弱气？

“胡说什么！”重华的想法看来与我一样，他怒声呵斥着天师，猛地甩开她的手。

“是我胡说就好。”青灵天师冷声道，“妖怪个个狡猾阴险，青灵只望师兄莫要被她的几句花言巧语骗了。”

重华揉了揉眉心：“妖……也不是个个如此。”

重华这话说得虽小声，但吐字清楚。青灵天师闻言大惊，我也是微感惊诧。

我知晓前段时间与我一同去除妖的那一路上让重华对妖怪改观不少，但从没想过这么一点时间竟能让如此固执的一个人说出这种认识深刻的话来。

“师兄？”青灵天师难以置信得几乎说不出话来，“你……你怎么……”

重华只按着眉心，静默不言。

青灵天师惊而后怒道：“你怎能说出如此荒唐的言语？”她气得连师兄也不喊了，“你莫不是忘了，二十年前正是因为师父心软，收留了狼妖呼遗，被他巧言令色迷惑了心智，才导致了二十年前的流波之难！那些师兄师姐流的血，你已经记不得了吗？”但见重华只是垂眸不言，她忍了忍又道，“青灵只望这是师兄一时醉酒胡言，还请师兄清醒之后，千万固守本心，莫要……”青灵天师咬牙，“莫要步师父的后尘。”

重华沉默了半晌，才累极似的挥了挥手：“你且回吧。”

我噘着嘴琢磨，依着青灵天师所说，那个狼妖呼遗应当是个恩将仇报、不仁不义之徒，但是凭我在忘川河边阅鬼无数的经历来看，那个狼妖又不该是这样的家伙。

二十年前的事不简单啊。

青灵天师走后，重华独自在那黑暗的角落中站了一会儿，才扶着墙慢慢步入他的寝殿。

看着他孤单的背影，我叹了一声气。

上一世，但凡陌溪磕着碰着，我都是心肝疼地宝贝着、呵护着，而现在的他，虽说做了一个至高无上的重华尊者，但是醉了酒连个服侍的人都没有。这样想来，他兴许还没有正在我屋里睡得不省人事的长安来得舒坦。

“谁？”他猛地回头。

我眨巴眨巴眼睛，觉得他平日活得甚苦，醉酒之后，别说像我上次那样撒酒疯了，便是周围有我这么小声的叹息都足以引起他的注意，可见他平时的戒心定是堆了一层又一层。

见没人答应他。重华撑住身子，缓缓向这边走过来。我心知躲不过，便大大方方地走了出去，笑着冲他打招呼道：“哟！晚上好啊。”

见是我，他狠狠一皱眉头，转身便走。他像是见到了什么令人万分厌恶的东西一样，大步迈开，半点没有醉酒后的脚下虚浮。

我愣怔了一瞬，心中顿时火冒三丈。我是丑得有多么离谱，让你恨不得退避三舍？

“站住！”我高声喝道。

他脚下步子更快，两下便不见了身影。

我邪火更盛。躲？我倒看你要如何躲我！

我冲回破茅屋里，把睡得正香的长安从被子中拽了出来。他睡眼惺忪地眨巴眨巴眼，没搞清楚状况。我龇牙咧嘴地对他一笑：“长安啊，帮我一个忙可好？”

他这才转过头来看我，愣了好一会儿，惊惶地大叫两声，手忙脚乱地企图将自己的身子包裹住不让我看见。

我提着他的衣领一脸肃穆地往外走。待将他捉到了离重华的寝殿最近的地方，我拍了拍他肉嘟嘟的脸道：“哭吧，大声哭。”

他怔然地望我。

我一勾嘴角，荡漾出个明媚而淫荡的笑：“我琢磨着，你这阳虽小，但聊胜于无，我虽属意你师尊，可是面对你这样的秀色，奈何怎么都压抑不住自己。今天你便从了我吧！”

长安一副如遭雷劈的模样，彻底吓傻了。

想来也是，半夜三更的，一个来路不明的雌性生物闯入他的房间，将他捉了出来说让他从了吧，任是谁也当有些震撼。所以我宽容地许他呆怔了一小会儿，接着便满意地听见长安发出一声惊天号叫：“不！”他腿软地爬到圈禁之术最边上的位置，拍着结界尖声哭号着，“仙尊救命！仙尊啊！长安还小！长安不想死！”

约莫哭了半盏茶的时间，他家仙尊终是捂着额头，一脸铁青地出来了。他紧皱眉头，盯着长安低喝：“出息！”

我认为，你这看见我就跑的仙尊也没有比他出息到哪里去。

我冷冷一笑，踹了脚趴在地上的长安那撅得老高的屁股：“行了，既然有你家仙尊代替你，今晚我就先饶了你，自己回去睡吧。”

长安望了望重华，又回头望了望我，见我俩皆默许，忙连滚带爬，头也不回地跑了。

我看着重华，得意地笑。他揉了揉额头，闭着眼不看我：“何事？”

“无事。”

手背上的青筋跳了跳，他不再多说一句话，转身就走。

在他走出结界之前，我忙拽住他的广袖。许是因为醉了酒，他的反应迟钝了许多，倒真的让我抓住了。我道：“你这几日躲着我作甚？”

“我未曾躲你。”他的声音夹带着醉意，手臂用力一甩，他想挣开我的禁锢，我只将他抓得更紧：“那你见了我跑什么？我又不会吃了你……”想起在灵玉山的时候，石大壮说我咬他的那一口，我道，“好吧，我确实也吃过，但不至于让你这么躲着我呀……”我脑中灵光一闪，忽然想到，难道是小肚鸡肠的重华尊者自上次被我咬得鲜血淋淋之后，心中怀恨，但又碍于面子不好与一个喝醉的女子计较，所以他这几日对我的冷淡其实是……

生气了？

我一咬牙，将袖子撸了起来：“好，你今日也喝醉了，我也给你吃一口，这样你心里就平衡了吧！”

他有些头痛地揉了揉眉角：“放手！”

“你以后不躲着我，我就放手。”

“没躲。”他道，“你本是流波阶下之囚……”

“对啊，我是被囚的那个，要躲也是我躲你，你现在捂着脸埋着头恨不得马上撕了袖子开跑又算是个什么意思？我是生了大脓疮，还是长了满脸黑毛痦子？你看我一眼，眼睛会溃烂生蛆吗？会上吐下泻、七窍流血吗？会……”

我没说完，他深吸一口气，转过身来看我。这本是一个带着些许不服输和想要证明自己的非常正直又单纯的眼神，我却不如他这般单纯。

我看见他清澈的眼睛里面洒进了漫天的星光，映入了白糯糯的雪和暗香的梅，还有我的影子，深深地烙在了他的眼里。

我已经有许久没见过他这样专注地看我了，我不由得向前一步，贴近他的身子，拽住他的袖子的手也顺势握住了他的手。

他眼中的我嘴角悄然勾勒出一抹浅笑，眼神柔和下来，并没有挣开我。我的笑容拉扯得越发大了。

“暗香白雪，还有你，三生无憾了。”

暗香白雪，还有三生，陌溪无憾了。这话本是陌溪对我说的。

是上一世的陌溪最后一次见我时说的。

他听闻这话，微微怔了一瞬，皱了皱眉头，仿似突然回过神来，蓦地推开我，自己却一个没站稳，摔在雪地上。他的表情显得有些仓皇无措。

我上前欲扶他，他伸手止住我的脚步，独自捂着头，坐在雪地中一言不发。

“陌……重华，你……”

“你我，当真……曾经相识？”

他这样问我，叫我如何回答？是的，我们相识过。在哪儿？一百年前的前世或者冥界，忘川河边……只怕我这样说了，他也只会当我是在开玩笑。

我挠了挠头道：“嗯，我也觉得你似曾相识，这大概就是所谓的缘分吧，缘分！”

“缘分？”他勾唇笑了笑，似是非常嘲讽，“这世间何来那么多的缘分……”

听了他这么颇为看尽世态炎凉的一句话，我挑眉道：“怎么没有？我和你相遇便是一种缘分，能在这里聊天也是一种缘分。”我一块石头能来人界勾搭你更是一种天大的缘分。当然这话我好好地憋住了，没说给他听。

他卧在雪地上，借着月色好好打量了我一番，半晌后薄唇轻吐两字——“孽缘。”

我暗自点了点头，孽缘也是缘，且比平常的缘分更加难缠更加长久。我这方正欣喜，但转念一想，不对啊，听他的口气应当是非常不屑这缘分。我断然不能笑一笑让他的期待落空。而且……我斜眼瞟了瞟他这卧在雪地上的姿势，这当真是一个方便吃嫩豆腐的好姿势啊！

我眼睛一亮，嘟嘴哼道：“你真是气煞我也！”

他眼睛微微一眯，表情变得很微妙。

我作势恼怒而去，待走到他身边时，猛地惊呼道：“哎呀！好滑！”摆了个自认为美妙的姿势倏地往他身上倒去。这本是个计算精确的动作，照理说我这一倒应当倒在他的胸口上，是一个柔弱美人羞卧英雄怀的故事。

可殊不知我也如重华一般脚下一滑，以一个绝对毫无美感的姿势摔在了他的身上，脑袋撞上脑袋。可惜的是唇并未撞上唇，反而磕上了他的脑门。

我只听身下的男子闷哼一声，登时没了反应。

等我捂着脑袋爬起来，重华躺在地上闭紧了双眼，脑门上被我石头一样的门牙生生磕出了两个血洞来。

“呃……”我迟疑地伸手碰了碰他，“喂……”又拍了拍他的脸颊，他依旧没有反应。我有些慌了，他莫不是被我直接磕去见冥王了吧？但是他今生的劫还没有渡，这样要出事的。

“重华！重华！不至于吧！”我挠了挠头，你好歹也是个仙尊啊，居然被我一个女子生生磕死了，这……这传出去得是多大个笑话。我一边慌忙掐他的人中一边喃喃道，“陌溪啊陌溪，你千万别让我捅这种娄子啊，砸死应劫的天神真的是会遭天谴的，陌溪啊……”

我声泪俱下地把他的名字唤了一阵，他似颇为理解我的为难，没过多久，嘤咛一声，慢慢睁开了眼。我欣喜地双手合十连连谢了冥王好几十声。

“湿……”

这一个字唤起了先前在灵玉山时我在溪边灌他喝水的记忆，我摸了摸他身边的地：“不湿啊。”

“师父……”他望着我轻声唤着。

他嘴里的酒气闻得我都醉了一般，大脑怔了好一瞬，才愣道：“师父？”

“师父。”他又道，“为何……”

“什么？”他后面的声音太小，我听不大清楚，便埋首在他唇边，仔细聆听，然而他这话却将我雷得意识也模糊了一瞬，他道：“为何与呼遗生了那样的情愫？”

我一呆，心里顿时风起云涌，太多问题想问，反而愣住了。

我们姑且不论重华的师父是与呼遗生了什么样的情愫，又是怎么生的情愫。我更好奇的是重华的师父究竟是男是女？

八卦之心一起，再难熄灭。

我含蓄地问："你师父是男是女？他/她爱上了呼遗吗？他们俩到什么程度了？之后发生了什么事？呼遗又为什么会被锁在塔里？现在你师父呢？"

我眨巴着眼，静待重华的回答。

他却脑袋一歪，呼呼地睡了过去。

我捏了捏拳头。

这种好奇心不被满足的感觉让我恨不得摁住他脑门上的两个血洞狠狠戳进去。但是看着他安静的睡颜，我默了默，最后只有长叹一口气，认命地将自己的衣裙撕作条条烂布，替他将伤口好好包扎了。

我琢磨着长安在屋里睡觉，这样把他家师尊拖进去不大雅观，而且也不方便我吃他师尊的豆腐。

所以左右权衡了一下，我将重华拖到一棵梅树之下，找了块干净的地方，让他枕在我的膝上，我自己则倚在梅树边，摸着他的额头，捏着他的手，最后吧唧一口亲在了他的嘴上，睡了很久以来最畅快的一觉。

晨光轻柔地唤醒了我，我揉了揉眼，却见自己腿上一双清澈的眼眸将我盯着。我笑着和他打招呼："仙尊，早上好啊！你还在啊。"

他闭眼深呼吸，似乎在很努力地缓解自己的情绪，半晌后才压抑道："把绳子解开。"

我干笑了两声，动手解开了将他的脖子和我的腿绑在一起的绳子，无辜地道："这不是怕你跑了吗？"

没等我完全解开绳子，他便挣扎着站了起来，皱眉瞪我。

我摊了摊手，表示很无奈："我知道你醒了之后铁定会跑，然后否认我们已经睡了一夜的事实，所以我特地在绳子上加了十七八个咒。只有这样做才能证明昨晚你确确实实是把我睡了的。依着你们人类的规矩，对我负责吧，重华。"

我每吐出一个字，他的脸色便青黑一分，而到最后竟然呈现出一抹难得的黑红色来：“不……不……不知……”

他抖了半天没说出句完整的话来。我叹息地帮他接过话来：“不知羞耻。”说来能将冷面仙尊气成现在这副德行，当真是一件自豪的事，我道，“不知羞耻也好，知羞耻也好，重华你都得娶我。”

他看了我好一会儿，似是镇定下来，表情逐渐冷冽：“我虽醉酒，可是自己做过什么仍记得清清楚楚。你我并非同一族类，我又如何会对你做出那种事？”

我好奇：“不是同一族就不能做吗？那你师父和呼遗呢？”

重华的表情倏地冷了下来，眼中的神色似要将我千刀万剐。

他拂袖离去，我这石头脾气倔，这事不弄个清楚我估计今晚是睡不着觉了，连忙追了上去，在他身边高声呼喝着：“哎！呼遗和你师父呢？他们是怎么回事？你师父喜欢呼遗吗……”

一记凌厉的杀气擦过我的耳边，砸在雪地上，腾起了一片雪雾。

我呆住，任由雪雾落下，白了我的头。

“闭嘴。”他冷冷地丢下这两个字，转身走了。

陌溪对我从不曾有这样的神色，即便是上次他在冥界对我抛下那几记火球时也不是这样令人心底发寒的神色。

他这样的神色我只见过一次。是上一世石大壮当着他的面说喜欢我时，他便摆出了这副脸色。

看来他很忌讳人家提到他师父和呼遗的事。看来他对呼遗的厌恶除了族群上的歧视，更有感情思想上的仇恨。看来他很在乎他的师父……甚至对他师父有些……不一般。

于是乎，我更加好奇他师父究竟是男是女了。

第二十章 梅花盛开

自那以后，我再没见过重华，他似乎生了我的气，或者说他这一世从来就没喜欢过我。

长安还小，嘴里抠不出什么东西。但他还是能解决我心中最大的一个困惑——重华他师父，是女的。

女的。

知道这个消息后，我瞬间有一种被背叛了的感觉，明明说好只能让我勾搭的，我一直锲而不舍地勾搭他，他却……

我觉得很委屈也不甘心，可还是耐着性子从长安嘴里打听他所知不多的重华与其师父的故事，那些往事长安多半是不知道的，可是他唯一知道的一点，便是那把重华如此看重的清虚剑，是重华的师父送的。

原来，这才是他看重那把剑的原因，原来，当我与那官小姐说“你不是恨妖怪，你是嫉妒”的时候，他那么震惊，当真是因为我的话砸到他了……

他嫉妒，嫉妒被他师父喜欢的呼遗。

他对他师父……

我握紧拳头，恨恨地炸了重华院里的几棵梅树。长安吓得此后一直躲我，我也没心思搭理他了。

我心里堵了一口气，上不来下不去，从那以后，我再也不像从前那样有事没事跑到结界边上去把他的名字吼上两嗓子了。

我在气他，也在期待他来找我，即便不来道歉，好歹也该来问问："你这些日子怎生不号了？"

我觉着，我先前号了那么多天，突然有天不号了，他好歹也得有点不习惯，像话本子里的才子一样被勾出好奇，好奇得心里痒痒，而这痒，只有看见佳人，听闻佳音，才能有所消解。

我计划得很好，想着等他心痒来找我之时，我一定得好好地将他折腾折腾！看我不折腾完了再……

再继续勾搭他……

我在心里狠狠地唾弃了一番自己的没出息，可我着实也是这样想的。

这些时日里，只要重华对我的异常安静表现出一点点的不习惯，我心里还是会得到安慰的，还是会觉得，看，我虽然来晚了，让他师父抢了先机，但我还是能后发制人的，还是可以在他心里挤出点位置的，说不定以后时间长了，我还能挤出更多位置来。

但我好像太高估自己了。

我不是重华的心头痒，也没变成他的"习惯"。

他自始至终没来找过我。

我拽着长安说我气得胸口痛，长安怯怯地安慰我："其实……我觉得仙尊对你挺好的，任你在院子里随便走随便躺，你炸了仙尊心疼的梅树，他也没与你计较。"他小心地打量了一眼我的神色，继续道，"先前，仙尊还着我师兄给你找过话本子来看，师兄当时听到仙尊布置的任务后，眼珠子都要掉出来了。大家都说，从没见仙尊对哪个妖怪这么好过。"

我心头微微一动，最后却叹了一声，捏捏长安的脸，道："那是你不知我对他有多好。"

或者说，他不知从前陌溪对我有多好。

我与重华如此僵持了几天，终是等到一日，流波的天空阴沉沉的，漫天的妖气熏得我都睡不着了。

知道是呼遗攻了上来，长安急得像热锅上的蚂蚁，嚷嚷着要与流波共存亡。我嫌他吵，两巴掌将他拍晕了锁在屋里，独自在林中逛了一会儿，不久便听见外面的厮杀声。

我叹气，人类就是奇怪。杀人就杀人嘛，何苦叫得那么撕心裂肺？活像吼一吼就能让对方猝死一样。

"嘭"一声巨响，我见半空中的结界突然亮了亮，然后瞬间化为灰烬。空中立着一人，黑衣长发，正是呼遗。他的眼神在梅林中一扫，看见我便落了下来，道："我素来不喜欢欠着别人，你放我一次，我放你一次，从今往后再无相欠。"

我又叹息一声，这货不愧是大国师的转世。这种自作主张施恩于人的毛病真是一模一样。

我正要开口说我不走。

只听身后传来一声冷哼："你们谁都别想离开流波。"

我转身，多日不见，重华竟消瘦了一些。他拿着剑指着呼遗："先前让你侥幸逃离，如今你却敢再犯流波，既不知死活至此，我便将你挫骨扬灰，以慰我流波之名。"

我看着他这表情，只觉心中郁积更甚。我拍了拍呼遗的肩膀道："上次我既能放了你，这次也能助你逃跑，你别怕。"

呼遗侧目看我。重华神色冷冽，沉声喝道："休得胡闹！"

我索性退了两步，躲在呼遗身后，扭头不看重华，来个眼不见为净。

重华那方传来的气息莫名地更压抑了一些。

呼遗凉凉一笑，盯着重华道："重华仙尊，我知你杀我容易。可你流波的弟子能否抵挡住外面妖怪的攻击？你流波的修仙者们是否人人都如你一般道术高深？"

重华眉目间的杀气更重。

呼遗又道："重华，你若愿答应我一事，我定有办法让你流波不伤一条性命便击退众妖，而且事后呼遗这条命交由你处置。"

听了这话，不说重华，连我也甚是诧异。他费了这么多功夫打上流波来，只为了给自己增加一个与重华谈判的筹码？一时，我对他的那个要求好奇不已。

重华默了会儿："你待如何？"

"放她去托生。"呼遗声音紧绷，隐忍着疼痛与悲哀道，"她早该安息。放了她！"

听闻这话，重华的眉目又冷了三分："我流波行事，不需要外人指指点点。"

呼遗的情绪激动起来："她好歹也曾是你师父，教养你长大！你们已经生生将她囚困了二十年，再拖下去，她只会消散于世间！重华，你当真修得一副铁石心肠？"

我挑了挑眉，斜眼瞟向重华。

他默了一瞬，而后面无表情地道："她当初背叛流波，致使流波历千年大劫，元气大伤，门人死伤无数，依门派规矩，对她处以锁魂之刑是理所当然之事。"

锁魂，便是锁住魂魄令冥差无法引走，让灵魂逗留世间直至生气耗尽枯竭而亡。对留在人间的魂魄来说是个极其残忍的法子，因为魂魄一旦消失，便永远无法入轮回了。然而这个术法对冥界来说却是个寻常得不能再寻常的法术，因为能到冥界的都是魂魄，每个生前做过恶事的魂魄都会被冥差施以此术，再带去冥王殿接受审判。

我本以为这凡间应当没人会这样的法术了，没想到流波竟还有流传下来的。

二十年，足以使一个魂魄灰飞烟灭了……

我琢磨了一下，锁生魂是大忌，是犯天条的举动。而今这重华恨呼遗，呼遗恨重华，应当是怨憎会这劫数应了。此时若是没让呼遗将那魂魄放出来，不久那魂魄消散了，重华定会被天雷劈上整整三十六次，以他现在这血肉之躯，怕是一记都接不下来吧。

想到这里，我拍了拍呼遗的肩："那个什么魂魄，你可知被他们困在哪里？"

呼遗转头看我，重华的眼神也落在我身上，紧皱的眉头仿似恨不得将我夹死："休要胡乱掺和。"

休要如此，休要那般，他就像个迂腐的老头子在教养调皮捣蛋的小孩一样，我噘了噘嘴，心道他这世的性子真是不讨喜。

但我不能因为这一世的陌溪不好而让他没法渡完劫数。他若是在这一世被天雷劈了，那我下一世去勾搭谁才好？

我好脾气地忽视了他，只盯着呼遗又问了一遍："她在哪儿？"

呼遗眼睛一亮，他见识过我挥一挥衣袖便毁掉了千锁塔的能力，心里还是信我的。他指着不远处一座雄伟的九重高楼道："万隔楼顶。不过她当年被施了术，破术之后还得有引路者……"

千锁塔、万隔楼，若不是我误打误撞闯进这出戏中，他们一个永锁千锁塔一个永困万隔楼，这是要他们永世不得相见啊……

我想，这未免也太过残忍了。我拍了拍他的肩："不怕，我帮你。"话音刚落，一道杀气直直地扎在我的手背上，重华眼中戾气深沉："休要插手我流波内事。"这么些天来，他终于拿正眼看我了，却带着那么多冷漠与警告。

我撇嘴，不以为然地道："我插手了，你咬我呀。"我使唤呼遗，"拖住他。”

“站住！”重华的怒喝被我甩在身后，我直奔万隔楼而去。背后呼遗与他过招的声音也越来越远。

我生在冥界，虽不司冥差一职，但是勾魂引路的活确实是天生就会做的。虽然不能做得那么专业……

我登上万隔楼顶，入目一片空旷，在正中的香案上供了一个牌位，上面什么字都没有，却很干净，看得出来常常有人来打扫。

我左右找了一下，实在没看见重华师父的魂被锁在哪儿，正挠头之际，忽觉一点微光自头顶照下。我循着光看去，见一支烛火被架在房梁之上，烛火之上有一张画，仿似画的是个人。

我跳上房梁，仔细端详着那画。

一个白衣女子的背影，形容打扮和如今的修仙者们没什么差别。只是她手中握着一枝红梅，身子微微往前倾，似乎正在嗅梅。

我心头微微一跳。

若不是看见下方落款“正武十年，流波十里亭作”，我还真以为是上一世的陌溪为我画的画流传到这里来了。

我联系着前面的事情一想，不难猜到这画中之人就是重华的师父。

原来他师父与我如此像吗？

重华他倾慕的人，原来是这样的啊……

我失神地想伸手触碰那画，但指尖离画三寸处，却被一道金光一挡，生生将我弹了回来。

结界。

那女子的魂魄一定是被锁在这里面的。我凝气于掌心里，一掌拍在结界之上，金光晃了两晃，消失了。我欣喜地把画摘下，不出所料，里面果然有一团白花花的东西。

魂魄我见过不少，却从来没见过虚弱成这样的。想来我要是再晚来几天，这货应该就消失得干净了吧。

捻了一个诀，我轻而易举地解掉了锁魂之术，将她捧在手心里，轻轻哈了一口阴气将这虚弱的魂魄护着，让她不至于在去往冥界的路上散掉。

我捧着她跃上九重高楼之巅，将她往天上抛去。她却不走，在空中沉沉浮浮，似想守流波到最后一刻。

我道："且去吧，今生之事已成了过往云烟，再是眷恋也回不去了。"想了想又道，"冥府的鬼都是极好的。你说你认识三生，他们兴许会给你开开后门。"

魂魄犹豫了一番，慢慢向下飘去，我盯着她，只见她晃晃悠悠地飘去了重华的寝殿。

此处视野极好，我远远眺望下去，还能看见重华与呼遗打斗的身影。呼遗明显处于弱势，但是仗着一股拼命的狠劲儿，一时没让重华脱身。两人之间招式越斗越快，便在此时，那团云一样的魂魄恰好飘至呼遗身前。

许是此时的阳光角度太刁钻，但见呼遗身形猛地一颤，失神地望向那魂魄的方向，也不躲重华的攻击，任由清虚剑直直刺入他的心窝，穿胸而出。

血溅了一地，好似红梅盛开。

呼遗本该看不见魂魄的，但或许这就是天意吧。我想他挨重华这一剑定是挨得心甘情愿。

我挥了挥手，将这两个魂魄一同送去转世的路。他们能一起看见开了遍野的彼岸花，或许他们还会在我的真身上刻上两人的名字。

我立于万隔楼上，目送他们离开，转过眼，却只觉一股强烈的寒气扑面而来。

我远远看去，梅林间的重华正盯着我。

封印之术被打破，林间的雪融成了小溪，红梅花一瓣一瓣纷纷零落，重华立于其间，眉目肃然，目光冷冽。

我突然想起这一世的他看见我说的第一句话："非我族类，其心必异。"

想来，此生的我对他来说，确实是“异”了一点，先是毁了他流波的千锁塔，放了狼妖呼遗，引得群妖攻上流波，现在又放了他师父，让他爱慕的师父与呼遗一同转世。

重华仙尊大概心里对我是厌恶极了吧……

原来，想转嫁给他，终究还是我自己做的一个梦呢。

我心里忽然闪过一个想法，会不会这一世与他怨憎会的不是呼遗，而是……

我？

我又变成了他的劫数？若是如此，他现在恨我帮了他的敌人，我心里有几分怨他不明我的心意，此刻才算是应了他怨憎会的一劫吧！所以他的劫其实还没有渡过。

可我变成了他的劫，那我又要怎么让他渡劫呢？

而且……就算我助他渡了劫，待回到冥界，陌溪又得冲我扔火团了吧……

我叹息一声，有些苦恼地揉了揉额头，然而不等我这方心中念头落地，我眼角的余光忽地瞥见不远处的梅林里，有个穿黄衫的妖怪打开了木屋的门。

我心中一凛。长安在里面！

无暇他顾，我纵身一跃，急奔至木屋前，刚一进门便看见黄衫妖怪正掐着长安的脖子，长安的双腿在不停地蹬踹。

我手中凝聚阴气，一掌便拍上去，黄衫妖怪侧身一躲，回过身来慌张地挡了我的两招，可他哪里是我的对手，当下，我屈指为爪，直取他的心房，眼见着便要取了他的心肺，他周身却猛地腾出一团白烟，碍了我的视线。只见一件黄衣蓦地自白烟里飞出。

我冷哼一声：“这种把戏也想骗我？”

不看黄衣落下，也未等白烟飘散，我一步迈上前去，摁住长安的脖子。

此时长安的嘴里还露出一截小黄蛇的尾巴在诡异地摇晃。

这种蛇妖最喜食小孩的内脏，会化作真身钻进他们嘴里直至将五脏内腑食尽为止。我擒住蛇尾之时，蛇妖先前抛起来的那件宽大的衣袍正好落下，罩在了我的背上。

我此时哪有心思管他的衣裳，径直往蛇妖的身体里灌了一股阴气，生生将它震死在长安腹中，然后缓缓地将其从长安的嘴里拉出。

便在此时，我忽觉后脊一凉，只听一声血肉被刺穿的声音响起。

我低头看去，清气盎然的清虚剑穿过我的腹部。彼时痛觉还没有传入大脑，我只得带着三分茫然七分难以置信地转头看去。

隔着弥漫了整间屋子的白烟，我看见重华清冷的双眼里渐渐透出几分愕然，然后任由愕然与惊骇侵占了他所有的表情。

腹部的痛觉袭来，我腿一软，摔坐在地。

重华像是被我拽了一把似的，单膝跪了下来。

我的手无力地松开那条已死的黄蛇妖，任由它像绳子一样落在地上。重华看了它一眼，又抬眼看我，嘴角莫名地有些颤抖。

屋中一片死寂，只余长安翻身呕吐的声音，没吐多久，他便晕死了过去。

“我没有害长安。”我怕他误会，哑着声音解释，“他与以前的你长得那么像，我舍不得的。”说着我的身子不由得往一边滑去，喉头登时腥甜一片，“我当真不是坏妖怪。你别这么恨我……”

“怎会是你……”他颤抖着手抓住我的肩，掀起了蛇妖的黄衫衣，“怎会是你……”

我恍然了悟，心下有几分欣慰，原来，他只是杀错人了啊……

身体中的力气慢慢流失，我拽住他的衣裳，咧嘴一笑道：“我一直想对你说……这一生你真不讨人喜欢……可是那天……你枕在我的膝头叫师父，我还是……很心疼。”痛觉传来，除了伤口的疼痛，还有剑上的阳气与我身体中的阴气相互噬咬的烧灼感。我死死握紧他的袖子：“可你这个混账东西，却一点都不知道珍惜我的心疼……”

他似猛地惊醒，一把抱起我，拔腿就往外走：“殿中有药。你别装模作样地诓我，上次你被狐妖挠了脖子尚且无事，这点伤……”

他的声音在我耳边已有点模糊，这些解释也不知道是他说给自己听的还是说给我听的，我只隐约感觉抱着我的这个人脚步踉跄得一点也不似他往日稳重的模样。

若是凡世的剑，自是再插上几把我也不会有什么感觉，可是重华这剑是历代流波掌门传下来的，正气凛然，对我这冥界灵物可谓天敌。

我心中尚有残念，死死地拽住他的衣服，挣扎道：“我不怨你错杀了我，你也别恨我放了你师父，别厌恶我……好吗？”

他只顾着往前走。

你倒是吱一声啊！

我心中慌了。我死了他的劫数怎么办？我用尽最后的力气晃他：“你应一声，你应一声……你就应一声……”

手握不住他的衣服了，耳朵里也有些嗡鸣声，在眼前景色越发模糊的时候，好像是从极远的地方传来一句：“我不恨你，也不厌恶你……”

我咧嘴笑了，瞬间放下心来，拽着他的衣襟的手也松开了：“那你喜欢我吗？”

重华沉默。

他抱着我穿过结界破除之后的梅林，白雪融化，红梅凋落，院子里凄然一片。

我眯着眼看着他的侧脸，乐呵呵地笑道：“我喜欢你……”我这话说得小声，“你知道我为什么喜欢暗香晴雪吗？”连我自己也没听见，他却猛地顿住脚步，低头看我，漆黑的眸中情绪翻涌。

那一瞬我几乎以为他冲破了孟婆汤的禁锢，记起了前尘往事。

眼前一黑，恍惚间我又看见了我的老熟人，耳边只听到了自己最后的声音:“你能唤唤我的名字吗?”

他静默无言。

我这才发现,原来,这一世他连我叫什么名字都不知道啊……

卷叁

求不得

第二十一章 时间不多了

被黑爷、白爷接回冥界之后，脖子上又灼痛了一番。我这才意识到，我和陌溪就只剩下一生的时间了。

我这次不打算在冥界中等陌溪一起走，省得他见到我之后又给我下个百年千年的禁忌。可是我也不能太早转世，回头别等陌溪那边才将我埋了，我这边又转世跑到他面前，定会吓得流波众人风中凌乱。

我去了冥王殿，打算问问冥王陌溪什么时候会下来，我好估算着时间离开。

结果见了冥王，我还没开口说话，他便围着我转了两圈："啧啧，咱们三生了不得啦。"因为太矮，他只能一脸欣慰地拍了拍我的大腿，"两次助神君渡劫，且每一次都与他勾搭得那么成功，咱们冥界出头之日近在眼前啦！啊哈哈哈哈！"

我拍开他那只慢慢摸到我的屁股后面的手，道："陌溪什么时候会下来？这次我不能再和他撞上了。"

"好，我帮你看看。"冥王跳上他的桌案，翻了翻乱作一团的书本，"啊，有了有了，就是这个。”冥王眯着眼看了一会儿道，“司命星君的命格上写着，狼妖呼遗携众妖作乱流波之后，流波实力大减，不到两年，重华便被人杀害，死在寝殿之中。”

我怔了怔：“谁杀了他？”

“他的师妹青灵。”

“那个天师？”我摸着下巴道，“那个天师一双水灵的眼里写满了‘我爱你你却不知道’的悲情，她怎舍得杀了陌溪？”

“兴许是由爱生恨，得不到便想毁掉吧。你看看，这里写着，自师父魂魄被呼遗放走后，重华日日酗酒买醉，失魂落魄。青灵向其表白心意，被拒，恨而杀之，随即自刎。”

我琢磨了一会儿，正色道：“冥王，这莫不是你编的狗血剧情吧？”

冥王肃容道：“陌溪神君的命格都是司命星君亲自提笔写的。”

于是乎，我越发好奇那司命星君究竟是长了颗怎样惊世骇俗的脑袋。

“冥王，我一直想问，第一世我不小心顶替了那施倩倩的位置，做了陌溪的劫，那这一世，我是不是也如上一世一般，变成了陌溪的劫，最后又护他渡过了劫呢？”

冥王翻了翻命格：“你是护他渡过了劫没错，可你这一世没有变成神君的劫。这一世，重华敬重仰慕的师父与狼妖呼遗做出令门派蒙羞之事，重华为之鄙夷，不齿其师行为，自流波大难后便将妖怪看为极恶的存在，重华与呼遗，也勉强算上他师父吧，是应了怨憎会一劫，而后他若是放不下此怨恨憎恶，将他师父锁魂至魂散，那便是渡劫不成功。”

原来我先前猜的才是对的，后来那些关于恨不恨我的话竟是我自作多情！

我愣怔，随即又想到重华与我之间根本就没有怨憎会，他根本就……不恨我？即便我放跑了他那么看重的师父的魂魄，他也没有厌恶我？那他最后与我说的话根本就不是原谅我，而是他……本来便那般想的？

冥王喝了点水润了润嗓子道："你此次掺和到神君的命格里面去，从结果上来看，你直接放了他师父，让这劫数在事实上算是渡过了。但依我看哪，在这事实之上，你可是已经将神君感化得差不多了。"

"我感化重华？"我难以置信地道，"我一直以为自己一脑门磕在金刚石上了，到最后重华可都还冥顽不灵地不想放了他师父的魂魄，我哪有感化他！"

"怎么没有？"冥王掰着手指细细数来，"他最开始是恨极了所有妖怪的吧，但是后来他肯违背流波的规矩，把那狐狸内丹给了小狐狸，还在醉酒之后说出了妖也不尽然坏这种话。我认为啊，就算最后你没有放了那魂魄，重华也是会心软的。"

我听得眯起了眼："司命星君应当没有把我的出现写在命格里吧，这些细节，冥王你是从哪儿偷窥的？"

冥王义正词严地告诉我："三生，你要搞明白你现在的立场，你现在是代表我大冥府去勾搭陌溪神君的，攸关我大冥府上上下下数不清的员工的幸福，身为上级领导，我自是得细细观看你勾搭神君的每个细节，从而……"

我摆了摆手，不想听他继续废话，只道："罢了，第二世都已过了，便不去探讨它了。"我道，"那从你的观察来看，这次陌溪来冥府时，应当不会像上次那般对我发火了吧？"

冥王摸着下巴："我估摸着应当不会，你这世做得很好，没有乱了他的命格，还帮了他，神君这下可算欠你人情了呀！"

我一直认为陌溪上一世便欠我人情，但好像他的理解与我的总是有偏差，所以我还是决定小心为上，不要冒险，得赶在他下来前先开溜。

我回到忘川河边做石头，这两年过得甚快。冥差甲冥差乙去人界勾魂的时候我托他们帮我看看陌溪的现状。他们回来后告诉我流波实力大减不错，重华尊者日日买醉不错，青灵天师爱而生恨不错。而命格上没有写的细节是，他日日醉倒在晴雪梅林之中，将那把费尽心思寻回的清虚剑如废品一般插在一座无名的坟上。

封剑隐退。

听罢这些，我在冥差甲冥差乙骇然的目光中仰天长笑。

冥差甲说：“三生，此时你该做一副‘怎累得你人世受苦，我心万分疼痛’的哀伤模样。”

我拍了拍冥差甲的肩：“不管怎么转世，历什么样的劫，陌溪还是被我勾搭得动了心。我骄傲得很，有陌溪一人哀伤足矣，我只需笑眯眯地等着去勾搭下一世的他便好。”

冥差乙转身双手合十：“阿弥陀佛，神君珍重。”

我乐呵呵地回石头里蹲了几天，估摸着日子也差不多了，便拍拍屁股潇洒入人世去也。

到人间后，我好几次忍不住想跑去流波看看他，可都勉强忍耐了下来。直到那日，我倚在茶楼二楼看话本子，忽听楼下一人惊呼：“怎么可能！”

我探头望去，是一个老天师，他握着书信的手像得了癫病一般抖个不停。

“尊者亡矣！流波亡矣！我辈道法之术亡矣！”其声凄厉，号得人发怵，若不是我认识重华，还真会以为他俩在陈年往事中有过什么纠葛。

重华总算是去了。我欣慰地合上话本子，琢磨着，他这一世我一定要亲眼看着他长大，不叫他有不幸的童年，不叫他有爱慕上别的女人的机会。我阴恻恻一笑，这次定将他死死拽在我的手心里！

我转念一想，他此生的劫数是“求不得”。

求不得？

可有我在，陌溪会有什么是求不得的？

当天晚上，我的老熟人找上了我。黑爷看见我先打了个寒战：“三生，下次回冥府的时候你怕是得小心点了。”

“为何？”

黑爷又打了个寒战："你是没瞧见战神发火的模样。知道你先一步跑了，他神色阴鸷得仿若冥王抢了他的女人一样。骇得冥王现在都还在尿裤子。"

"他很生气？"我觉得奇怪，这不应该啊，冥王不是说陌溪上一世算是欠下我恩情了吗，怎么还生气？不过算了……陌溪从来都是在生我不明白的气。

黑爷抱着手打寒战不答我的话，我把目光投向白爷，常年冷声冷色的白爷此时也动了动目光，带着几分叹服道："冥王殿的丰镇黑石砖被神君一脚踏为齑粉。"

我浑身僵了僵。丰镇黑那种石头可是比我这石头坚硬了数百倍……

我怎么忘了，在他历劫的这三生中，我是强于他数倍的。但是我终归还是得回到冥府，他终归也会历完劫，彼时他是战神，我是个小小的三生石灵……

我拽住白爷的手臂，双眼含泪："白大哥，到时候你一定要救我！"

白爷看了我一会儿，面无表情地道："三生，卖萌可耻。"

我淡然地将泪花一抹："这招对陌溪管用。"

黑爷拽着白爷道："不和你多说，我哥俩先走了。你自求多福。对了，此生他投在次阳山下的一户农户家中，你若要勾搭，趁早。"

还用他们提醒？我连夜赶到次阳山下，竖着耳朵在山下村庄中转来转去，等着哪家响起婴儿的哭声。

可是除了有几家灯火亮了整夜，我等到天边星辰都快隐没，也没听见哪家有产子后的嘈杂声。

我立在一家农户的房顶上苦恼，黑爷、白爷定是送陌溪转生来的，他们给我说的消息绝不会错。陌溪到底投去哪里了呢？我正想着，忽然余光瞥见一男子鬼鬼祟祟地自茅草屋中跑出，怀中似抱了个什么东西。

腕间的印记一热，我心中暗道不妙，连忙跟了上去。男子行至村外河边停下，左右张望了一会儿，突然将怀里的东西扔入了河中。襁褓散开，一张婴儿的脸蓦地映入我的眼中。

我大怒，纵身上前，挥手一掌将男子拍得晕死过去，然后掠过水面，将陌溪捞起。

待我站稳一看，陌溪一张小脸乌青，嘴巴张张合合却没有发出任何声音。

我愣怔住。

陌溪……此生竟是哑的！

哑子，谓之不祥。

所以生产后他才没有一点声音，所以他父亲才将他抱出来扔掉，所以……即便是有三生，陌溪此生也注定有样东西求不得了……

将陌溪救回之后，我犯了难。

我琢磨着陌溪此生有缺陷，应当避世而居，这样才能免掉俗世闲言碎语的烦扰。但我转念一想，要过怎样的生活应当由他自己决定才是，而且他此生还有劫要渡，我若一味护着他，致使他最后应不了劫……天规应当不会饶了我。

于是我握了握陌溪小小的拳头，在他还没完全打开的拳心中塞了一枚铜钱道："陌溪，正面我们就隐于市，反面我们就隐于野。抛抛看。"

他转手便把铜钱砸在我脸上，皱着眉头一副要哭不哭的模样。

我心下觉得，其实现在的陌溪喝的那碗孟婆汤或许还没起效果，否则他怎会舍得对貌美如花的三生动手？

我瞅了瞅弹落在地上的铜钱道："你说的，隐于市。"陌溪衔着拳头，津津有味地舔着，口水糊得满下巴都是，哪有空理我。

九重天上风华绝代的战神，转世竟是这么一副丑得惨绝人寰的模样……

我寻思着，现在若是将他这形容画下来再拿给以后的他看，彼时他的表情定会妙不可言的。

既然陌溪说要大隐隐于市，我便琢磨着怎么也得隐个大点的市才不至于逆了他的意思。想来想去觉得京城最符合要求了，于是当天晚上我腾云驾雾了一番，隔日便到了京城。

我想我现在是要带着陌溪长大的，断不能因为我让他的童年过得颠沛流离居无定所。我收敛了浑身的阴气，决定不到必要时绝不使用法术。

我租了一间小屋，将窝安置好了，然后望着陌溪，严肃思考着不用法术后，我们的生计问题该如何解决。

我戳着他的鼻子："你会干啥？"

许是这语气过于鄙视，他表示不满地吐了我一手的口水。我默默地反手将口水擦在了他的头发上。

他张着嘴叫不出声，两个小拳头拽得紧紧地推我。

"我就现在能欺负欺负你了，回头你做了战神，还不知要怎么收拾我呢，我可不能亏了本去。"于是越发厉害地将一手的口水糊了上去。

第二天，我仍旧在思考生计问题。

用法术变出钱来并不是什么难事，难的是，怎么让邻居不奇怪我坐在家里便能生出钱来。我抱着陌溪坐在门口，正愁眉不展之时，一个醉汉摇摇晃晃地路过我家门口。我望着他的背影好一会儿，又转过头来问陌溪："你喜欢喝酒不？"

他咬着手指睡得正香。

七年后，京城城东，有间酒馆。

我敲了敲柜台的桌子，柜台里正在算账的掌柜抬头看见是我，笑道："三生小姐，今日怎么有空来酒馆看看？"

"我在家没找见陌溪，想着他可能跑到这里来了，便过来看看。"我左右看了看，没寻见陌溪的影子，顺口问道，"最近生意如何？"

"最近生意还不错，小姐要不要查查账？"刘掌柜是个温厚老实的老头，我素来信得过他。而且开个酒馆不过是打个幌子罢了，真正要用钱的时候，我反手一转便有了。

我摆了摆手说不用，余光扫到一个小小的身影在楼上晃了一下，抬眼看去，正是陌溪。我笑着冲他招了招手：“陌溪！回家吃饭了。”

陌溪见是我，欣喜一笑，迈着腿便急急地扑了过来。

来喝酒的客人有的不由得发出了奇怪的咋舌声。刘掌柜见状不由得摇了摇头：“小姐还年轻，老是带着小少爷免不了引人误会，长此以往，怕是会耽误终身大事啊！”

我告诉他们陌溪是我捡来的孩子，当弟弟一样养。熟悉我的人，对我这一“善良”之举总是报以叹息的神情。

陌溪奔到我身边，恰恰听到这话，不解地望了望刘掌柜，又转头看着我。我蹲下身替陌溪擦了擦脸上糊到的灰，不甚在意地道：“误会就误会，难不成我还会对他们有什么想法？我这终身，有陌溪就够了。”

陌溪像个小大人一样，笑着替我理了理额前微乱的发。

刘掌柜又叹道：“三生小姐终归是年纪轻了些。”

我牵起陌溪的手，对刘掌柜正色道：“我不是年纪轻，只是长不出皱纹和白发。”因为石头生毛已相当困难，遑论要长褶子……

刘掌柜只当我在说笑，我也不想解释什么，牵着陌溪，慢慢走回家去。

吃饭的时候，陌溪突然很着急地给我比画着什么，我看了好一会儿才知道他在问我会不会和别人走了。

我不动声色地给他夹了个鸡腿：“你希望我和别人走吗？”

他抱着碗，摇了摇头，有点丧气的模样，又比画了大半天，大致意思是，隔壁小丁的姐姐跟别人走了，以后都不会回来看小丁。他担心我也像小丁他姐姐一样。

我从来没有向他掩饰他的身世，之前他也不觉得什么不好。但是自从前年上学堂之后，他越发知道自己和别人有的地方不一样。或许是有人在他面前说了什么，又或许是怕连我也不要他了，他越发乖巧，什么事都自己做得好好的，半点没有其他小孩的闹心，懂事得让我心疼。

早知如此，当初我还是应当带他到山野去隐着，让他过得任性一点，恣意妄为一点，我养着也觉得舒心一点。

我摸了摸他的头，温言道："三生不走，陌溪在哪儿，我就在哪儿。"我本来就是来勾搭你的，怎么会舍得离开。

听了这话，他眼睛一亮，任由我折腾他细软的头发，把碗里的饭吃得干干净净。

晚上，我刚把陌溪送上床，忽听一细小的声音落在院子里。

我挑了挑眉，心想，不知是哪个蠢贼挑了我这院子。推开屋门，我却吓了一跳。那不是一个贼，竟是一个穿着夜行衣的高大男子，此时他正捂着腰上的伤口，倚着墙，借着夜色掩住自己的身影。

他定是不知我这双眼睛即便蒙上布也能看清东西。

我撇了撇嘴，装作没看见他，到院子另一角提了一桶水便进屋去了。

当天晚上，京城戒严了一夜，外面的火把照得整个天空都是亮的。

我搂着陌溪睡得安然，只是睡着之前隐隐想到，这是陌溪的劫数要开始了，还是只是一段小小的意外呢？总之不管是什么，这都是一个麻烦，若是他明天还在的话……

我就将他打晕了扔街上去吧。

第二天，他果然还在。

我却不能照着昨夜想的那般将他扔出去，因为……

陌溪拽着那个昏迷不醒的黑衣人的衣袖，一脸无措地望着我，焦急地想让我过去帮他。

我叹了口气，心道，若是现在将这个男人扔出去，是不是显得我太残忍了？而且我最受不了陌溪用这样的眼神望着我，只好赶紧点了点头，将那男子拖进屋里去，扒了衣服给他清洗腰间的伤口，又上药包扎。

看见那个男子的呼吸慢慢缓和下来，陌溪被吓得惨白惨白的小脸终于恢复了一点血色。我想，这种伤，若是换作战神时的陌溪只怕连个眼神都不会施舍，而这个只有七岁的陌溪，果然生嫩许多啊！

我洗了手，盯着陌溪认真地道："救了他或许会有很大的麻烦，但既然是你让我救的，以后可别跟我说后悔。"

陌溪似懂非懂地点了点头。

看着他水汪汪的大眼睛一眨不眨地看着我，脸上还有尚未退去的些许惊慌之色，我心中酥麻了一下，忍不住心痒，"叭"的一口狠狠地亲在他白嫩嫩的脸蛋上。

他的眼睛瞪得更大了。

"舒服不？"我像流氓一样挑着他的下巴问。

陌溪摸着脸认真地思考了一会儿，又认真地点了点头。

我笑得万分得意："舒服归舒服，可这是对自己最着紧的人才可以做的事，你可不许随便这样做。"

陌溪在自己的脸上摩挲了两下，小手又摸到我的脸上，清澈的眼眸里清清楚楚地印着我的影子。他踮起脚，学着我的模样"叭"地亲在我的脸颊上，又摸着自己亲过的位置，一直看着我，就像在说"我只会这样对三生"一样。

我一时又忍不住连着在他脸上"叭"了好几口，亲得他一脸口水，他无奈却又不敢推开我，唯有无声浅笑。

"陌溪、陌溪，你要三生怎么不喜欢你！"我蹂躏着他额前细软的发，恨不能将他揉进自己的身体里护着。

我与陌溪的日子还是照常过，只是屋里多了一个昏迷不醒的男人，而京城中多了很多来来回回走个不停的官兵。酒馆已经被人查过好多次，所幸都没有查到我家来。

第二十二章 姑娘何人

三日后，陌溪去了学堂，我闲来没事拿着话本子，坐在院中的摇椅上，瞅一眼天空，看一眼话本子，一晃一晃地数着日子，盼着院中的梅花开。忽然，屋内响起了虚浮的脚步声。我闭上眼，听着他慢慢走出里屋，到大厅里转了一圈，又在柴房门口绕了一圈，最后走到了院子中，脚步顿住。

“姑娘何人？”他问，声音冷淡，“为何救我？”

“缘分啊！”我不由得感慨，“我心里面最柔软的那东西让我救你，我也无可奈何。”

身后那人沉默了片刻，声音里带了点不好意思：“错蒙姑娘厚爱，在下目前实在无心风月之事。”

我心里觉得好笑。我说我心中最柔软的东西指的是陌溪，然而这位自作聪明又自作多情的男子显然将我误会了个彻彻底底。我是个不喜欢解释的人，这左右不是件多大的事，我便随他想去。

他见我不再搭话，又道：“这几日，是否是姑娘为在下……呃，包扎换药？”

“嗯。”我不甚在意地道，“拉屎拉尿、脱裤子放屁、洗头擦身揩屁股，全是我伺候的你。”在陌溪睡了之后，我一个法术便搞定一切。我琢磨了一下补充道，“为你好，我提醒你一句，你的排泄物的味道着实重，有病，得治。”

后面这人没了声音。

这一没声，便安静到了傍晚。

陌溪回来，推开门一看，愣了愣。他跑到我身边，拉了拉我的手，又指着那个男子，脸上的笑很是惊喜。彼时我正端着一盘炒好的蔬菜，一边往屋子里走一边点头：“嗯嗯，我知道我知道。”

那人看见陌溪，表情奇怪了一瞬：“这是……”

我斜了他一眼：“我弟弟。”

陌溪对着他笑了笑，似想到了什么，又对着他作了个揖，一副小大人的模样。那人似乎对陌溪生了兴趣，上前围着陌溪转了几圈道：“根骨奇佳，是块练武的好料子。只是，他不会说话？”

“嗯，天生如此。”这话他问得小心翼翼，我倒是答得大大方方，陌溪也笑得不甚在意，引得他连连奇怪地看了我们好几眼。

“姑娘豁达。”

饭桌上，我替陌溪夹菜，他如往常一样给我比画着学堂里的一些趣事。那人看不下去了，道：“他如今尚不会写一字？”

陌溪脸上的笑一顿，埋头吃饭。我将筷子一放：“你有意见？”

“我……”

“有意见我也会无视。”

他默了默，微微叹息道：“姑娘误会，我的意思是学堂的夫子兴许是看见孩子这个样子，对他生了偏见，没有好好教他。而今姑娘于我有救命之恩，我无以为报，唯有教他一些实用的东西，让他未来有安身立命之本。”

“这话你问陌溪便是，望着我作甚？”在我看来，陌溪从来就与我是平等的，他自己的事不自己拿主意，我又怎么替他拿？

那人又是叹息一阵，好似觉得与我交流甚是困难。待他又要说话时，陌溪突然拽住他的手，认真盯着他，一个劲儿地点头。他愣了愣，笑道：“既然如此，我已是你师父，明日你便不用去学堂了。跟着我学东西会吃许多苦头，你可得做好准备。”

陌溪仍一个劲儿地点头。我淡淡地道：“你叫什么名字？我总不能老是喂喂地叫你。”

他想了一会儿道：“在下名唤白九。”

我嗤笑一声，这假名字起得真没创意：“很好，我叫黄酒。这孩子叫雄黄酒。”

白九脸上一阵抽搐：“姑娘风趣……”

我淡淡地道：“过奖。”

自此，陌溪便开始了他的拜师学艺生涯。

师父，不仅是对陌溪，连对我来说都是一个陌生的生物。白九师父教陌溪识字画画，教他习武强身，偶尔还教他弹奏两首风雅的琴曲。

他教得多，陌溪也学得快，仿似上天剥夺了他说话的能力，便在天资方面补偿了他一样。

特别是在弹琴这方面，他最有天赋，学了没多久，便能弹出一首曲子来了。我最爱趴在他的琴案旁边，撑着脑袋看着他一副小大人的模样，稚嫩的指尖在琴弦上挑动、旋转。有些音他都还没掌握准确，但是胸有成竹的模样真是可爱得让人不爱也不行。

陌溪学习非常认真，即便没有白九的督促，他也每日都会超额完成白九布置的任务。但毕竟人还小，长期下来，还是有些撑不住。

今年初雪之日，我替陌溪缝了一件新袄子，他拿着左看看右看看，既舍不得穿又舍不得放下，红扑扑的一张脸看得我心暖：“你自己收拾一下，我去做饭。”

但是等我端着饭菜回来的时候，陌溪竟然抱着袄子趴在桌上睡着了。

我将他抱回床上去，给他盖好被子，看着他瘦了不少的小脸很是心疼，微微叹了口气。我见他睡得这么香甜，不由得也生了一丝睡意，也不想管一桌子慢慢冷掉的菜，趴在床边，守着他也慢慢睡着了。

我是被脸上的瘙痒感弄醒的，睁开眼，陌溪正笑眯眯地望着我，手上还捏着我的发，发梢扫过我的脸颊，又是一阵难耐的痒痒。

我素来不喜别人碰我这一头金贵的毛，但是陌溪无所谓。即便有所谓，见他一脸快乐的模样我也什么气都生不起来了，唯有对着他眨巴眨巴眼睛问道："陌溪，你是在调戏三生吗？"

他学着我的模样眨巴眨巴眼，疑惑地望着我，不懂调戏为何物。我对着他邪邪一笑，玩笑般一口咬在他的耳朵上："此乃调戏。"

他愣了愣，捂着耳朵，小脸绯红。

我正叹息这孩子此生脸皮怎的如此薄，不想他嘟了嘟嘴巴，"叭"的一口，毫不示弱地亲在了我的脸上。

这次换我愣了。

他抓过我的手，在我的掌心中用食指一笔一笔地写着："三生，最喜欢。"

我只觉心底顿时融成了一摊水，温温热热，摇摇晃晃，荡漾着温暖了四肢百骸。

等回过神来，我老实不客气地同样在他的脸上"叭"了一口，立马脱了鞋掀了被子爬上床，将他紧紧地搂在怀里："今天咱们啥都不干，好好休息。"

可是哪有那么好的事，我们躺下还没多久被子便被掀开了。

白九额头上青筋乱跳，他看了看陌溪，又狠狠地盯着我，最后闭上眼忍了好久才稳住声音道："今日为何不做功课？"

陌溪猛地自我怀中跳出来，急急忙忙地下床穿鞋。

被人打扰了这么温馨的时刻，我心里火冒三丈，一手抓住陌溪，望着白九道:“跑什么?又不是捉奸在床。”

陌溪显然不知这词是什么意思,倒是白九被气得脸色铁青,指着我“你、你、你”了半天愣是没说出句话来,动手要将陌溪拖过去。我不动声色地揽过陌溪,一只手拦在了他与陌溪之间。

他没抓到人,脸色更是难看。

我得意一笑,骄傲地道:“哼!陌溪是我的!”

“他如今已算是长大,怎能再与异性同卧于床榻之上!即便你是他姐姐也不能做出如此失矩之事,快些将他放下来!”

我不再理会气急败坏的白九,回头摸了摸陌溪的脑袋,问:“这么个糟老头子,满脑子迂腐规矩,一门心思地奔着龌龊角度去钻研,你还要跟着他学?”其实白九不过二三十岁的年纪,离糟老头子的境地还差了很远。但现在在我看来,他的思想迂腐得与那些书院的糟老头子没甚区别。

此话一出,白九的脸涨成了猪肝色,他仿似想一口黑狗血喷在我的脸上,再将我拖出去暴打一顿。

陌溪急急捂住我的嘴,对我的话很不赞同。我拉开他的手问:“你还想跟他学?”

陌溪看了看白九,点了点头。我余光瞥见白九脸上扯出了个诡异的笑,或许他的笑只是对陌溪的听话表示赞许,但现在在我看来,他这个笑便像是个占了便宜的小孩,又像个喜形于色的小人。

一时我说不出心里是什么感觉,唯有淡淡地道:“好,那就继续学吧。”然后我推开陌溪,连鞋都没穿,径直走出了房门。陌溪在后面急急地追我,然而听闻白九的一声唤,他便停住了脚步。

我心里气得呕血,出了门,站了站,见陌溪当真没再追来,我捂着胸口,咬着牙一路跑去了小酒馆。

当晚,我在酒馆中将就了一夜。

这是我第一次夜不归宿,也是我第一次和陌溪置气,又或者说,这样的情绪更像是在吃醋。明明是我救的一个莫名其妙的人，这和他才相处几天啊，那死孩子的胳膊肘就往外拐了！真是……

你大爷的！

在酒馆留宿的那一个晚上，我支走了刘掌柜和所有的伙计，然后将店里所有的白酒倒进了茅厕。

第二天我才起，刘掌柜便来找我了，将我拉到那堆空酒坛前，摆出一副欲哭无泪的形容。

我一摊手，凉凉地道："看来这白酒着实太不招人喜欢，咱们不卖它就是，今日卖黄酒吧。"

刘掌柜见我这个当家的都不甚在意，自然也无话可说。

我赌着气并未回家，在酒馆里坐了一天，见还没人来找我，心里窝火得越发厉害，石头倔脾气上来，又在酒馆将就了一夜。

第三天，我在店门口黑着脸阴森森地站了一上午，骇得没一个人敢进来喝酒。刘掌柜好说歹说，半是拉半是拽地把我拖回了店里。我找了个角落，死命地喝酒，心里面一会儿是生气一会儿是难过，喝了一点酒开始胡乱想着陌溪是不是出了什么事，又多生出了担心的情绪。而这心一悬，我便再也没法坐下去了，站起身正想往回走，一个小小的人影就猛地扑进我的怀里，死死抱住了我的腰。

我低头一看，这可不正是陌溪嘛！他抱着我，脸紧紧贴在我的腹部，呼吸急促而混乱，过了好久也没平息下来。

"陌溪？"

他不搭理我，我只好又连着唤了几声，他才贴着我的腹部点了点头，以示他听见了。

"怎么了？"

他这才从我怀里抬起头来，一双眼竟是通红的。他打着手势告诉我，他以为我走了，不要他了。

我皱起眉头，忍不住控诉道：“分明是你不要我了！”

被我这么一说，他眼眶又是一红，似要落下泪来，慌忙给我比画着，大意是昨天白九带着他去了郊外练武，他也一天没回，今早回来才发现我不在了，连忙找过来，又让我不要怪他，不要生气，后来想了想在我的掌心里写下“三生不喜欢师父，陌溪不学了”。

见他慌成这样，我心里便是有再大的气也瞬间烟消云散了，唯有长叹口气，蹲下身去，摸了摸他的头发，道：“陌溪为什么那么喜欢白九？他比三生长得漂亮吗？”

他坚定地摇了摇头，我十分欣慰地笑了：“那我们另找个师父好不好？”

他默了一会儿，在我的手心里写下：“陌溪想习武。”

我深表诧异地挑了挑眉，没想到陌溪存的是这样的想法。我正想问他为什么，忽听一个粗犷的男声在店门口嚷嚷：“没白酒？你个开酒馆的居然说没酒？老子今天偏偏要喝！”

第二十三章 滚

刘掌柜老实，最是好欺负，遇到蛮横的顾客不管自己是对是错，总是一个劲儿地给对方赔不是。

我皱起眉头，对陌溪道："你先待在这儿，等我处理完了一起回去。"

陌溪不安地想拉住我，我安抚似的拍了拍他的头，走了过去。

看见来人，我挑了挑眉，这横行京城的关三少今日竟然挑中了我这小酒馆撒泼，当真是奇事一件。关三少他爹乃朝廷一品大员，姐姐又入宫当了皇妃，一家人皇宠正盛，平日里谁见了他们都得礼让三分。

这关家三少的品性更是出了名的烂得掉渣，他每日正事不做，最爱出现在各种声色场所，爱女色，爱金银，爱喝酒，是一个十足的纨绔子弟。

这么一个传说中的人突然出现在我这名不见经传的小店，着实让我惊了一下。

刘掌柜还在给他道歉，我扶住刘掌柜，对关三少道："本店今日没有白酒，公子非要喝，前面大街转角处有好几家大酒楼。"

关三少见了我，眯着眼上下打量了一番，猥琐的眼神看得我只想将他的眼睛挖掉。他摸了摸下巴，笑道："刚才来的路上，听闻这酒馆的老板娘是个死了丈夫的寡妇，带着个儿子，但是一点不显老，还长得十分漂亮，少爷我本还不信……原来这传言真的不错，确实是个美妙的人儿。"

我淡淡地道："算是对了一半。"

他见我不气不恼，一时也忘了怎么接话，等回过神来，他脸上的笑越发淫荡起来，一边向我走来，一边动手要抓我："哈哈！他们还忘了说，这家小娘子还是个寂寞极了的小荡妇！今日就让爷来疼爱疼爱你可好？"

我看着他越靠越近，心里正在琢磨是先割了他的舌头还是先挖了他的眼。突然，一个小小的人影冲了过来，将他狠狠地推倒在地。

我还在愣神，又是一个酒壶砸在了关三少身上，泼了他一身黄酒。

场面一时寂静下来。

陌溪似乎还不解气，到柜台后面，找了张纸写了个大大的"滚"字，又扔在了关三少身上。

除了上次在冥界中他对着我砸火球，我还没见他什么时候发过这么大的火。可能他也有过这样大的火，不过是因为那时他是个成人，心智成熟，懂得忍耐，而现在只是个孩子，有火就直接爆发了出来。

我瞥见周围看热闹的人迅速散去，刘掌柜一副大难临头的模样，店里的伙计们也都白了脸，我想大家都是知道这霸王的报复手段的。

可是他们怕，我不怕。

我刚想夸陌溪两句，陌溪却拉下我的身子，抱住我，一遍一遍轻轻拍着我的背，似乎在安慰我，让我不要害怕，像是在说："没关系，三生，没关系，陌溪会保护你。"

我哭笑不得之余，又生出了许多感动，正搂着他激动得一颤一颤的，忽然看见被他推倒的关三少爬了起来，手中捏着酒壶的碎片就往陌溪头上拍去。

一时，我脑中一片空白，只想着谁都不能伤了我的陌溪，当下将他的头往怀中一摁，自己顶了上去。我只觉一股尖锐的刺痛从我的头顶上传来，即便我是石头化的灵，也被这一下拍得眼前一黑，天旋地转了好一阵。

陌溪在我怀里吓呆了，伸出手小心翼翼地摸着我额头上慢慢滑下的温热而黏腻的血液，满眼的惊诧惶恐。

我道："陌溪别怕。"

他的脸白得失去了血色。

关三少在旁边嚷嚷着头痛，说要杀了我与陌溪，将我们的头割下来给他补偿。

我心中怒火中烧，动了杀意。

这么多年来，我还没被如此对待过，这关家三少着实是开了先河。我现在只想将三少的眼睛给抠出来爆炒一顿，让他自己吃掉，看看他自己能不能再长一双出来，补偿补偿！

冥王不让我在人间杀人，可是让人生不如死的办法实在太多。

我眼中怒意凝聚，指尖阴气浮动，他若再向前走一步，我便可直接废掉他的招子。

说时迟那时快，一个人影猛地拽住关三少的胳膊，将他拖得一个踉跄，狼狈地摔倒在地。那人似又不解气地上前狠狠踢了关三少一脚，骂道："光天化日，竟然有如此败类横行霸道！"

我听着这声音觉得熟悉，抹了一把血，将那人看清楚了——

白九。

我撇了撇嘴，转头看陌溪，却见他欣喜不已的模样。我心中醋意更盛，将头一捂，佯装虚弱地往陌溪身上一倒，有气无力地道："陌溪，三生好痛……"

陌溪一时慌了，紧紧地抱住我，眼眶红了一圈又一圈，却没敢哭出来。

我倚在陌溪身上，挑衅地看了白九一眼，而这时他哪还有心情来与我斗气。

那关三少着实是个没用的废物，被白九踢了一脚竟直接晕了过去！与这霸王发生口角是一回事，小孩子对他动手是一回事，与他打架是一回事，把他打晕又是一回事。

白九眼神往远处犀利地一扫，对刘掌柜道："今日别做生意了。"又上前来问我，"可还能走？"

我心道关三少今日被打成这样，他爹是决计不会善罢甘休的，得罪了朝廷大员，对陌溪此生来说绝不是一件好事。现下我们唯有赶快逃走，在官兵找到我们之前，逃离京城，换个身份再做打算。

我不再装柔弱，将头上的血一擦，说道："皮外伤，不碍事。"

白九挑了挑眉，没说什么。

回到家之后，我本想快快收拾东西跑路再说，陌溪却坚持要先帮我包扎伤口，死活不肯走。

这一世我从未在陌溪面前用过法术，此时自然是不敢露馅儿的，唯有乖乖等着陌溪颤抖着手慢慢地给我清理包扎伤口。

我想，关家三少再如何厉害也不过是个世家子弟，官兵了不起明天才找得过来。

但我没想到的是，当夜官兵便寻来了。我听到他们沉重的脚步声，心知这绝不是普通官兵的排场。为了捉一个打了关三少的女子和小孩，这阵仗大了些，我转头望向院子里的白九，他背对着我，身形却显得有些萧索。

所以当听到院子外传来"叛将白齐！休要做无用的抵抗"这话时，我一点惊讶的情绪也没有，救他的时候我便知道这个人不简单。

白齐，叛国的大将军王，传说他是不满当朝皇帝任用贪官，施行暴政的做法，在与东蛮作战的时候主动向东蛮投降，反过来攻打朝廷，意欲推翻暴政，自己做皇帝。

这么一个人物居然让我们给撞上了，难怪京城戒严多日，更难怪官兵这么快便寻了过来。

陌溪拽住我的衣袖的手抖得厉害，我摸了摸他的头温言道："别怕，三生在。"

他却摇了摇头，在我的手心里写下："陌溪保护三生。"一双眼在黑夜中亮得耀人。

白九拉开院门，外面皆是身着黑甲全副武装的士兵，刀刃映着火光，刺得我眼生疼，随着火光扑面而来的还有一股令我浑身不自在的凛然之气。

我透过大门向远方遥遥望去，一顶明黄色的轿子落在层层包围的士兵之外。

我颇为意外地挑了挑眉。没想到这传说中的暴君竟然如此重视白齐，捉拿犯人的时候竟然亲自来了。我不由得暗自叹息，这次只怕我是想帮他也帮不了了。

冥界的灵物对皇帝身上所带着的龙气有种天生的畏惧，我虽不至于怕，却也是不那么自在的。

"叛将白齐！你背叛圣上，投降敌国，残杀我朝黎民百姓！现今还胆敢刺杀皇上！犯下滔天大罪……"

太监细着嗓子数落着白齐的罪行，白齐冷喝一声道："废话什么！要抓我，来便是。"

陌溪一听这话，身形一颤，想要出去，我静静地拦下他，对他摇了摇头。

三生一直是个自私的灵物，朋友的远近亲疏分得清清楚楚，与白九的这点交情，还犯不着我搭上陌溪、搭上自己去救他。得罪了皇帝对陌溪此生绝无好处。

太监冷哼一声道："来呀！还不将贼人拿下！"有士兵立即冲上前去。

白九面色一凛，冷笑着直接拧断了来者的胳膊，抢过对方的长矛，转手便刺穿了后来者的胸膛，笑道："你们想抓我，怕是还差了点本事。"

看来，大将军王骁勇善战，武功盖世，想来并不是虚传。

太监不由得变了脸色，往那明黄的轿子看去，只听那方传来两下轻轻的击掌声。

我眉头一皱，感觉院子里的杀气猛地浓了起来，抬眼看去，不知何时，院墙上皆是引弓欲发的弓箭手们。若是平时，他们还没爬上墙头我便能将他们一一拍下去，但今日龙气的出现严重阻碍了我的感知。

我将陌溪往怀里一揽，手中的阴气暗自凝聚。

白九眉目冷凝，扫了一眼包围着整个小院的士兵，对远处的轿子高声道："不关他们的事，我与你走，放了他们。"

太监凑到轿子旁边，静静聆听了一会儿，一挥手，四周的弓箭手立即收了箭。

白九将手中的利矛一扔，立即有士兵拿着铁链上前来将他紧紧锁住。我望着他的背影，只有叹息。白九啊白九，亏你还是个大将军王，人心险恶，你怎的如此轻信他人？

即便那是皇帝。

没等白九走出多远，太监又是高喝一声："杀！"

被五六位士兵架走的白九骇然回头，怒喝道："暴君……"他话音未落，弓箭手们已听令发箭。无数利箭破空而来，我搂着陌溪站在院子中央，身边没有一个可以躲藏的地方。

死，还是显露自己的灵力？

我笑，这还用选吗？陌溪在，他还没历劫，我断不会让他出半点纰漏。

将早就凝于掌心的阴气收回丹田，我闭目凝神，发出一声短促有力的低喝，浑身的阴气震荡开来，所有的利箭比来时更快地反弹了回去，将墙头上的官兵射得措手不及。

一时耳边的惨叫哀鸣不断，士兵们一一从墙头跌落，即便是没有受伤的，此时都吓得呆住，傻傻地望着我。

场面一片死寂。

所有人的目光都凝在我身上，我颇为不好意思地掩面叹息："容貌倾城，当真是我的过错。”

“啊！妖术！”不知是谁恍然惊醒似的大吼一声，人马顿时嘈杂起来。

我转头，但见陌溪也瞪大了双眼，震惊地望着我。我握了握陌溪微凉的小手，对着他苍白的小脸弯唇一笑，一如往常叫他回家吃饭那般说道：“陌溪别怕，三生在。”

“妖怪！她是妖怪！”太监尖细的声音磨得人耳根疼。

陌溪呆呆地看着我，我不由得心尖发涩，想到前两世惨淡的收尾，忍不住道：“陌溪别听他们胡说，三生不是妖怪。”

而现在哪有时间给我耽搁。太监大叫着“杀了她”，四周的官兵们顿时蠢蠢欲动。

趁他们动手前，我寻了个空隙，提起丹田之内为数不多的力量，纵身跃至白九身边，趁众人都未反应过来之际，一掌劈晕了抓住白九的几个壮硕士兵，将白九的胳膊一提，又飞身跃回陌溪身边。

不看他们惊诧的眼神，我指尖一动，白九手腕上那两指粗的铁链应声而断，我一把将陌溪塞到白九怀里，推了他一把：“带陌溪走，我断后。”

我想，白九再厉害也只是个凡人，这里这么多士兵，还有弓箭手，要他断后不太保险，也不大厚道。

然而即便只余一两成力量，我也有满满的自信可以挡住在场的凡人，他们没有法力，大不了会让我受点皮外伤。我催着白九抱着陌溪离开，他俩在，我才是真的施展不开。

白九见我方才那声低喝便有这样的威力，当下不再问我什么，道了声：“保重。”抱住陌溪的腰便要逃。

陌溪却在他怀里猛地挣扎起来，一手拽住我的衣袖，说什么也不放开，大有死同穴的意味。我摸了摸陌溪细软的头发道：“陌溪别怕，三生很厉害，你们先走一会儿，我马上就跟上去。”

他仍是倔得不放手，满眼的惊惶与害怕。

那方已有士兵欲攻上前来，我转头狠狠地瞪了他一眼，阴气澎湃而出，吓得那士兵腿一软，跪倒在地，然而伤了一人以后，周遭的士兵更是躁动起来。

我急得没法，只好一狠心，一根一根地掰开陌溪拽住我衣袖的手指。

陌溪望着我，满眼的惊惶与难以置信。

我不忍心看，甩开他的手，背过身子往前走了两步，冷声道："走！"

陌溪不能说话，他到底是怎么走的，我不知道，只是我手背之上他滴落的泪水滚烫得无比灼人。没事，我想，这又不是生离死别，我与陌溪定会很快见面的。

士兵们见白九逃走，一时有些慌了，几个胆大的冲上前来，意欲跃过我直接去追白九。

我笑了笑："留步。"

这是温言的劝诫。说话的同时，我指尖阴气凝聚，手臂一挥，一条长而细、深而窄的痕迹划过小院子，径直将小院连着左右好几家的小院切割成了两半。

线的那边是士兵们，线的这边是我。

我笑着，声音中却带有忘川千年凝出的杀气："过线者，杀。"

第二十四章 不如我意

我以为只剩我一人，收拾了士兵再脱身是件非常容易的事，只用一个遁地术，马上便可追上陌溪他们。

但世事总是不如我意。

我万万没有想到皇帝竟然会亲自动手，更没想到这个传说中的昏君竟然是个狠角色。凭着内力充足的一掌，还有随后而来的铁网，我毫无意外地被擒住了。

被拖进监牢之前，我还在想，等皇帝离远了，我一恢复灵力便遁地逃走。

但是被拖进监牢之后，我只能无力叹息。看来对这皇帝来说，白九实在是个很重要的人，否则为何会将我关在皇宫的地牢之中？

我猜皇帝约莫是觉得，白齐的势力不可小觑，将我关在皇宫里，一来能最大程度地杜绝白齐来救我，二来能最大程度地防止我逃跑，毕竟这世上还有什么地方比皇宫的守卫更加森严？三来，则是更方便对我施以刑罚，逼我供出陌溪他们的去向。只是他们不知道，这样也阴错阳差地将我的灵力压制到了最低。

跑不了，我便抱着既来之则安之的态度在暗无天日的地牢中过自己的生活。

凡人的刑具对我造不成实质威胁，每日一顿的鞭打于我而言不过是定时挠挠痒。

只是我被这每日一挠挠得委实委屈。

他们每日都问我白齐的去向、他日后的计划，我哪里知道白齐和陌溪的去向和计划，老老实实地答了，他们还偏偏说我不老实。

我想，以后等这些人去了冥府，我定叫冥差们问问他们长没长脑子，如果他们说长了，那就往死里抽；如果说没长，就直接割了脑袋推进畜生道里。

他们不信我，我也懒得答他们的话，久而久之，他们每日也只是例行公事地来抽我两鞭子。再以后，就没人来抽我，也没人来给我送饭了，我被关在牢笼之中，没日没夜地活着。他们想将我饿死，殊不知我这个石头化的灵只要能接地气，便可以不吃不喝地活上好几百年。

我在这寂寞的地牢里闲得无事，便将自己荒废已久的打坐调息的心法回忆了起来。

那是初化灵的时候，我日日都要修炼的功课，乃灵物必修的基础。这些基础课早在很多年前我便没有做过了，而今体内灵力被压制得只剩极少，别的事也没法做，只能将基础心法拿出来修炼。

地牢极安静，正好方便我入定。

我日复一日地修炼下来，体内气息倒真比之前顺畅了不少。若是像现在这样潜心修炼下去，说不定再等个几百年，我当真可以直接飞升成仙。

然而，这是不行的，我不知人世天日几何，更不知陌溪在外面过得怎么样。越是在地牢里待得久了，我越是担心他，怕他过得不好，怕他被人欺负，更怕他渡不了劫。

不知在这片黑暗之中浑浑噩噩地待了多久，终于有一日，我忽而听到有嘈杂的声音由远及近、由小及大，慢慢地向地牢这边传来。

我睁开眼睛，感到许久未变过的地牢气息倏地一动，紧接着一道在死寂的环境里显得无比突兀的开门声传来，外面的寒风钻入像是与世隔绝的地牢里，卷来了我已许久未曾嗅到的花香，是梅花香。

我贪恋地多吸了几口，在地牢里练得比之前敏锐许多的听觉察觉出了门口的动静。

有四五人走了进来，火把的光亮映得转角处的石砖微微发亮，光极暗，但对在黑暗中待了太久的我来说已经是很亮的光了。

我愣愣地盯着那光看了一会儿，忽然想到，这地牢已有很久没有人来过了……

先前还有人鞭打我的时候，我还能勉强算算日子，一顿鞭子是一天，后来没人打我了，我也能凭着自己的感觉记录一下时日，再后来我开始怀疑自己的感觉，时间也没法再记录下去。可即便不记录，凭着气温的转换，我也知道，这人世应当已经过去好些年了。

这么些年，这牢里没有人来送过饭，没有人来开过门，没吃没喝的，却还好端端地活着一个睁眼的大姑娘……

我想，看见我的人，反应大概会很精彩，而我现在的状态估计也会很精彩地被打破……

我现在被关在皇宫里，身体里的法力虽恢复了一些，但还不足以让我逃出牢房，回头他们找了天师来杀我，我便只好乖乖等死了。

死并不可怕，可怕的是，如今这一生是我勾搭陌溪的最后一生了，若就这样冤枉地没了，我可不甘心。

是以，为避免这种情况的发生，我识趣地往墙角缩了缩，抱着那堆已经枯得快化成粉的干草把自己挡住。所幸我这些年修炼还算勤快，闭个个把时辰的气，隐藏一下自己的气息，应该不是什么大问题。

我这方正想着，外面的人已经走过转角，行至我的牢门前。

“等等……”

他们穿着禁军的衣裳，有一人拿着火把往四周照了照，略显紧张地问：“你们有没有听到什么声音？”

火光拉扯着他们的影子跳跃，牢房里静了一瞬。走在最前端的那人探了探四周道：“这地牢已经近十年未曾开过，除鼠蚁外，还能有什么声音？”他嫌弃地道，“你别太紧张，咱们把这人关了就出去，点着火呢，还怕什么！”

“可是……听说……十年前，先皇在这里关过一个女妖……”

十年？原来我已被关了十年之久！那陌溪现在岂不是已经长大了，再过两年便要行冠礼娶媳妇儿了？我大惊，可不能再在这里耽搁了！

可现在我也没法出去啊。

我咬牙，暗自纠结，那几名禁军比我更纠结。

“你别瞎说！”为首之人虽呵斥着人，自己的声音却也有点颤抖，“鬼神之说岂可信？”他自顾自地举着火把到前方去，拿钥匙打开了我隔壁牢房的门，“快来快来，快把那家伙给我拖进来！关好了就没咱们的事了。”

他话音一落，后面另有两个军士踏了进来，小心翼翼地打量着四周，两人还架着一个浑身是血的黑衣人。

忽然，我手腕一热，这熟悉的感觉让我不由得浑身一僵。

被禁军军士架进来的那人几乎是被拖着走的，黑发覆了满脸，淌了一地的血。然而便是在这样昏暗的环境当中，便是连脸也没看清的情况下，我就已认出了那个人！

我倏地抽了一口气，猛地站起身来。

胆小的军士一直注视着地牢里的情况，听闻我这方的动静，立时抽出了比我更大的吸气声，大喊了一声：“鬼……鬼啊！”

我许久没梳过头发，此时乱发与干草胡乱扎了一头，我也懒得理一理，只伸出手向着那方直挺挺地走了过去：“把他给我！”

太久没说话，让我的声音又哑又粗，像是被刀磨过一样。活动得太少让我脚步有些虚浮，待我走到牢门边伸出手去抓他们时，几个军士已吓得面色苍白，手忙脚乱，连滚带爬地奔了出去。黑衣人被扔在冰冷的地上，生死难辨。

“陌溪……”我唤他，艰难地从手臂粗的牢房栏杆缝隙里伸出手去抓他，触碰到了他散落在地的发丝，“陌溪，陌溪！”

他的名字和发端像有温度一样，让我的唇瓣、心尖和掌心都灼热起来。

将他的头发抓了好一阵，我才确定这不是自己闲来无事做的梦。努力地把手往前伸，我费力地摸到了陌溪的额头，触手一片滚烫，他应当是发烧了。然而额头已是我能触碰到的极限，牢房的铁栅栏将我挡住，让我没法摸到他的脉搏，探不出他究竟伤得如何。

我心里很是焦急。

外面的牢门没关，冷风呼呼地往牢里吹，今生的陌溪没有修仙，身体终究是个凡人的身体，如此任他躺在地上，他怕是活不了多久了。

我调动内息，将这些年在牢里修炼而得的法力慢慢渡给了他。

我是冥界的灵物，身体里的阴气其实不大适合救人，但总好过让他躺在这里等死，这也算是两害相权取其轻了吧。

外面的风带来逃出去的士兵们惊魂未定的声音：“你们可看见了？着实是鬼没错吧！”

“那人还没被关进牢里呢，回头跑了怎么办？”

“里面有鬼呢，我可不敢再进去，先把大门关上吧，反正他伤成那样，怎么也跑不了了……”

“那可是白齐的徒弟哎！你能保证他跑不了？”

“那你说，这下该怎么办？”

“你说怎么办？不然咱们先把门关了，再去找大人商议……”外面的门轰然关上，阻绝了气息流动，也隔断了外面的声音，地牢里再次变得死寂。

他们定是还会回来的。

我心里更是着急，待他们回来时，我是绝不能再像方才那样失策现身的，若是我先被收拾了，陌溪一个人在牢里定会更难受。现在我们虽都出不去，但我好歹还是能帮他调理调理身体的。

我只好趁现在尽量助他疗伤，忽觉他的脑袋动了动，额头在我的掌心里轻轻一蹭，一如他小时候对我撒娇一样，我心尖一暖，随即又是一阵抽疼。我那么宝贝的陌溪，这是被哪个混账东西打成这样的啊……

他好似是冷了，又好似是做了什么噩梦，身体不停地颤抖着，我轻轻拍了拍他的额头："陌溪别怕，陌溪别怕，三生在这儿。"

我一声声地安慰着他，连带着把累积不多的法力都渡到了他身上，显然这样让他好受许多，他的身体不再颤抖，呼吸也慢慢变得绵长起来。

我抹了一把头上的虚汗，忽闻牢门"咔"的一声，外面的寒气再次灌了进来。

这一次进地牢的人至少比先前多了两倍，且脚步坚定，踏步之声铿锵，听起来比方才那几人难对付多了。

我往墙角一缩，拿干草将自己裹了裹，心里还是觉得不保险。我这下再怎么隐藏自己的气息，怕是都逃不过人家点着火把仔仔细细地找吧，当下心中一急，脑中却猛地闪出了个主意。

我就地一缩脑袋，化了真身，变作一块石头匍匐于地。

其实遇见困境化真身这种事对一个已修行了千年的灵物来说不大光彩，就像小孩学会了用两条腿走路之后便不会再爬着走路一样，这是一种生命的退化，但凡有点气节的灵物，大抵是不会变化得像我这么干脆的。

但在现实面前，气节什么的，自可适当弯弯腰。

我没变成石头多久，一行人踏了过来，点着火把，照亮了整个地牢。为首一人不过十几岁年纪，神色却极为老练沉着，他穿着轻甲衣，稍稍一动，身上的铁皮甲片便"哗哗"作响。他目光冷冽地在牢中一转，最后落在趴于地上的陌溪身上，冷声问道：“方才，是何人说此地有恶鬼？”

没人答话。

站在队伍后面的那四人抖成了筛子。

“只将人架来关住也做不好，我禁卫军要你们何用？”男子声音冰冷，“给我斩了。”

此话一出，几人腿软跪下，大喊饶命，却被其他士兵毫不留情地拖了出去。

这人小小年纪，戾气竟如此重，只为这种事便要杀人？不看重生死如我也觉得他没有把人命当人命看。

轻甲军士下令处理了那几人，却没急着走，反而往地牢里踏了几步，站在一个没有设立栅栏的空旷地。我心里微微慌张起来，我知道那里是用来干什么的，在刚被抓进牢里来的那段时间，我便是在那里挨的每日一顿鞭笞之刑。

军士冷声道：“把他拖过来，打醒。”

有两人抱拳领命，一人一边拽着陌溪的手臂，将昏迷的他拖到了那边，紧接着后面便有人端来一盆冷水泼在他头上。

我看着便觉得寒冷刺骨。

陌溪还病着呢，他还病着……

另有两人摸出了长鞭。待陌溪手指微微一动，慢慢睁开眼，轻甲军士毫不客气地便下令道：“打。”

“啪啪”两鞭，像是抽在我脸上似的，打得我眼睛火辣辣地疼。

这一生的陌溪说不出话，很安静，身体却下意识地蜷了起来。

我那么宝贵的陌溪，怎么能如此卑微地蜷在地上任由你们抽打！

我几乎快忍不住自己的怒气，恨不能直接冲出牢笼，将那几人碎尸万段，恨不能拿鞭子一下下抽在他们身上，让他们皮开肉绽。

可我不行。

我出不了牢笼，打不到他们。

我那么清晰地看见自己的愤怒，也那么清晰地明白自己的无能为力。我头一次这么怨恨自己是冥界的灵物，若我不受这皇家龙气的影响，若我有足够强大的力量……

轻甲军士见陌溪痛得清醒了，这才冷冷地问道："你若愿将白齐的动向告知于我，便可免受皮肉之苦。"他招了招手，旁边立即有人呈上笔墨，放置在地上，"我知晓你乃哑子，这便给你备了笔墨，你若肯写，我定会禀明圣上，求圣上对你从轻发落。"

陌溪从胸腔里发出咳嗽的声音，听起来像是伤了肺腑。

我在心里祈求，让陌溪不要跟自己的身体过意不去，拿了笔随便编几句像样的话糊弄他们，今日也可免了苦痛。改天等他们发现他骗了他们，再告诉他们一点三分真七分假的消息便是，若再发现，就五分真五分假，只是千万不要和他们硬碰硬……

陌溪却不动。

轻甲军士见状，表情微带轻蔑地道："骨头硬，我便看你能硬多久。今日打五十鞭，休要将他打死了，明日再问。"言罢，他抬脚离去。

我此时却没心思管这个混账东西要去哪里，只顾着看那些留下的士兵一鞭一鞭地抽在陌溪身上。

我素来是个自私的灵物，从来不知，原来这些鞭子打在别人身上，会比自己挨了更疼。我一直也奉行求天求地不如求己的行事准则，然而我现在开始乞求，只求他们能下手轻一些，再轻一些；乞求司命星君那本命格写得简单点，再简单点，别让陌溪再吃那么多苦了。

像是熬了比这十年还久的时间，他们终于停了手，收了东西，将陌溪扔在我隔壁的牢房里，只留下一碗浊水在牢门前，走了。

地牢重归寂静。隔了许久，我才化成人形，浑身颤抖着慢慢走了过去。

我这间牢房与隔壁牢房间只插了几根手臂粗的柱子，却足够阻拦现在的我了。我伸出手努力往前摸，却始终抓不到他，急得快哭了："陌溪，陌溪。"我唤着他的名字，再说不出别的话语。

可没想到我叫魂似的唤了许多声后，趴在地上的人影竟当真动了动，他本仰躺于地上，脑袋偏向另一方，此时却吃力地转头看向了我。

那些军士走之前还在过道里留了一支火把，借着那方传来的微弱火光，我看见了他因为伤重而变得赤红混浊的眼睛。

他看见我，像愣住了一般，连眼睛也忘了眨。他吃力地挪动手臂，食指艰难地将我指了指，像是在确认什么一样。

我忙道："是我是我，是三生，你没看错，你别动，别乱动。"

听清我的话，他惊得愣了好一会儿，嘴唇忽而有些颤抖。他吃力地向我伸出手，我以为他动不了了，他却用下巴撑着地，不知是从哪里借了力气，费尽力气地爬到了我这边。

我伸出的手，正好能摸到他的脸颊。

我几乎快哭出来了。

他的指尖碰到了我的手，想要触碰我的掌心。我忙抹干模糊了双眼的泪花，把手心摊开递给他。他微凉的指尖在我的掌心里一笔一画专注而吃力地写着："三生。"

费了这么大的力气，他原来，只是想唤唤我的名字。

"是我。"

他写："你还活着。"

"我一直活着，我说好了会去找你的，还没找到你，我不敢死。"

他笑了笑，已经长得比小时候大多了的手还是像小时候那样，拽住了我的一根手指头，紧紧地攥着，然后慢慢地闭上眼睛，睡了过去。

他看起来……很累了。

他还记得我的。我们分别时他才八岁，只是一个小孩，现在已过了十年，在凡人那么容易遗忘的年纪里，他还记着我，这已经是件不容易的事，而他还依赖我，这更让我欣喜不已。

只可惜，他还记得我，还依赖我，我却没法像之前那样将他保护得好好的。

我用另一只手去探查他的脉搏。

虚弱，但好在先前我渡了点法力给他，让他得以保命，暂时应该没有大碍。我稍稍放下心来，只是想起那轻甲军士最后留下的那句话，不由得为陌溪的明天担忧起来，明天若是再有一次这样的鞭打……

我看着陌溪的睡颜，暗暗咬牙："区区几个凡人，我岂能玩不过他们？"

陌溪醒来之时，我刚握着他的手指在我的手背上画完一个符。

兴许是自己的手被人使唤让他感觉极不适应，他下意识地往回抽了一下。我顺势松开他的手，却不想下一瞬，他惊醒似的猛地将我的手腕擒住，但握住的下一瞬，又似突然害怕起来，倏地将我放开。这一握一松，弄得我有几分茫然。

"陌溪？"我眨巴着眼看他，"做噩梦了？"

他躺在地上愣愣地看着我，看了好一会儿才打开我的掌心写道："我以为……"他顿了顿，"看见三生只是一个美梦。"

所以他是想抓住我，又怕打碎我吗……

我心头一软，握住他已变得粗糙的大手，捏了捏，轻轻地道："你看，你眼前这个三生是热的，能动，不是梦，也不是鬼。你不用小心翼翼，也不用怕我。"

他摇了摇头，像是在说不会怕。

我欣慰一笑，拽着他的手，开始在他的掌心画符，一边画一边道："虽然现在咱俩都被关着，但是你莫怕，三生定不会让你再吃一点苦……"我话音微顿，停下了手，望着陌溪被牢里微弱的火光映亮的眼睛道，"你如今，可在外面讨了妾室和小老婆？"

他被我问得愣住，不点头也不摇头。

见他没回答，我心头忽地一凉："打小我便对你说，不能乱接触图谋不轨的女子，你约莫是忘了吧？你若是讨了别的女子，那我还是要让你吃点苦头的。"

陌溪略显惊慌地张了张嘴，像是急着要为自己辩解什么，食指一直在地上写着字，我斜眼一看，大致明白他在一遍又一遍地写着"没有"，像个被冤枉的无辜孩子一样急于为自己证明清白。

见他如此着急，我心头半是甜半是酸，继续拽了他的手在手背上给他画符："没有便行。"画完了符，我正色道，"那些坏人再隔不久又该来了，那迂腐的白九把你教得不好，让你把气节这些虚的东西看得太重。不过他已将你教成这样，我横竖是扭不回来了，可若要我眼睁睁地看你受伤，我却是做不到的。"

画完符，我将他的掌心翻过来，盯着他的眼睛道："三生现在有法子助你在挨抽的过程中护住自己，让他们打不痛也打不伤你，所以接下来我教你的东西，你得好好记住，知道吗？"

他点头。

我在他的手掌心里写下了六个字："你记着这六字，在他们打你的时候，你只要念念咒，疼痛立时去无踪。"他皱眉，眼中尽是疑惑。我伸手揉开了他紧皱的眉头，"你相信三生吗？"

他郑重地点头。

即便这么多年未见，我要他相信我的时候，他还是选择了毫不犹豫地相信我。大概这就是俗话说的……

亲自养大的鸡仔就是与别人养大的不一样……吧。

第二十五章 盯

我身上为数不多的法力都渡给陌溪了，我是没力气使用法术的。

好在陌溪虽然转世，但他的灵魂还是战神的灵魂，战神陌溪最初在我的命门上留下的金印始终是他的东西。通过这金印来使唤我，再加上我画上的符咒与先前渡给陌溪的灵力，陌溪只用默念咒文，便可将他受的伤挪到我身上来，这种小转移法术是不会不成功的。

看他挨打我心痛，看他吃痛我更痛，索性把这些打、这些痛都转到我身上来吧，左右我一块石头，皮糙肉厚，这些凡人的鞭子要伤我，也不是那么容易的。

我正想着，忽听“咔”的一声，是外面的牢门被打开，我心头微惊，安抚地拍了陌溪两下，对他做口型道：记得默念。然后便缩到了角落里，化为一块石头不动。

陌溪惊异地睁大眼看我，却在听见来人的脚步声时又闭上眼，全当还在昏迷。

又是那个轻甲军士。

他身后的随从上前打开陌溪那边的牢门，将陌溪拖了出去，一切皆如昨天，走流程一样，泼水，打醒，问话，然后今日是一百鞭。

然而让我失望的是，凡人的鞭子再怎么抽也抽不痛一块石头的肉身，我已做好被打到吐血的准备，但这样打像挠痒，实在有负我先前的期望。我趴在地上百无聊赖地数着他们抽下来的鞭子，但见陌溪也趴在地上，全然不像昨日那般被打得下意识地抽搐了。

这委实是个双赢的策略，我又为自己的才情折服了一番。

数到五十六时，挥鞭子的人忽然停了下来，顶着轻甲军士冷如刀的眼神蹲下去看了看陌溪，然后挠头禀报道:“大人，这人好似……”

轻甲军士皱眉道:“死了？”

“睡着了……”

“奇怪了，这打了好似没什么用处啊……”没等那人将话说完，轻甲军士劈手夺过他手中的长鞭，“啪啪”两声，一下落在陌溪的背上，一下打在他的脖子上，我只觉这两处地方灼痛了一下，当即心头一喜。

没错！就是这样！这才符合我心中悲壮的场面！我正激动着，那轻甲军士却住了手。

“大人？”旁边的人困惑地问。

我也无比困惑，打呀，你倒是打呀！我还没进入角色呢！

轻甲军士盯着已经睡熟了的陌溪默了良久，声音虽冷，却由衷地钦佩道:“不愧为白齐最得意的弟子。”他略一思索，挥手道，“不打了。”他指了指陌溪牢房前的浊水，“从此刻开始，不许给他送水与食物来，给他张纸，纸上何时有字，便何时给他吃食，他若当真死也不肯写，那便让他在这里留具全尸吧。”

“得令。”

陌溪又被拖回牢房里关着。先前放水的地方放上了一张白纸，他们连笔墨也不给陌溪留着，是打算让他写血书吧……

待军士们走后不久，“睡着”的陌溪醒了过来，转头看向我这方。

我细细听了听，察觉外面的声音都消失之后，这才化为人形，又走回牢笼栅栏边，笑眯眯地道：“信三生，可有错？是不是当真不痛？”

陌溪眼睛直勾勾地盯着我。我只当他奇怪我刚才变成了石头，摸了摸鼻子道：“我不是妖怪，那只是……只是我会的法术，你看，我的法术不是让你也挨打不痛了吗？”

陌溪还是只盯着我。

不过是十八岁的年纪，他目光里已有些东西是我看不懂的了。

他用手撑起身子，这次挨的鞭子虽不疼，但他先前的伤还没好，他慢慢地挪到栏杆这边，坐着倚在栏杆上，抬起手，伸过栅栏的缝隙，轻轻地摸到了我的脖子上。

他的眼神变得更深，像是星光在里面被绞碎了一样，染在他如羽的长睫毛上，他的拇指在我的脖子上轻轻摩挲，那是方才被轻甲军士打到的地方。

能看到他这样的眼神，我此刻只恨那军士没有打得再狠一点，却又心疼地觉得，我还是不要受伤好了，陌溪还是不要心疼好了……

这一系列动作好似已花光了他所有的力气，陌溪的脸色白成一片，他却不肯将手从我的脖子上拿开。我只好抓了他的手，放下道：“陌溪，三生不疼的。”

他垂下眼眸，打开我的手掌，在我的掌心里一笔一画地写着：“疼。”

他不是我，怎么会知道我疼不疼？但是我想，我是理解他的这种心情的。

心尖像被人用狗尾巴草挠了一样，痒痒的。我多想抱抱陌溪，趁此场景，好好温存一番，可栅栏比冥王办公的时候还不讲情面。不过就算抱不了，能像这样隔着栅栏牵手坐着，对我来说已是极幸福的事了。

像这样的幸福，都要追溯到百余年前，我与陌溪的第一世去了。

掌心痒痒的，是陌溪又在写字："三生在这里被关了十年？"

我点头："嗯，约莫是这样。"对比忘川的千年岁月，这点时间，着实不够看的。

陌溪拽着我的手微微一紧。我安抚似的摸了摸他的脑袋："没事，其实并不太久，感觉一晃眼就过了。只是被关在这里，我觉得最难熬的不是别的，而是想念陌溪的时间。"我轻声道，"一想到你，流水飞逝的时间都像不走了一样，慢得可怕。我这里暗无天日，连人世过了几载也不知晓，更不知道你过得如何，不知道你还记不记得我，不知道你又看了什么样的世界，体验了怎样的感情。想到我在你生命里的缺失，我便觉得……"

我轻叹："好生遗憾啊……"

这是你我的最后一场缘分了啊，我却把时间都浪费在这儿了……

陌溪听罢这番话，很久都没动，待他动了，却又像停不下来似的，在我的掌心里写着："我记得三生，十载岁月，一朝也不敢忘怀。此次若能逃出劫难，陌溪此后定守在三生身边，不离不弃，不叫三生再有遗憾。"

这番承诺听得我心花怒放，我激动地勾住了他的小拇指，像他小时候那样和他拉了个钩："这可是你自己说的，以后你得守在我身边，我不叫你走，你便不许走，更不许去守着别的人。"

先前陌溪还小，我便没有对他特别强调"归属权"这个问题，如今他也大了，命运又正好让他重遇了我，此时不将他的"归属"问题落实清楚，更待何时呀。

"你要是食言……那就食言而肥，肥出三层肉，肉多得往地上掉。"

陌溪勾起嘴角，轻轻笑了。

士兵一天来一次，这已是第三次来了，他们行至牢门前敷衍了事地看了看地上的纸，什么也没说，默默出了门，当天陌溪的唇已干裂出皮了。他现在伤重，吃可以不用多少，但没水是不行的。

这些天，我不止一次劝陌溪将那纸拿来胡乱写了，陌溪只摇头。我想偷了那张纸来随便画几个字上去，却始终够不到，让陌溪给我拿，他却固执地不干。

我气得拍他的脑袋，陌溪默不作声地挨打。

见他如此，我心里更是将白九恨出血来，想想以前陌溪才出生时多机灵的一个小孩，偏偏让他给教得比以前的石大壮还榆木脑袋！

他躺在地上，闭着眼，呼吸微弱，我实在看不下去了，咬破手指，挤出鲜血，伸手到他那方去，将血喂进了他的嘴里。

我的血与法力一样，对他的身体都不太好，但这点不好总好过眼睁睁地看着他死掉。

鲜血滋润了他干裂的嘴唇，他下意识地舔了舔，然后含住我的手指，几乎是本能地在饥渴地吮吸。

“你以后身子畏寒，可别怪我。”我有些心疼地拿拇指摩擦了一下他的脸颊，那么凉，几乎快没有活人该有的温度了。

陌溪迷迷糊糊地睁开眼，目光与我相接，又疲惫地合上，喉结艰难地滚动，把吮吸到的血咽进肚子里，隔了会儿又猛地睁开双眼，像是突然意识到了自己喝的是什么东西一样，倏地直起身子，扭头躲开我的手指。

只是这点动作已让他累得直喘。

他挪开了几分距离，躺在地上看着我，唇上染着的我的鲜血和他苍白灰败的脸色极为不搭。

我道：“我知道我的血不太好喝，但为了命着想，你还是将就吞了吧。”我将手指上的伤口往外撕开更大的口子，鲜血流出，我把手递到他面前，陌溪没动，鲜血落在他的衣襟上，一点一滴像巧妇绣出的红梅花。

在微弱的光线下，我看见陌溪动了动嘴角，他扭过头，不再看我的手。

我放下手，声音渐冷地道：“让你写字你不写，让你喝血你不喝，你这是……在一心求死？”

他的喘息渐渐平缓下来。他别过头没看我，但侧颜上显现出的挣扎几乎让我都开始纠结了。最终，他一咬牙，转身往放着的白纸那边爬去，拿了白纸，又回到我这边来，作势要咬自己的手指，我忙拦住他："我这儿有，我来写。"

他想拦我，可现在的陌溪的动作哪有我快，我抢了白纸，想了想，写道："白齐欲攻京城。"陌溪瞪大了眼，我扬眉，"怎么，难道被我猜对了？"

陌溪摇头，在地上写道："现在……不太可能。"

我道："乱写的事，你何必管可不可能，先把饭骗到嘴再说。"我把纸放到牢房外，等着士兵下一次来看。

然而，等了很久士兵却没有再来。

他们放弃陌溪了，他们想将他……活活饿死。或者他们认为陌溪已经被饿死了吧，毕竟照常理来说，重伤之下，谁能熬过三天三夜不吃不喝？

没等到士兵，陌溪便只能食我的血。他的情况不大好，先前喂的那点东西连给小孩子解渴都不够，怎救得了陌溪？我将手指上的伤口撕裂得更大，喂给陌溪。

他咬紧了嘴不肯张开，像是在说："我不喝你的血。"像是在表决心，"我情愿死，也不喝你的血。"

我知道他的心思，于是没有和他废话，本着该动手就动手的原则，从栏杆的缝隙间伸过手去，捏住他的下颌，强迫他张开了嘴。他此时自是没力气与我对抗的。我将手指上的血挤到他的嘴里，使巧力轻按他的喉结，强迫他把血咽了下去。

然而指尖上的血能有多少？没多久，我的手指便苍白一片，有些无力了。我一琢磨，索性咬了手腕，鲜血涌出，我将陌溪的下颌禁锢住，迫使他饮下腕上流出的鲜血。

陌溪的脑袋被我禁锢着，半分也动弹不得，他的眼睛却慢慢红了起来。

"三生不痛的。"我道，"陌溪别难过了。"

他的眼眶却红得更厉害了，最后他不得不闭上眼极力隐忍着情绪，活像我刚才说的话不是在安慰他，而是在伤害他一样。

陌溪一直是坚强的人，不止这一世，第一世的他、第二世的重华，即便心在某些角落有些软弱，但外表永远披着坚强的铠甲，此时他却有了这般表现……

“陌溪，别难过。”除了这话，我想不到别的安慰他的言语了，一声声地说着，他便在这一声声安慰中无声地哽咽。

我不敢把自己的血喂他太多，估摸着合适便收了手，拿衣袖替他擦了擦唇边流下的血：“陌溪这是被我感动了吗？”他的手放在我的手背上，动作轻极了。我转手攥住他的手指：“陌溪可是觉得欠我良多？”

他没有表示，但抿紧的唇却泄露了他的心绪。

我摸了摸他的脑袋：“陌溪若觉得欠我，那待以后出去时，你定要好好待我，把这些，都还回来吧。”

把上一世、上上一世的都还回来，战神陌溪不承认他欠了我，便由这最后一世的陌溪还给我吧。我想，我好歹也得在他这最后一世捞点什么，比如以身相许之类的，不然等这三生完结，我多亏啊。

陌溪将我的手摁在他的脸颊上，蹭着我的掌心，无声却又坚定地点头，就像是在立誓一样。

见他如此乖巧，眼角尚未褪去红晕，我倏地又觉得还是不要他还了吧，就这样一直欠着我也没关系，谁让这些事我自己做得那么心甘情愿呢。

长期被关在黑牢里，让我对时间的概念有点模糊，不知道什么时候该给陌溪喂点血喝，然而我还没来得及发愁，事情便突然之间有了转机。

是时，陌溪正闭眼睡着，我趴在牢房栏杆间伸手去摸他的脸，正调戏得高兴时，忽听外面牢门“咔”的一声打开。

陌溪猛地睁开了眼，我亦是一惊，难道是那些士兵又想起陌溪了，准备来看看？

可我仔细一听，却觉不对，今日来的这几人脚步急迫却不慌乱，轻盈得仿似动物。

我连忙将前些时候写的那张白纸从牢房外拿了回来，藏在干稻草里。我还没来得及化真身，已有黑衣人点着火把走到了我这边的牢笼前。

四人均是一袭黑衣，蒙着面，待见到我时，他们均有几分吃惊：“从未听闻地牢中还关着一人！”

对方身份不明，我决定暂时沉默。

“师弟！”有人忽然惊呼出声，四人登时往旁边跑去。

看见他们，陌溪眼睛蓦地一亮。有人拽了拽扣在牢门上的锁，道：“是精钢九曲锁。”一人蹲下，自袖里摸出一根极细的针开始解锁。另有两人自觉地走到外面去把风。

仅余的一人留在牢门边，看了看躺在地上的陌溪，又看了看我：“你是何人？”他问我。

我还没答，却见陌溪费力地招了招手让那人过去，在地上写道：“带她一起走。”

那人皱了皱眉，未来得及说话，便听外面放哨的两人催道：“快些。”陌溪又在地上写了些什么，写得太快，离得远的我看不清，只听那人道：“你这是疯了？我只是奉师父之命来救你的。”

陌溪拽住那人不放手。

外面催促声更急。

“好了。”便在这时，忽听“哗啦”一声，铁锁掉在地上，解锁的黑衣人行至陌溪身边，径直将他扛了起来。被拖到我的牢门前时，陌溪却不知道哪里来的力气，倏地死死抓住牢门栅栏，怎么都不松手。

黑衣人骂道：“现在已没时间再救一个！你这是在找死！”

陌溪不听，仍旧死死抓着栏杆。他望着我，眸中的神色让我心头酸涩得不成样子。

“走吧陌溪。”我道，“三生以后会自己想办法出去的。”

黑衣人看了我一眼，拖着陌溪：“走。”

陌溪还是不肯松手。

我走到牢门前，轻轻摸了摸他用力拽着栅栏的手，比起十年前那双小手，这手现在已经长得这么大了。我望着他微微一笑道：“陌溪，你相信三生吗？”我道，“我会出去，我会去寻你，你只需好好地活着，比现在更好地活着，我就一定能寻到你，到时候，你且记得要报答我。”

他瞪大眼看着我，我一根一根地掰开了他的手指。

他倏地开始拼命挣扎，外面两人的催促之声越发急了。我厉声道：“把他打晕拖走。”

陌溪难以置信地看着我。另外两名黑衣人仿似被我的声音惊到，解锁那人却反应更快一些，回过神来，一记手刀砍在陌溪的后颈之上，陌溪的身子一软，被他背了起来。

我立于牢门前，看他将陌溪扛了出去。

我那么不容易等到的陌溪，那么不容易救回的陌溪……却要又一次这样无可奈何地看着他离开。

但我有什么办法呢？没有什么比陌溪的生命更重要。

另一个黑衣人跟着走了两步，离去前，脚步微微一顿，侧头对我道：“抱歉。”

“没事。”我大度地摆了摆手，“只要你们师兄几个不要觊觎陌溪的美色，不要偷偷占他的便宜，好好护着他逃出去，我便不会嫌弃你们没本事救我的。”

黑衣人嘴角一动，什么也没再说，快步出了牢门。

我退了几步，像陌溪没来之前那样，倚着冷硬的石墙坐下。

他们走时未将牢房的大门关上，外面的寒风和着梅花香呼呼地往里灌，吹熄了仅有的那根插在墙上的火把。

我闭上眼，用尽全力地去听外面的动静，人声、脚步声、刀剑声都渐行渐远了。大门不知被谁关上，沉重的一声响，将所有动静都隔绝。终于，这里又独留我一人。

不过庆幸的是，虽然不知多久才能出去，多久才能再遇见陌溪，但好歹在他的生命中，又有一段经历是与我一起度过的了，虽不至于刻骨铭心，但好歹也算……

难以忘却。

这便够了。

我闭上眼，努力静下心来，让自己的思绪沉浸在黑暗之中，然后慢慢回想起了自己的修炼心法。

我只有等了，等到出去的那天……

第二十六章 我是长安

不知在黑暗中等了多久，我终于再次听见了牢门打开的声音，一个人的脚步声不徐不疾地自远方传来。

我抬起头，看见一簇火光经过地牢的转角处，慢慢到了我牢门前。

我眯着眼打量来人——一个三十多岁的青年，白袍纯洁如雪，与这牢狱半点也不搭。但他的脸在火光之下显得有点熟悉。

“三生。”他神色没有半分惊慌，淡然地唤出了我的名字。

我仔仔细细地打量他，努力地在记忆中搜索他的面貌。他看见我的神情，微微叹息后又轻轻一笑道：“三生，我是长安。”

我皱着眉头想了想，发现记忆中这个名字遥远得有些模糊，好半天才反应过来：“啊，胆小如鼠的流波小天师。”太久没说话，我的声音变得沙哑难听。

他轻轻一叹道：“你遭了不少罪，我虽不算来得早，但现在总算是能将你救出去了。”

我清了清嗓子，笑道：“你现在这模样生得真好，性子也比以前沉稳了不少啊，怎的不像小时候那样怕我采了你？”

他苦笑道：“别后已有三十年，三生倒记得清楚。”

三十年，我怔然。

上一世，重华杀了我，我去冥界等了他两年，然后重回人间，找到陌溪，一起生活了八年，前面统共十年的时间，后来直到陌溪被捉到地牢里，又过了十年，而现在长安说已别了三十年。

原来，我又在这地方待了十年的时间。

十年……陌溪今年应当二十八了，他会变成什么样子呢？

光是猜想他现在的模样，我便有些迫不及待了。

出皇宫比我想象的容易太多。

长安不知从哪里给我拿来了一套小厮的衣裳，换上之后，他便带着我正大光明地出了皇宫。一路上，我看见不断有人对他下跪，对他叩拜，唤着：“国师大人。”

出皇宫之后，站在久违的日光下，我深深吸了一口自由而新鲜的空气，随即捻了一个净身诀，恢复成以前的模样。能自由地使用法力，这事当真太畅快了！

待重回自由的心绪稍稍平复，我这才转头看向长安，欣慰地拍了拍他的肩：“这就是有个官家熟人的好处啊！不过，国师？”我问他，“流波不是素来瞧不起这些东西吗？”

他笑望我一眼：“说来话长。我且带你去见一人，这些往事咱们边走边说。”

长安对我道，流波之难后，流波不断衰落，再不复从前的辉煌，其弟子也需放下仙门的清高，重入俗世。他知我救了他一命，最后却被重华误杀，心中从此对我有了愧疚感，一直在寻我的转世，想报答我。

他问：“三生为何还有前生的记忆？”

我不知该如何与他说其间的前因后果，琢磨了一会儿道：“约莫是放不下你师尊吧。"

他点了点头，也不再深究，道："二十年前，传言京城出了一个妖女，被皇帝亲自捉拿。我本还没想到是你，但是十年前，有人找上我，让我去皇宫中救一个人，我方知原来被抓的是你。知道是你，我自然会救，所以便以国师的身份深入皇宫，这些年来一直在探查你的消息，这些天，在那人的协助安排下，总算将你救了出来。"

"叫你来救我的人可是叫作陌溪？"

"是，也不是。"他淡淡笑了笑，"三生可知你口中的这个陌溪现在成了怎样一个人物？"

我摇头，他小声道："京城现今虽然尚安全，但是前方战场之上，朝廷军连连败退，不出三月，此江山便要易主。"我一怔，听他接着道，"在那阵前杀敌、诛朝廷十数万人，为叛军立下赫赫战功的正是陌溪。他与他的四位师兄被誉为'五虎将'，然则战事至今，他的几位师兄皆已去世。"

我闻言一怔，当时来救陌溪的那四个男子，竟然都已经去世了……

"现今唯有陌溪仍旧在战场上对阵朝廷，其英勇事迹已遍闻天下，他是个顶天立地的大英雄了。"

我心头一暖。

"而让我救你的……"长安说着，带我走进一个深巷小院，推开院门，我看见了坐在院中的男子。

我挑了挑眉："嗯，果然是你。"

白九。二十年的时间对人世来说已足够久了，他身姿依旧挺拔，但已生华发，脸上也有了皱纹。

他见了我，很是诧异："你……半点未变。"

我皱了皱眉，下意识地道："我不是妖。"

他略带嘲讽地勾了勾嘴角："是与不是又有何重要？妖食人，人亦食人，都一样吧。"他顿了顿道，"人老了，越发怀念起从前来，而今总算把你救出来了，也算是了结了前半生的一个遗憾。”

我最烦这些个人类在我面前感叹自己老，截断他的话问：“陌溪呢？”

“他在荣山。”白九语带叹息与无奈，“那孩子很想你，日思夜想。”

我奇怪地看了眼白九，心里面沉寂已久的醋意莫名其妙地动了动，道：“我喜欢陌溪，陌溪也喜欢我。我不在，他想念我不是理所当然的吗？难不成他该想你？”

旁边的长安忍俊不禁。

白九也没生气，啼笑皆非地望了我一眼：“被关了这么多年，你这性子怎么半点没变？”

我不理他们：“我救你一次，你救我一次，我们算是扯平了。那么就此别过，我要去找陌溪了。”我刚想施一个遁地术，却听白九道：“且慢！”

我回头看他，他用手指在桌上轻轻敲着：“荣山如今已成战场，你才出狱，想来身体还没恢复过来，不适宜去凶险之地，我知晓荣山上有一处佛陀崖，那里能纵览荣山全局，你若想去找陌溪，便先去那里吧，了解好了情况，再见陌溪，才比较妥当。”

他这番话说得有点道理，我在心里记下了。念头一转，我倏地想起当初陌溪拜他为师的事，又连着想到他现在让陌溪在战场上杀敌的事，撇嘴道：“你让陌溪帮你上阵杀敌，替你夺下这江山，可以。但是在那以后，你就放了陌溪吧。狡兔死，走狗烹，我不想看见这样的事出现在陌溪身上。那孩子心善，会伤心。”

白九眉目微沉。

我不想再多言，掐了个诀，直接去了白九所说的荣山。

荣山之下有一座城池名为荣城，依山而建，四面皆是陡峭的山崖，易守难攻，但是一旦突破荣城，要攻入京城那就相当容易了。此处是朝廷守住皇城的最后一道防线，陌溪此战必定不会轻松。我现在到了，兴许还能帮帮陌溪，比如说在荣城的水里投投毒，在粮仓里放放火。

但是，当我到荣山的时候，已不需要我做这些事了。

两军已在正面交战。

我站在一处巉岩之上，此处正是白九所说的佛陀崖。自此处眺望，能一览荣城的景象，着实是个观望战场的好地方。

我在纷乱的战场上寻找陌溪的身影，心里疑惑，陌溪不会说话，在这战场之上他要如何发号施令？

我正忧心之际，一个声音由小慢慢扩大，先前或许只有几人在说，后来是十几人、几百人、几千人，最后所有的叛军士兵都高呼起来："荣城城主已斩！"

"荣城城主已斩！"

喧嚣的战场一时肃穆下来，众人的目光慢慢聚于一点，我自然也向那里看去。

山风忽起，荣山上的飞花飘过我的耳边慢慢向战场飞去，飘飘洒洒地荡漾到那人身边。

他提着一个头颅高高地坐在马背之上。隔得太远，我看不清他脸上的表情，只见他手中的寒剑仿似一面镜子反射着当头的阳光，闪耀得我眼睛微酸。

陌溪。

没想到这一别又是十年之久，你已是一个傲然于万人之上的骁勇将军。

这么久未曾来寻你，你可会怨我？

忽然，我只觉眼角微光一闪，一支利箭破空而去，直直逼近马背上的陌溪。我大惊，一记阴气尾随而至，照往常来说，我这记阴气可以赶在箭靠近陌溪之前将它拦下，今日却不知为何，直到箭头几乎快插进陌溪的胸膛之时，阴气才跟上利箭，拦腰截断箭杆。

箭头却收势不及，仍继续向前，然而还是被阴气打偏了原本的轨迹，只堪堪擦过陌溪的脸，埋入他身后的土地里。

这一切皆发生在电光石火之间。我来不及思考自己今日为何会失手，只焦急地望着陌溪，不知道他有没有伤到哪里。

他却倏地抬起头，怔怔地盯着我这边。

我知道，这么远的距离，他是看不清我的，但是我偏生有种奇怪的感觉，他就是将我看清楚了，就是知道我是三生。

众将士反应过来，立马将陌溪围成一团。

这下我更看不清陌溪了，心里正着急，忽然围着陌溪的人马都散开了。他将手中的人头扔给旁边一个将士，在马背上轻轻一踏，施展轻功急速向我这方奔来。

他看见我了。

我转身离开这处外露的巉岩。我想，与陌溪的重逢应该在一个落英缤纷的美妙地方，他拥着我，我拥着他，一遍遍唤着他的名字，然后生出一点“嗯嗯啊啊”的冲动，演一出才子佳人的好戏码。

然而当陌溪找到我的时候，我们却难以生出浓情蜜意的兴致来。原因无他，当他看见我的前一刻，我踩着了猎人遗留在山间捕猎的夹子。

“咔”的一下，夹子将我的脚踝死死钳住，不能伤到实处，却很痛。

我还在欲哭无泪地感叹苍天无眼，一个夹带着战场上的血腥之气的身影便疾步走了过来。我还没来得及看清他的容貌，他已埋下头去小心翼翼地替我将捕兽夹取了下来，挽起我的裤脚查看是否伤到筋骨。

握着我的脚踝的温热大掌在微微颤抖，似紧张似激动还带着些无措。

“陌溪。”

他浑身僵了僵。我不客气地替他摘了头盔，捧着他的脸颊慢慢抬了起来。

我看着他沾了几点鲜血的脸，没想到经历战场厮杀、尔虞我诈之后，他的眼睛还是透亮如初。我叹道：“你长大了，这样做或许会不好意思，但是三生我确实憋不住了。该如何是好？”

他没能理解我的意思。

当我的唇靠上去的那一刻，他的眼蓦地睁大。我在心底暗暗叹息，最后还是把唇落在了他的嘴角。

“陌溪，陌溪……”我搂住他的脖子，用脸颊摩擦着他的耳鬓，细细呢喃，“我很想你，三生想你。”

他的身体僵硬如铁，脖子更是僵得不肯往我这边靠近半分。我往他身上蹭得费力，索性放了他，直直地盯着他笑道：“三生来找你了，你怎么还是这副表情？”

听了这话，他才有点回过神来，我投在他眼眸中的影子慢慢清晰。他缓缓抬起手，似难以置信地碰了碰我的脸颊。我笑吟吟地将他望着，任他粗糙的手指在我脸上慢慢游走，眉眼、鼻梁、唇瓣，一遍一遍，仿佛在检验眼前这个人的真假。

最后，他颤抖着手将我搂住，一声长叹在耳边飘散。一声喟叹，诉不尽的离愁尽散，化不开的哀伤皆去。我想，即便他能说话，此时也只会在我耳边叹上一声吧。

因为我们分别太久，要说的太多，不如抓紧时间拥抱。

可没抱多久，陌溪却将我推开了，皱着眉头指了指我脚踝上的伤。这已不是在那黑暗压抑的牢狱里，我脚上的伤施一个法术便能好。我正要与他说明，却没想到陌溪径直搂住了我，将我打横抱起。

贴着他胸前坚硬的铠甲，虽然硌得慌，我的心却好似掉进了一团棉花里，软软的，暖暖的，让我唇边不由自主地绽开了明媚的笑容。

便当我还像在皇宫地牢里那般没出息吧。当时用尽全力都想使出来的法力，现在却觉得有没有它都无所谓了。

有陌溪心疼我，便是最好的。

陌溪抱着我走下佛陀崖，路过一段悬崖壁上凿出的路，我动了动耳朵，还没出声让陌溪停下，他便警惕地顿住了脚步。

"簌簌"两声，峭壁之上蓦地射来两支弩箭，我一挥手，欲以阴气挡开弩箭，却没想到那箭只在空中稍稍一滞，便又急射而来，所幸陌溪身手矫捷，即便抱着我，也没妨碍他迅速躲开弩箭。

两支精钢弩箭扎入地里，箭尾上刻着的"齐"字赫然入目。

是……白齐的人？

我心中一惊，是白齐要杀陌溪！

我霎时明了了为何白齐会赶在这时急着将我救出来，也明白了他为什么要"好意"地将这佛陀崖指给我，他竟早已在此地布下埋伏……而我居然当真听了他的话屁颠屁颠地奔过来了！

我不由得扼腕，原来岁月过了二十载，世人的心思竟变得更恶毒了。

我还在想着这些，前面的小道上忽地行来数名持重盾的军士，看这打扮，还是从军队里直接过来的。他们拿盾牌在小道上一挡，也不攻击，只阻绝了下山的路。

陌溪眉头一皱，仰头往上一看，但见峭壁上已出现四五名弩箭手。

我拍了拍陌溪的肩，让他将我放下来。他却不知道在想什么，只瞥了我一眼，然后默默地将我的肩膀扣得更紧。

我暗自琢磨了一下，大概明了了他的心思，前两次皆是在危难之中我掰开了他的手指让他走掉，他这次约莫是不大可能放了我吧。我一叹，道："陌溪，此前三生法力受阻，不能同时救你我二人逃出生天，今日却不同，我脚挨着地，一个遁地术，他们就追不到咱们了。"

陌溪不动，我道："不信你看，我挥手间便让他们下来试试。"我凝起手中阴气对崖壁上的弩箭手一搅，劲风刮过，他们却仍旧好端端地挂在崖壁上。

我一怔，恍然记起了刚才为战场上的陌溪拦箭以及挡不住弩箭的事情，难道这处山崖对我也有所影响？我正打算不信邪地再试一次，崖壁上的弩箭手却没再给我这个机会。

短箭纷纷落下，陌溪头上像长了眼睛似的，抱着我，看也没看箭来的方向，几个闪身便全部躲过。

即便心里不愿意，但我也不得不承认，白齐确实将陌溪的功夫教得极好，但是……他把陌溪教得这么好，却还要杀他，当真是一个狠得下心的糟老头子。

我正想着，头顶的箭势更急，陌溪躲避得越发吃力，终将我放下来，单手禁锢在胸前，另一只手拔剑出鞘，“叮叮咚咚”地将弩箭挡开，像是在周身画了一个密不透风的圆，将我与他自己护得极好。

这时，我眼角余光倏地瞥见前面阻道的盾牌后又探出了几柄弓弩，只听“咻咻”两声，短箭飞来，我猛地将陌溪的肩膀一推，弩箭自我俩中间险险穿过。

我舒了一口气，却见陌溪看着我，双眸猛地睁大。

失重感蓦地传来，我回头一望，自己正慢慢向山谷下面的深渊倒去，竟是方才推陌溪推得太用力了，把自己给推出悬崖的小道了……

“无……”

“无妨”二字没有出口，陌溪竟然飞身一扑，抱住了我。

陌溪那一身铠甲极沉，本来只有我一人，我拼了老命使点阴气应当还是能让自己飞起来的，可是陌溪扑来将我一抱，我便被他铁一样的身躯拖拽着直直往下掉去。

这……熊孩子……

不过在呼啸而过的强风里，被他这样紧紧地抱住，我却怎么也没法责怪他。就算他当真拖着我如此摔死了，我也没法责怪他啊。在他心里，或许他想的只是……

不能再让三生一个人了。

他大概只是，希望陪着我。

第二十七章

第一次

从水草堆里坐起来，我撑起身子，喘着粗气向上望了望。比起十八层地狱，这里的落差根本就不算高嘛，怎么会让我使这么多力气来保命……

肚子上的脑袋动了动，是陌溪醒了过来。

我摸了摸他的脑袋："摔着哪儿没？"

他微微一惊，撑起身来。见他动作流畅，应当是没有摔着哪儿，我道："此处乃荣山下面的山谷，他们找下来应该要段时间，咱们先找条路出去再说。"

我作势要站起来，却觉脚踝一痛，是先前被捕兽夹夹伤的地方在这番折腾下又渗出了血。我弯下腰去，刚想施个法让它好起来，陌溪却赶在我之前按住了我的脚。

"陌溪，我没事。"他抬头看我，我道，"你瞅，我这样一挥手……"我默了一瞬，看着半点没有好转的伤势，揉了揉额头，"今天……状态不对……"

陌溪只默不作声地将我的裤腿拉开，然后撕了他自己的衣服为我裹上。

看着他沉默专注的脸庞，我忽然开口：“陌溪，你怎么看起来……有点难过？”

他指尖一顿。

直到将伤口包好之后，他才拉了我的手，在掌心里写道：“我还是没护好你。”

我轻轻摸他的脑袋：“你已经将我护得很好了。”

他的指尖在我的掌心里停顿了很久：“我本以为若有一日能再见三生，定能护你无虞，可如今还是连累你与我一同受罪，真是……”我握住他的手，不让他再写下去。

“陌溪。”我道，“对三生而言，唯有与你分开，才是受罪。和你在一起的每时每刻，都是享受，都值得让我比之前更加珍惜。”

陌溪这一世最多还剩几十年，我要是再耽搁，可就再也没法出现在他的生命里了。所以不管白齐是算计也好，阴谋也罢，他让我早点见到了陌溪，这就是好事一桩。

陌溪任由我将他握了一会儿，直到我看得他的脸颊微微发烫，他才别过头去，蹲下身子背对着我。我顺从地爬上了他的背，让他背着我向前走去。

“这还是第一次呢。”听到我这句呢喃，陌溪微微转过头来看我，我笑道，“我背过陌溪很多次，陌溪还记得吗？”

他点头。

可他想的范围大概与我不一样，我想到的是第一世的小陌溪才上学堂时，被人欺负后我将他从书院背回来的场景；还有第二世时，我将中了阴瘴之气的重华从溪边驮回小屋的场景；自然，也有这一世背着小时候的陌溪去玩的场景。可是好像记忆里，当真还没有一次是陌溪背着我慢慢走的。

我叹息一声道：“原来，咱俩的性别一直弄反了啊。有哪个话本子从头写到尾，是佳人一直背着才子走的啊？”

陌溪失笑，弯腰驮着我，让我伸出手去，在掌心写道：“以后我一直背着三生走就是。”

我喜欢听陌溪给我承诺以后，因为那就好像我们会一直这样相处下去一样，就算知道他说的“一直”和我的“一直”不太一样，我也愿意去相信。

我抱紧陌溪的脖子，在他的脑袋边蹭了蹭：“陌溪啊，三生沉吗？”

他摇头。

“你说我沉吧。”

他奇怪地转头看我。

我也眨巴着眼看他：“你说来试试。”他失笑，最后还是摇头。我有些失落：“你若说沉，我便有安慰的礼物给你。”

他仍旧坚定地摇头，最后索性转过头去不看我了。我忍住把他的脑袋拧过来的冲动，想了想，又道：“即便不沉，你背着我也是要使力气的，三生给你打打气吧。”

陌溪点头。

我欣喜地将嘴巴凑了上去，在他的脸颊上亲了一口。

陌溪浑身一僵，又转头看我，我抹了抹嘴：“没错，方才我就是在找借口占你的便宜呢，你生气了吗？”我在他还愣神之际，道，“你若生气，便把这便宜占回来吧，来，给你占。”我把脸凑过去。

陌溪却半晌没有动静。

在我失望地以为陌溪当真正直得和木头一样，打算转头用眼神去指责他的时候，温软的唇带着小心翼翼与忐忑不安的情绪慢慢贴上了我的脸颊。

有点温热，有点湿润，让我的心霎时软成一片，四肢百骸像是被火烧了一阵似的暖了起来。

我竟没出息地在这种大概连“亲”也算不上的触碰下，默默烧红了耳朵……

“陌溪你真讨厌！”我把脑袋埋在他的肩头上使劲儿蹭了蹭，“什么时候学会这么勾引人了！”

陌溪顿了一会儿，我大概能想到他呆怔的眼神，隔了会儿，没见我抬头，我听他有些无奈地叹息一声，然后继续背着我向前走。他的背很宽阔，像是能承载我所有的任性和无理取闹，又像一个蜜罐子，把我这些情绪都转换成了甜蜜。

我们不知沿着山谷里的水流走了多久，前方出现了一个山洞，又黑又深，水流都往山洞里面流去，四周都是悬崖峭壁，到这里，竟走成了一条绝路。

我往山洞里望了望："往回走吧。"

陌溪没动，细细听了听山洞里的声音。他与我比画说山洞里或许有出路。这我倒是看不出来的，不过陌溪既然如此说了，那我便随他进去就是。

洞穴里又潮又黑，陌溪几乎是摸着墙壁在走，行得极缓。

我憋了憋气，一咬牙点了一簇鬼火在掌心里燃着。陌溪对我这些举动显然已经习惯了，只在初时惊了一瞬，便借着鬼火的光在洞穴里行起来，动作显然比方才快了许多。

这洞穴里有的地方有路，有的地方没路，陌溪便脱了铠甲，背着我，一会儿在水里游，一会儿在湿滑的石头上走，有的地方还是靠手攀着洞穴岩壁艰难爬过去的。

走了这一遭，待看见了洞穴另一头的微光，陌溪侧过脸来对我笑，我只把手伸到他的胸腔处摸了一把他结实的胸膛，感慨道："好身段！"

陌溪的笑容僵了一瞬，他却没生气，只默默红了脸，转头继续走。

洞外是一片茂密的森林，参天大树遮天蔽日，几乎让人看不见阳光。陌溪背着我没走多久便看见一条小溪蜿蜒着向森林里延伸，我回头一看，才发现我们出来的那个洞口竟是这条溪流的源头，而荣山已被我们从下面横穿而过。

"沿着溪流走应当能看见人家，咱们先找个地方落脚吧。"我顿了顿，问道，"陌溪，你之后是怎么打算的？"

陌溪沉默。

我斟酌着语言道："你自幼便重情，这次白齐要杀你，定是让你伤心不已。不过他一直不是什么好人，你也算趁此机会将他的面目看清了。以后你别再管那些战争之类的事情了，就当今天是个新的开始，你与我一同寻个世外桃源隐居，可好？"

他顿下脚步，转头看我，我还没从他的眼睛里读出回答，忽然嗅到一股微弱的妖气，带着点我略熟悉的气味。

我一转脑袋，猛地看向右侧，只见一道白影倏地闪过，我怔神："喂。"寂静的森林里没人回答我的话，连陌溪也有些莫名其妙地看着我，我拉着陌溪的衣襟使唤陌溪将我背着往右边走，"姑娘，别躲了，我知道你在这儿。"

林间又静了许久，才有一个身着白衣的女子自树后走出。

不出我所料，果然是夏衣，转世为狐妖的夏衣。不过……

"你怎会在此？"我问道，"石大壮呢？"

上一世一别已有三十年，我以为当时的小狐妖用了她姐姐的内丹化为人形之后，石大壮定会将她禁锢在自己身边好好照顾，演一出强取豪夺的戏码，哪能想到这一世还会在这荒山野岭里碰见她。

难不成，石大壮当真移情别恋了？

夏衣一皱眉，神色蓦地冷了冷："你如何识得我师父？"

师父？我摸着下巴琢磨，石大壮当真变聪明了，这层身份往小姑娘头上一扣，他不管说什么小姑娘都得乖乖听着了，要她往东就往东，要她向西便向西，想牵牵小手、摸摸脸蛋什么的，那可是绝对方便啊！

我以前怎么就没想到呢？当时若让陌溪拜我做师父，如今也不会这般受白齐欺负了。

"我与你师父乃老友。"

夏衣的眼神霎时变得有几分奇怪，她嘀咕道："师父他……朋友还真多。"这话乍一听竟有几分酸醋气在里面。

陌溪敏感地察觉到了她的奇怪语气，转头看我。我却一头雾水，这一世我与石大壮根本就没打过照面，她这一番醋吃得委实莫名其妙，我道："我与你师父当真只是故交，不信你可回去问问你师父。"

她显然没有信我，我也不打算再对她解释了，只道："你可知离此处最近的人家在哪儿？"

夏衣一扭头，无视我的存在，自顾自地往另一方走去："我不知道，你与我师父那么好，你自去问我师父吧！"

我又……几时说过我与她师父好了？这熊孩子的醋劲儿当真不比第一世时来得差啊！

陌溪却有几分不悦，眉头一皱，鼻子里发出一声不满的轻哼，两步迈上前去，作势要擒了夏衣来问话。

先前陌溪与我待在一起，见他脾气好会脸红，我便还当他与小时候一样软软的好拿捏。没想到这么多年的行军征战，他倒是养出了几分暴脾气与不喜被人挑战权威的性格。

可夏衣好歹也是个妖怪，即便陌溪上过再多战场、武功再厉害，他也不是以前那个重华尊者了，没有法术防身，光凭武功好、身体棒可斗不过妖怪。

陌溪还未走到夏衣身边，我刚想开口让他回来，夏衣却猛地一顿，回头猛地瞪了我与陌溪一眼："还敢跟来找死！"她一转身，劈手便向陌溪打去。

"住手！"我大喝，与此同时有另一个男声同我喊出了同样的话："住手！"

夏衣半空中的手腕被擒住，来人猛地将她拽开，厉声呵斥："夏衣！我教你术法，可是让你用来欺负人的？"

来人是多年未见的石大壮。我举了手刚要与他打个招呼，那边的夏衣倏地怒声道："是！没错！我便是个心思恶毒之人！师父你若厌恶这般恶毒的我，便将我就地拍死，连埋也不用了！让我被野猫野狗叼去吃了吧！左右你有那么多故交、旧识、红颜知己，我在不在，师父都无所谓吧！”

“荒唐！”

“可是我荒唐？师父你自己转头看看，这位姑娘可又是你在哪段风花雪月里辜负的女子？”

“你休要胡闹！此处哪……”石大壮转头看向我，愣住了。

我略尴尬地抹了一把汗，拍了拍陌溪的肩，示意陌溪将我放下。陌溪的目光在我与石大壮之间来回转了几遍，他才慢慢地将我放了下来，手却还是紧紧地搂着我的腰，活像我没有他的支撑就会摔倒在地一样，又像……害怕我与别人跑了一样。

“大壮，真是人生何处不相逢啊，又见面了。”

石大壮愣怔地看了我一会儿：“三生？”

我点头。石大壮看着我，神情慢慢冷静下来，目光在我与陌溪之间巡睃，随即难以置信地笑了：“第三次？你着实是个执着的人。”

我笑着点了点头，目光在他与夏衣之间转了转：“你也是个执着的石头。”

此话一出，我心里竟起了几分感慨。多快啊，我与陌溪明明什么都还没开始，怎么就在一眨眼间，走到最后一世了呢？

可我心里还没感慨完，腰间的手掌一紧，用力得都让我觉得有几分疼痛了。我抬眼一看，陌溪神色不明地盯着石大壮，漆黑的眼里隐隐透出的气息如冰似箭，我这才想到，陌溪是听不懂我与石大壮这话背后的含义的，而他方才又听过夏衣那番观点，难免会觉得吃味。

他能为我吃味，我心底自是高兴的，拍了拍他的手，想让他安下心来：“陌溪，我……”

“哦，看来师父对三生姑娘还是余情未了嘛。”夏衣在石大壮身后冷冷地道，“徒儿不扰师父与故人叙旧了，这便走。”

我不禁挑眉，这姑娘的醋劲儿倒是比陌溪更浓三分。言罢，她转身便要离去，石大壮手一探便将她拽住，他极为头痛地道："三生当真与今日找来的那女子不同！"

我暗自揣摩了一下他口中这个"今日找来的女子"，登时便想到了许久之前石大壮在灵玉山那小院里招惹的美丽女妖怪们，一时，我半点也不同情他被夏衣如此折腾了。所谓苍天有眼，善恶终有报，石大壮终要为自己先前的放浪付出点代价的。

"不同？"夏衣冷冷地道，"那些女子都是逢场作戏，只有三生姑娘才是真爱吗？"

陌溪看着我，我着急地连忙摆手："与我无关、与我无关。"

石大壮头痛地揉了揉眉心："你先与我回去，休要在此胡闹。"

"又是我胡闹！"夏衣怒声质问，"师父，你可敢摸着良心说自己与三生姑娘没有往事？"

我与石大壮愣住，我们之间的往事不仅有，而且还多着呢。

石大壮叹息道："确实有，不过不是你想的那样。"

"好，我再问你，你可对这个姑娘动过心？"

我与石大壮再次愣住。

这……在历史里好像也是发生过的，不过我与石大壮在这么长时间的关系中，就只有那一小段出了偏差，而且那还是在石大壮傻的时候呀！最后那想法还被陌溪给无情掐灭得连灰都不剩，但若只问有没有……

我沉默。石大壮越发用力地揉额角："有是有，不过不是你想的那样……"

这个回答让夏衣的脸色白了几分："你竟当真对她动过心？"

"说了不是你想的那样……"

夏衣不再说话，红着眼看了石大壮许久，最终瞪了我一眼，转身走了。石大壮长叹一声，在她身后一路追着解释。

没想到他们这一世师徒竟然处成了这副模式，我拍了拍陌溪的胸膛：

“快，跟着他们走一定能找到人家的，且听他们那意思好似现在也是在这地方住下的。你现在身份不方便，这两人的身份底细我清楚，与他们住在一起，总好过随便找一户人家居住。”

陌溪半天没动。

“陌溪？”我奇怪地问，“是三生太沉，你背累了吗？”

沉默了半晌，他将我的手捉起来，打开我的掌心，写：“我们另找户人家，不与他们住。”

“为何？”我一抬头看见他的眼神，登时便明了了，轻叹道，“陌溪，我与那石大壮当真不是刚才那姑娘口头所述的模样。”

陌溪又顿了一会儿，才在我的掌心里写道：“那人先前……对你动过心。”

“那都是多久之前的事了，今日若没人提起，我都快忘了。”陌溪仍没动，我叹息道，“陌溪，你相信三生吗？”

他点头：“可我信不过他。”他的指尖在我的掌心里顿了顿，“怎会有人在喜欢上三生之后，又不喜欢了？”

我一愣，随即心口蓦地一暖，被他这话搅动得乱了方寸。

原来在陌溪眼里，三生是这么好的人啊，喜欢上了就再也没办法不喜欢了。我抱住他的脖子蹭了蹭：“因为三生有陌溪了啊，谁也做不到像陌溪这样对我好，所以都没人敢来接替你的位置了。”

陌溪一怔写道：“我还没来得及对你好。”他那么认真地写着，“不过，以后我一定会补上的。”

我心头暖暖地摸了摸他的脸颊：“好，这可是你说的，三生记下了。”

陌溪轻轻一笑，这才迈腿跟上石大壮他们。

石大壮与夏衣居住的院子坐落在树林子外，我与陌溪到的时候，夏衣已回了自己的房间，闭紧了房门，石大壮在外面敲了半天也不见开。一转身见陌溪已背着我跟来了，石大壮无奈一笑道：“先坐吧。”

我道："你这是报应。"

石大壮苦笑。

陌溪看也没看他一眼，只蹲下将我的裤腿拉开，看了看我腿上的伤，然后在桌上写道："草药。"

石大壮愣愣地看了陌溪一会儿，才道："我素日里不用草药，家中没有。"

陌溪皱眉，又写："我见沿路上应当有些药草能用，我去找，你在这里等我。"

我点头，目送陌溪出了门。石大壮在我旁边坐下，我问："怎的不在灵玉山住着了？"

"本是在那处住着的……你可还记得以前那书生与狐妖的事？"我点头，是被官家小姐使狗血法子害了的一对怨偶，与话本子里的情节一样，我记得。

石大壮叹息道："后来那书生还是疯了，或许是被两种不同的记忆折磨得太过痛苦吧。夏衣用了她那狐妖姐姐的内丹之后化为人形，我收了她做徒弟，但是她的模样与那狐妖有几分相似，一次到山下玩乐之时被那书生瞅见，惹了些麻烦，我不欲她整日被俗事所扰，索性带她出来四处游历，见见世面，也有利她修行。此处只是暂时歇息的地方罢了，却不想今日竟有从前的……找来，更没想到又恰巧碰见了你，这才有了你们方才看见的那一幕……"石大壮说着叹息一声，复又问我，"说来，你们又是如何到此处来的？"

这话说来就有点长远了，我琢磨了一下，心道这反正都是最后一世了，便将我与陌溪的三生约定简单概括了一下，讲给石大壮听了。

听罢这一番话，石大壮愣了许久："竟有这般渊源。"

"我打算将他这一世护到底，最后他回他的南天门，我过我的奈何桥，有这些记忆，我就挺满足了。"我道，"只是我现在法力好似不太行了，老是使不出来。之后不知要怎么护陌溪这一世安全。"

“这又是为何？”

“先前在这座山背后的那处山崖上，我的法力不知为何使不出来。”

石大壮沉凝了一会儿道：“你说的是佛陀崖？”

“是叫这个名字。”

石大壮轻笑道：“那应当不是你的问题，传闻荣山佛陀崖上有高僧曾在那处成佛，整个山崖上清气四溢，但凡妖气邪气皆受压制。也正因为如此，荣山之中极少有妖怪出没，这也是我选择在此处居住的原因，一来夏衣不会被其他妖怪扰乱心绪，二来以前那些妖怪也不易找到此处……咯……依我看来，你定是受了佛陀崖的影响才会使不出法力。”

“原来如此！”我恍悟，“所以我才在上面频频失手！白齐那老东西果然够阴险！”幸而我被关在皇宫里二十年，在里面潜心修炼，习惯了这种被压抑的状态，所以才能在掉下深渊之时救自己与陌溪一命，“如此说来，我现在便可以用法术了？”我一挥手，脚上的伤果然立马好了，我跺了跺脚，转念一想，又挥了挥手，让那道伤重新出现。顶着石大壮困惑的眼神，我道：“方才陌溪不是说他去给我采药吗，我怎能让他白忙活。”

石大壮失笑道：“那……现在三生是打算与陌溪一同隐居？”

“如果可以，这自是最好的打算，但如果陌溪不愿意……”

“若他不愿，三生可想过自己逍遥度日去？”石大壮道，“依着你方才那般说，你这三生都为陌溪折腾去了，自己还未曾真正自由逍遥地在人世间生活过，他若不愿随你隐居，你便潇洒一点，自己过完剩下的日子，也总好过陪他经历最后一次磨难。”

我摇头：“你说得在理，但是我潇洒不起来。知道陌溪在经历磨难，我哪还能活出真正的自在逍遥。这三生我注定没太大出息，索性便一直陪着他、守着他，也算是有始有终吧。”

石大壮笑了笑：“你想得开便好，各自有各自的选择。你且坐在这里歇歇吧。我看看她气消了没。”石大壮起身，又去敲夏衣的门，只是这一次，他一敲夏衣便把门打开了，想来方才或多或少听到我与石大壮的话了吧。

两人不知在屋子里说些什么，一直未曾出来。我在院子里闲坐着等陌溪。

第二十八章 我会一直在

傍晚时分，陌溪手里握着一大把草药回来了。

他在我身前蹲下，挽起我的裤脚，露出伤口，将草药在手里揉碎，然后盖在我的伤口上面。这些事情他做得那么认真，让我都不好意思唤他的名字，好像会惊扰了他一样。可是看着他额头上的汗珠，我还是情不自禁地伸出手去为他擦干。

“陌溪。”我忍不住道，“你若能一直像现在这样对三生的事情上心就好了。”

他抬头望我，被夕阳余晖映亮的眼睛里面有几丝疑惑，不明白我为什么要这样说。我笑着摸了摸他的眼睛，换了话题：“你饿不饿？”

吃饭的时候，夏衣总算被石大壮从屋子里哄出来了，夏衣看了我几眼，撇了撇嘴，略带着点不情愿道：“那个……先前是我不对，误会你了。”

“没事。反正我都被你误会习惯了。”我顿了顿，道，“你着实误会我了，可别的人没误会，该怎么办你还得怎么办。”

石大壮夹了块肉到我碗里：“你吃饭就好。”

我不客气地吃了他孝敬的这块肉，陌溪在一旁默不作声地看着，却在石大壮为了堵我的嘴准备第二次夹菜给我时抢了他筷子下的东西，夹到自己碗里，又换了别的东西夹给了我。

这一番动作看得我与石大壮都有些愣住了，陌溪毫不介意我俩的目光，只不动声色地吃饭。

石大壮失笑，转头看夏衣："你看……现在我若留他们住几晚，你可还有意见？"

夏衣撇嘴，转而问我："就三间房，师父一间，我一间，你们两人可愿睡一间房？"

陌溪夹菜的手一僵，没等他答话，我便自顾自地道："无妨，我与他连同一床被子都盖过。"在这一世陌溪还小的时候，可是日日缠着与我一起睡的，我转头看陌溪，"你现在还爱踢被子不？还踢被子，咱们就分开盖。"

陌溪整个人都僵住了一般。

我望着他等他回复，夏衣与石大壮也神色微妙地望着他。

长久沉默后，陌溪脸颊染着绯红，默默地缩回夹菜的手，扒了一口饭，耷拉着脑袋摇头。

我拍案决定："那就盖一床。"

陌溪又着急地摆手，在桌上写："我睡地上便可。"

"你害羞？"我善解人意地道，"好吧，那就盖两床被子。"

陌溪动了动手指，我夹了一块肉放进他碗里："来，吃饱了好睡觉。"他看着碗里的肉，又看了看我，黑色的眼珠里映出了我的笑脸。他默了一会儿，只乖乖地将肉吃掉了。

入夜，洗漱完后，我爬上床躺着，见陌溪站在一旁不动，拍了拍身边的被褥："陌溪还不想睡？"他磨蹭了很久，才慢慢挪了过来，像英勇就义似的褪了外衣，钻进他自己的被子里盖好，然后像木头一样，摆好姿势不动了。

“陌溪。”我唤他，他直挺挺地躺着，只是眼珠子往我这边转了转，“你忘了吹灯……”没听我将话说完，他像是得了什么赦令一般，一掀被子就要往床下跑，我将他的手拽住，“我是想说，没吹便算了。”他转头看我，我道，“别吹了，我已在黑暗里待得足够久。今晚就点着灯睡吧，亮堂点好，我也可以好好看看你。”

这话触碰到了陌溪过去的记忆，一时让他忘了现在的场景。他稍稍弯了背脊，放松下身子，在我的掌心轻轻写道：“以后不会让三生一个人待在黑暗里了，我会一直在。”

我眯眼笑，重新给他盖好了被子，然后把自己凉凉的脚伸到他的被窝里面去，借着他的体温温暖自己。

掌心有点痒，是陌溪在被窝里抓住了我的手慢慢写着：“你脚上裹了药，别蹭掉了。”

陌溪写的东西我没有听进心里，倒是他的指尖在我的掌心摩擦出的痒痒的感觉一直痒到了心尖上。我抓了他的手，倏地道：“陌溪，咱们今天洞房吧。”

陌溪浑身一僵，像是被什么东西轰了脑袋一般，连呼吸声都没了。

我在被窝里抓着他的手，掰着他的手指给他一个一个地数：“你瞅，第一，我喜欢你；第二，你喜欢我；第三，现在夜深人静，咱们躺在一张床上，依着话本子的规矩，都这样了还不洞房，那简直是天理不容的事。”

陌溪瞪大眼看着我。我凑过脸去便要亲他，但见他蓦地回过神来似的抬起手，将我的嘴捂住，稍一用力推开我的脸，红得像被蒸过一样的脑袋轻轻摇了摇，无声地说着不行。

我蹙眉：“为什么不行？”

他捂住我的嘴的手指往上爬到我的脑门上，像是画符咒一样在我的脑门上写着：“我们还不可以。”

心里边暖暖的感情被他这几个字吹冷，我琢磨了一会儿：“你是觉得咱俩的身份不被世人所容，所以不与我洞房？”

陌溪红着脸摇头，牵了我的手，在掌心写道：“应该有个婚礼。”他顿了顿，解释，“我现今身份不允，所以暂时无法给三生什么名分，我怕委屈了你，也怕辜负了你，所以待得有朝一日，时机允许，我定娶三生为妻，令天下皆知。”

他这番话让我想起了第一世的陌溪。

原来这便是陌溪的本性啊，对谁好，就全心全意地对她好，生怕给不了她保障，生怕对不住她。多么庆幸我能成为陌溪的那个她。但是……

我轻叹道：“陌溪，你辜负的是大好春光。”

他红着脸只顾埋头在我的掌中写：“我还是睡地上……”

我缩回自己的被子里躺好：“三生不会强了你的，陌溪别怕。”

翌日一大早陌溪便穿上衣服出门了，说是我脚上的伤口还没好，今天该换药了，他去摘点药回来。他语气里藏着浓浓的担忧，我睡得迷迷糊糊的，没多想，只摆了摆手让他走了。待我睡醒，已是日上三竿，我起了床，一穿鞋才看见，自己脚上的伤还在哗啦啦地流血。

我一愣，这才想起这伤是我自己用法术弄的，草药哪能止住血。这伤口看得我自己都发怵，更别说陌溪了。

我看了看外面的天色，心里估摸了一下时间，陌溪出门的时候约莫是两个时辰前，他去找药应该是急着往回赶的，但是现在还未回……我心里莫名地起了几分担心，推门到院子里，但见石大壮领着夏衣从外面提着野菜回来，我道：“你们可看见陌溪了？”

石大壮奇怪地问：“他不是一大早就出去了吗？”

我心里担忧，此处和他们先前的战场不过一座山的距离，若是绕路走过来，今天也能走到这里，白齐的人如果遇见了陌溪……

我正想着，忽听远处有马蹄声传来。

我从院门看出去，树林间奔来一匹快马，马背上坐的正是陌溪，而他身后跟随的，是一群轻甲将士。原来他不是遇见白齐的人，而是遇见自己的人了。一时我心里不知是什么滋味。

石大壮见我如此，道："这已经是最后一世了，三生何不任性一些，直接将陌溪敲晕了带走了事？你若下不了手，今日我可以代劳。"

我转头看石大壮，他说的这事我不是做不出来，而且就算我这样对陌溪，他醒来之后估计也不会怎么怪我，我却不想这么对他，只因……他是陌溪啊，战神陌溪，不该为任何感情屈居一隅，当然，他自己愿意是一回事，被我强迫则是另外一回事。

"我自己知道。"

陌溪在院门前翻身下马，疾步走进来，脸上没有笑容，神情却比昨日冷静了许多，看来这些将士让他感到很安心呢。

他先看了看我腿上的伤，见还在淌血，欲将我打横抱起。我小使了一个千斤坠的法术，让他一时没抱得动我。陌溪奇怪，我帮他理了理衣襟道："陌溪，先前我问你，你还没答我呢。"我看着他的眼睛道，"你愿意就此与我一同隐居吗？把这些战事、国事都躲开，可好？"

陌溪脸上的笑意慢慢隐去，他看着我，在我的掌心里写道："三生，有的事无法避开。"

我知道，所有的事都可以避开，避不开的，唯有自己那颗心。

我抬高了手，摸了摸他的脑袋，轻声道："陌溪想要皇位？"

他眼中的亮光让我心头一颤。他是想要皇位的，但陌溪你可知，你今生的劫数是求不得啊……

可是看着他的眼睛，这句滚到嘴边的话又被我咽了下去，我只拉扯出一个笑容对他道："好。三生帮你。"

陌溪将我抱上马背，离开前，石大壮在院子里轻声唤我："三生。"我转头，他挥了挥手，"保重。"

我看着他与夏衣并排站着的模样，忍不住回忆起了前几世那些过往。他们这一对，过程虽曲折了些，如今也算是得了善果吧，而我与陌溪……

我有些感慨：“你也是。”

下午，我们随着那些军士一同回了营地。

但见陌溪归来，年轻的将士皆有几分高兴，但老将们却显得有些沉默。陌溪什么也没说，骑着马，把我带到了他的军帐前。他率先下马，而后才将我从马背上抱下来，小心得仿似我的腿断了。

周围的将领们惊得仿似要没了下巴，他们的眼神不是看着一个男人抱着一个女人，而是看见了一个仙人抱着老妖婆，恨不能把眼珠子给凸出来。

我本该万分享受这种被人着紧关心的感觉，但碍于先前陌溪做的离开与留下的选择，我虽然表示大度地接受了，但是心里始终觉得有所缺失。我不想让他上战场，不想让他受伤，更不想看到他此生“求不得”的悲凉。

我此时只觉得心里苦极了，可陌溪哪懂我的心思。而他越是不懂，我便越是想让他跟我一起苦一苦，于是我小施了个法术，让脚上的伤看起来更为可怕。

陌溪见时间过了这么久，我的伤还在滴血，眉头皱得死紧。

他径直跨入主帐，我蜷在他胸前，眼角余光忽然瞥到一抹与军营的硬朗全然不符的色调。我定睛一看，竟看见在这帐中早早地便坐了一个粉衣女人。

女人？

我一时有点傻了。

见陌溪进帐，那女子欣喜地站了起来：“陌溪！谢天谢地，你终于平安回来了。”话音未落，女子的眼光立时落在了他怀里的我身上。看见我，她一怔，迟疑道：“这……这位姑娘是……”

我一抬双手，搂住陌溪的脖子：“我叫三生。”

“三生……”她细细呢喃着我的名字，忽然脸色变得晦暗，“三生，你就是三生。”她似乎不信，又询问似的望向陌溪。

我见她望得这般专注凄然，也忍不住与她一同望着陌溪。陌溪却没理会我们俩，大步跨到床边，放下我，替我脱了鞋袜，又起身急急写了“传军医”三字递给那女子看。

女子愣怔了一下，最后哀哀一笑，脚步微微踉跄着走出帐去。

登时，我先前的所有情绪都化作了飞烟，我凝神打量了陌溪许久，心里只有一个问题在不停地盘旋，最后冲口而出：“这是……你的……小妾？”

他本在替我擦拭伤口，忽听我这话，抬头望我，眼睛里面渐渐生出星星点点的笑意，然后轻轻摇头。

我点头，强硬地道：“不准有。”

他依旧温和地笑着，拉过我的手在我的掌心里轻轻写下：“除了三生，我从来就没有过。”

看他写得那么认真，我不禁有点赧然，挠了挠头，最后轻咳一声装出一副成熟的模样，摸着他的头发道：“你这模样长得这么招人，我离开你那么久，也不知你俘虏了多少少女的芳心。偏生你又是这么淡漠迟钝的性子……不知那些女子得怎么伤心。你这样到底是好还是不好？”

陌溪听罢这话，定定地盯着我，眉眼间隐隐生出些许怒意来。

他生气的大多数时候我是不知道理由的，这次我同样不知道理由。我不想费心思去猜，接着道：“可是三生始终是自私的，你对其他姑娘不着紧，这样淡漠……我瞧着却喜欢得紧。”

我叹道：“陌溪，你可是给我下了什么药？让三生这么喜欢你，舍不得让别人碰一点。”

他直勾勾地盯着我，眼眸亮得耀人。

此时军医进来了，陌溪挪开了目光，将位置让给军医。

我的伤本就是自己的法术弄的，军医自然看不出什么，只道是皮外伤，包扎了几下便走了。

再没外人后，我捉了他的衣袖，打算好好与他温存一番，说会儿贴心话。哪知我还没将他的衣袖焐热，帐外便传来军士的急报。

陌溪脸色一沉，立即起身走了出去。我怔怔地看着他的衣袖从我手中溜走，帐外军士的急报传入我的耳朵里。我叹息了一声。相别这十年，陌溪已经是个顶天立地的大忙人了，除非再陷入孤立无援的境地，否则我要和他安静地相处一阵，应当是困难的。

在他做出选择的时候，我便已经知道，现在的三生对陌溪来说或许依旧重要，但是已经不是最重要的了。

战争不会因为将军在路上捡了个女人或者将军走丢了半天而停止。

我与陌溪重逢之后，见到他的时间实在是少之又少。最后一战即将来临，军队之中有一种奇怪的氛围在流动，似躁动，似不安，更似兴奋。陌溪忙得每日连小憩一会儿的时间都没有。

战争的结果如何我不大在意，我唯一在意的只有陌溪。

关于战事的东西，陌溪什么也不与我讲，我知道他是怕我忧心，但是在偶尔的流言蜚语中，我还是听到了一些消息，比如说，老将们与陌溪的冲突越来越明显了；比如说，前一次敌方伏击，又有哪个年少的将军战死；比如说，先前战死的与陌溪一起被称为“五虎将”的那四个师兄，其实是被陌溪设计陷害死的。

听了这个消息，我只觉荒唐。陌溪是什么样的人，我会不知道？他断不会对自己的救命恩人做出这种事。

但我相信陌溪，并不是所有人都如我这般相信陌溪，这些言语传得越来越快，越来越广，我知道是有人在暗中操控，而那人是谁，实在是再明白不过。

虽然我对情况没有更多了解，但是我知道，如今的形势对陌溪很不利，尽管现在他军权在握，可真正属于他的势力太少。毕竟比起白齐，他在这些人里的根始终扎得不深。

但这有什么办法呢？这些事……或许早就在司命星君的本子上定好了吧。

是夜，我找不见陌溪，问了好几个守夜的士兵，最后才知道陌溪出了军营——和阿柔姑娘。

这个阿柔正是那日我看见的女子。据说她是白齐的养女，自幼与陌溪走得极近，几乎是公认的将军夫人。当初听了这话我只是淡淡地点了点头，未置可否。

今日，这深更半夜的……

我不由得酸了酸，加紧步子绕着军营找了好久，最后终于在一处树林当中发现了两人的身影。

阿柔正在低声啜泣："陌溪，为何要这样……"我脚步一顿，身形一转，躲到了一棵树后。阿柔凄然道："他终归是养你长大的师父，你为何非要将他逼入绝境？皇位，你就如此想要吗？"

我从树后微微探出头去，只见陌溪淡漠地抽出被阿柔握在手中的衣袖，不知道在她手心里写了些什么。阿柔惊讶地瞪大了眼："陌溪，你疯了？"

陌溪只是静静地盯着她。

阿柔诧异地道："你们虽不是至亲，但是她如你姐、如你娘亲，你竟真的想……你真的想……"阿柔恍然大悟，"所以，你想要皇位，陌溪，你想登上最高的位置便没人可以阻拦你了，你想娶她。"

陌溪冷了眉目，没再看她，独自走了。

阿柔在原地立了一会儿，像是浑身脱力一般，扶着一棵树慢慢滑到地上。我在心底微微一琢磨，最后还是走上前去，伸手等着她拉住我站起来。

她抬头看到我，似乎吓得不轻："三、三生……姑姑。"

我没去搭理她对我的称呼，道："方才我都听见了。"

阿柔眼睛里马上聚起了眼泪，当真是柔柔弱弱，我见犹怜。她哭道："姑姑，现在也只有你劝得住陌溪了，你劝劝他吧，劝劝他吧！”

“为何要劝？”

我想让陌溪归隐山林是我的想法，但他既然不想，那我也尊重他的想法，而不是将自己的心思加诸陌溪身上。而且我心知，陌溪若是想要皇位，心中的理由定不是如阿柔说的那般只是为我。他是战神，心怀天下苍生，不管如何转世，他的骨子里始终有这样的职责与骄傲。

他想要皇位定有他的理由，但不管是什么样的理由，我都没有权力去劝他放弃追逐目标。

尽管我知道他会失败，但我还是尊重他。

阿柔听了我的问句，反而呆住了：“因为、因为……义父，他定会对义父赶尽杀绝，他……现今已经有人猜测当初四位师兄是陌溪……”

我叹气，原来这女子竟是一个看不懂事的主：“陌溪心善，绝不会做出那种事，更不会对你义父赶尽杀绝，但若是你义父白齐，那便说不定了。”我不想再对她解释太多，将她拉了起来，转身离开，道，“这些年留陌溪在你们身边是我的过错，你们这般不懂他，他定是不开心的。”

第二十九章 喜欢

回到军营，我远远地便听见一阵琴声自陌溪的帐中传出。我心中惊喜，连忙加快了脚步，撩开帘子，刚跨入帐中便嗅到寒梅幽香。琴声一顿，陌溪抬眼看我，虽然眉眼皆是笑的形状，笑意却没有到达眼底。

我看得心里酸涩一痛，却没有表现出来。我笑着装傻，走到陌溪身后，从背后给了他一个大大的拥抱，搂住他的脖子，紧紧地不放手。

他身子微僵。我贴着他的耳朵没有说话，只能听到彼此温热的呼吸。

不知过了多久，陌溪似终于回过神来，轻轻拍了拍我环住他的脖子的手，示意我坐到他旁边。他自琴案旁拿出一枝梅花，在纸上写道："我记得你最喜欢梅，今日恰巧看见这一枝开得极好，便给你带回来了。"

我接过，捧在手心里看了又看，嗅了又嗅。

"可还喜欢？"

我看着白纸上略带小心的四个字，心弦犹如被他柔软地一拨，顿时荡漾开去。

"喜欢。"我拉住他的手，摩挲着他掌心的硬茧，"拿全世界的花给我换，我也不换你摘给我的这一株。”

他手指一弯，将我的手握在掌心里，紧得让我有些疼痛。

“陌溪，给我弹一曲吧，你小时候我就喜欢听你弹琴。”我笑道，“我要听一首激昂一点的。”

陌溪点了点头，指尖扫过琴弦，一首激扬的琴曲流淌而出，带着横扫沙场的杀气、一统天下的霸气，还有些许英雄落寞的感怀，铿锵有力。

曲至最后，调子越发雄浑，近乎沧桑，又像是发泄，音调急促又迅速。当最后一个音尚在耳边回旋之时，我突然道：“陌溪，你当真想要皇位吗？无论如何，都想要？”

他的手落在琴弦上，未完的余音戛然而止。

他没有看我，而是盯着琴弦点了点头。

我笑道：“那就去夺吧。我陪你。”我将梅花放在琴弦之上，双手捧住他的右手，轻声道，“这次，我一定不离开你。”

他握住我的手紧了又紧，终是归于沉默。

那夜之后，陌溪越发繁忙起来。

攻皇城那日，临上战场之前，大军整装待发，陌溪穿着铠甲突然翻身下马，在众人面前给了我一个有力的拥抱。坚硬的甲胄让我感觉很不舒服，但我并没有推开他，任由他似是撒娇似是诀别地在我身上赖了一会儿。

我拍了拍他的肩膀：“放心去。”

然而我又怎会让他独自上战场？若是我猜得没错，陌溪“求不得”这一劫大概是要应了。如果天命让他夺不了皇位，那么至少我可以让他在失败之后继续坚强地活下去，然后找一个幽静的地方，就我和他，两个人安安稳稳地过完这一生。

最后他三世劫历完，许我的三生也已结束，从此以后我们桥归桥路归路。他依旧是高高在上的天神，我继续做冥界不死的灵物。

着实是个完美的安排。

待陌溪的身影消失在视线中时，我捻了一个诀，隐了身形，尾随军队而去。

最后的战斗打得没有什么悬念，皇帝大势已去，现下守城的兵不过是在负隅顽抗，攻城进行得十分顺利，午时刚过，陌溪便带着军队攻入了城中，直取宫城。

我却觉得事情顺利得蹊跷。

像是为了印证我的想法，在陌溪到达宫城之外时，一个白色人影独自立在宫城墙头，居高临下地俯视着陌溪与他的军队。

白齐。

想来他现在已经有四五十岁了，对一个凡人来说还有精力这么蹦跶，着实不易。

他一甩衣袖，宫墙之上蓦地出现了许多弓箭手，引弓直指陌溪。

士兵们一片哗然。他们当然得哗然，白齐是叛军的领导者，而陌溪是带领军队攻过无数城池的将军，虽然在此前军中已有两人不和的流言，但在此刻，在即将攻入宫城时，这两人闹上了矛盾，又是怎么回事？

白齐自身后拿出一颗男子的头颅高声道：“暴君已斩！众将士，我们的天下夺下来了！”

一阵静默之后，数十万将士爆发出阵阵欢欣的高呼。

我的目光落在那个马背之上的背影上，白齐先他一步斩了皇帝，便是让众人在心里先入为主地将白齐奉为新朝代的帝王。我现在也终于想通，为何陌溪还在前线作战之时白齐却来到京城，想来就是为了今天这一刻吧。

白齐等士兵们渐渐安静下来，又道：“江山多娇，想要这皇位之人多如牛毛，但是我从没料到，你竟然也会为了皇位做出这些大逆不道的事来！”

白齐内力浑厚，声音不大却能让每个人都听得清楚。这声呵斥让众人静了下来。

“吾徒陌溪，你八岁时我收你为徒，至今二十载，毕生所学皆传授于你，你却为了这皇位多次派人暗杀我，更是使计在战场上先后害了你的四位师兄！其所作所为，实令为师心寒心冷。今日暴君已除，当清天下不忠不义无德无孝之徒！”

看着所有人惊诧的表情，我唯有叹息。虽然周围还有这么多人，但是那一人一马的背影却令我感觉无比孤寂。

他不会说话，即便有冤屈也无法为自己洗刷。

此时，不知是那宫墙之上的哪个士兵手中的箭突然射出，直向陌溪射去。我心中一惊，正要出手，却见陌溪不避不躲，挽弓引箭，在众人尚未反应过来之时，陌溪的箭已径直劈开了对方的箭，只闻城墙之上一声惨叫响起，一个弓箭手已跌下城来。

众人骇然。

连我也小小地惊讶了一番，没想到陌溪的箭法竟然如此精准。

“不要！”一道尖厉的女声突然从军队后方传来，粉衣女子踉踉跄跄地奔至陌溪身边，“不要！陌溪不要！他好歹是养育你的师父！陌溪……”

阿柔的突然出现惊了陌溪的战马，这马脾气不小，前蹄立起，眼瞅着便要将阿柔踏于蹄下。陌溪拉住缰绳，但是这马像发了狂，怎么也拉不住。

而我看得清清楚楚，有人给陌溪的马使了暗器，他们想让众人看见他纵马踩死阿柔，令他无德的恶名坐实。我心中怒火中烧，我的陌溪求不得皇位便罢了，却不能让你们这么欺负！

我一挥衣袖，阴气飞散而去直直打在阿柔身上，将她拍开几丈远。

我现身，落在陌溪的马前，掌心凝气，将马身上的暗器吸出，反手便扔了回去。那军士闷哼一声，被打晕过去。

我的突然出现使得众人一阵惊惶，大叫着妖怪，连连退出去好远，在我与陌溪身边围成一个圈。

陌溪翻身下马，紧紧拽住我的手，眉眼间皆是震怒，急急地在我手心里写下“回去”两字。

“你身边就是我该待的地方，你让我回哪里去？”

我反问，陌溪一时无言。

我看不懂他眼里流转的神色，突然想到，我想与他厮守一生，但是他想不想呢？他会不会在以后的生活当中仍然惦念着皇位，怪我……我心里拿不准，转身问道：“陌溪，你说你无论如何都想得到皇位，如果……如果我可以帮你夺皇位，但是从此以后你再也看不见三生，用三生换个皇位，你换不换？”

他盯着我，眼眸里的神色在慢慢沉淀发酵，像是有什么情绪等待爆发。

正在此时，白齐突然道：“三生姑娘，你养育陌溪长大，如姐、如母，他却对你生了龌龊的心思，现在你还想救他？”

四周皆是窃窃私语的声音，陌溪握住我的手一紧，怒极反而冷静下来，望着白齐，眼中的杀气骇得我也不由得打了个寒战。我安抚似的拍了拍陌溪的手，笑了，也知道为何白齐要帮着陌溪救我了。他想让我成为制衡陌溪的一颗棋子，想让陌溪身败名裂个彻底！

“白九，最近我时常在想，若是当初我没由着陌溪心善地救了你，我们现在的日子是不是就不会这样？”

白齐脸色微微一变。陌溪垂眸。

我道：“可是时间不能倒退了，我和陌溪终是救了你，也终是走到了这一天。我素来不喜欢你，想来是对未来有几分预感吧。你说陌溪恩将仇报，但是在我看来，你才是真正的不仁不义之徒！你带陌溪走后教他武功，却让他帮你上战场，你担着一个首领的名义，让这个孩子为你卖命。当他帮你攻下了城池，你却只道他想要你的皇位，为此而诛杀他。陌溪的那四个师兄当真是被陌溪所杀？我想你心中应当比谁都清楚！”

我目光一转，在周遭将士的脸上轻蔑地扫过：“你们与他共杀敌共浴血，最后却连他的本性如何都不清楚吗？我身边的这个男人，可是那家伙口中不仁不义不孝不忠的小人？妄信他人言语，你们这些人实在蠢得无可救药，不配与他站在同一个地方。”陌溪那么用力地握着我的手掌，几乎用力得颤抖，我没看他，转了目光冷冷地盯着白齐，“白九，你是欺我的陌溪不会说话，正好任你对事实瞎编乱造？”

“哼！妖女休得含血喷人！”他一挥衣袖，箭矢飞射而来，陌溪伸手将我护在身后。

我冷哼了一声：“我喷人总是比你喷粪来得好。”掌心阴气在虚空中一推，飞射而来的箭皆被吹飞。

我还想骂人，忽觉身后有什么东西急速袭了过来，我心中不以为然，随手一拍，没想到那东西竟然猛地炸裂开来。

眼前一花，我心道糟糕，下意识地转过身抱住陌溪欲将他护在怀中，然而慌乱之际，我竟一时没拉得动陌溪。紧接着，我眼前一黑，只觉有个沉沉的身体重重地压在了我身上。

爆裂声不绝于耳。有温热的液体顺着我的脸颊流下，我舔了舔嘴角，尝到一股浓重的血腥味。

意识到这是什么，我不由得浑身发寒，微微颤抖起来。

“陌溪。”

没人应我。这一世他从来就没有应过我。

等那些声音渐渐消失，压着我的身体依旧没有动静。我抖着手，从那身体之下爬出，等看清眼前这一幕时，我的脑海瞬间变得一片空白。

“陌溪。”

护住他的身体的铠甲已经裂开，他背上被扎入了数不清的铁针，我一时不知该从哪里去触碰他。

他的脸颊贴在地上，沾染着泥土，闭上的眼不再睁开，更不会温柔地看我。他的手还拽着我的衣袖，就像小时候跟在我的身后，就怕我走快了一点将他丢下。

我目光定定地落在我的衣袖之上，血迹晕染了那两个字——

“不换。”

我傻傻地一笑，突然觉得之前问的那话是多么愚蠢。

陌溪死了。

他历完劫了，皇位不再是他梦寐以求而不得的东西，他最终还是放下了，为了我放下了……

我颤抖着染上血污的手将他抱进怀里，知道他只是历完了劫，只是去了我再熟悉不过的地方，但是我仍然抑制不住心里的悲伤，任它澎湃而出，将我淹没。他的劫历完了，我与他唯一的交集也就没了。

我们再不可能厮守，也没有下一生。他说的护我、娶我、陪我，都不可能再有实现的一天了。

我埋下头，贴着他已变得冰冷的脸颊，在浓郁的血腥味中忽然嗅到一阵芬芳，是梅花香。

看着从他衣襟中掉落出来的红色梅花，我不由得浅浅笑了。陌溪没想到我会来，所以这朵梅花是他特意揣在身上的信念吗？我心头满是暖暖的感动，然而在暖意之后，却涌出了怎么都掩盖不住的寂然。

“陌溪，你可知我为何喜欢梅？”我轻声道，“那是我与你缘分开始时的第一抹暗香，我会喜欢，只是因为遇见了你。”

此时我才明白为何陌溪每次到冥界转世时都会那样生气。他气的只是我不懂爱惜自己，让他如此疼痛。

“叛将已死，速速捉拿妖女！”

不知是谁如此吼了一声。

我心中陡然生出一股嗜杀之意。陌溪已死，我与他也不会再有交集，这人间没了陌溪，我又有什么好留恋的？冥王让我不得杀人，但是这些人确实欺人太甚，我便是将他们都杀了又如何？

这些凡人，愚昧而无知，通通杀了才能还天地一个清静。

我抬起头来，遥遥望着城楼之上的白齐，哈哈一笑，将忘川千年的阴气皆集于声音之中，凄厉犹如厉鬼哭号，凡人如何受得住？一时间惨叫哀鸣声不绝于耳。

我听着只觉得无比舒爽，笑得越发愉悦。

数十万士兵皆被此声震得七窍流血。我心中不管不顾，只想大开杀戒，让这宫城之外血流成河，污了那皇宫的浩然之气。

“三生！”

遍地哀号之中，忽有一个镇定的声音清晰地传入了我的耳朵里。

我止住笑，转眼一看，却是长安。

他身着流波的衣裳，晃眼间，几乎让我以为看见了重华，眼眶一热，有液体自我眼中滚落，我随手一抹，却是一手的血。

三生石的血泪。

长安神色不忍地道：“三生，勿入执念，勿生魔心。”

我冷哼一声道：“我入了又如何，我生了又怎样？这人世，已没有值得我留恋之物。”

长安叹道：“三生，你可想清楚，大开杀戒乱了天地运行之规便要受魂飞魄散之刑，这不过是一场劫，你助陌溪渡了劫，自己却毁了千年道行……”

“那又如何？”我笑道，“我本就是颗石头，魂飞魄散了还是颗石头，还省得为世间之事操心，有何不好？这些人杀了陌溪，不管陌溪是不是渡劫，他们杀了陌溪便是真的杀了。我要他们偿命，没什么不对的。”

“三生。”长安神色悲悯，“你为失了陌溪心痛不已，而这数十万人皆是生灵，他们与你一样有所爱之人，你杀了他们，又让他们的爱人如何是好？”

我一怔，回头一看，这些凡人有的还在痛苦挣扎，哭号着至亲至爱的名字，同我一样，而有的已经气绝，静静地躺在地上一动不动，一如陌溪。

他们不该杀了陌溪，但是我也不该杀了他们，同样都是活着，我没权力杀了他们。

浑身凝聚起来的阴气慢慢消散，隐于天地之间，四周的哀号声渐渐减弱，只剩一些细小的呻吟在撕碎人的心肠。

我突然想到，这三生不过是陌溪许我的一场美梦，而不管梦再美，迟早也是得醒的。如今陌溪走了，不过是让我醒得更早一点罢了。

大梦初醒。

“长安，你已能窥得天机，好好修炼，他日必成气候。”

长安还似想说些什么，可我已经没心思听了。我坐回陌溪身边，握住他的手，摸了摸他已僵冷的脸颊。

没有陌溪，这三生，完就完了吧。

我缓缓闭上眼，断了心脉。

魂魄飘出，这次来接我的却不是黑爷、白爷，而是冥王身边的冷面判官。他手中的毛笔一挥，我只觉腕间一沉，一副铁链已经套了上去。他冷声道：“三生，你破了杀戒，我接你回去受罚。”

我只点头，再未言语。

第三十章 把心还给我了

剜心。

冥王神色肃穆地写下了两个字。

我跪在冥王殿上，头一次向冥王磕了头。

我在人间少说杀了数千人，已是大大扰乱了轮回秩序，处以剜心之刑委实轻了些。想来，冥王在暗处定为我背了不少压力。

我到地狱行刑之前，黑爷拉着我叹息了一番，道："本来就是个石头，好不容易生出了点心思来便要将心给剜了……虽说还是个灵物，但没了心，与一块会动的石头又有什么区别？"

我道："这不是还有脑子吗？"

黑爷继续摇头晃脑地叹息，冥差甲、冥差乙也是一副哀戚的模样。唯有白爷还是素日的冷脸："可悔？"

我知道他在问什么。我回了冥界，陌溪定是知道的，他现在已历完了劫。作为一个神君，他替我求求情，说不定我还可以免受这次责罚，而且我这次受罚，在别人眼里看来大多还是因为陌溪。

但是他什么都没做，连来冥界看我一眼也不曾。

我想了想，摇头道："不悔。"

"为何？"

我回头望了一眼看不见尽头的黄泉路，那里有魂魄不断地走下来，而在我眼中只剩下那些路边妖艳而孤寂的彼岸花，一如初见陌溪的那一日，被人界倾泻的日光洒了一地。

我恍然记起在很久之前，还是憨傻石头妖的石大壮曾问我，会不会用生命去喜欢陌溪，当时我觉得我的生命与他们是不大一样的，所以我说我愿意。然而此刻透彻地一想，我方察觉，原来即便我的命与他们一样只有一次，我也是愿意用所有去喜欢陌溪的。

因为他也曾这般对我，所以他值得。

而我没有怨恨，更谈不上后悔。

"偏生就有那么巧，被我撞见了陌溪。我也无可奈何。"我叹了口气，自嘲道，"兴许没了这颗心，就会后悔了吧。"

白爷没再说话，一直送我到行刑的地方才转身离开。

剜心的过程很顺利，给我施刑的鬼下手很快。我才感觉刀尖刺入胸口，那一直在我胸腔中温热跳动的心脏便被取了出去。直至伤口被缝合，我才感觉到了疼痛。

原来，石头没了心也是会痛的，痛得恨不能自己根本就没有长过心。

冥界有规定，被处以刑罚的灵物不能得到帮助，所以那天我是独自爬回三生石中的。血淌过胸口，渗透衣服，落了一地。

后来，我在石头里养伤时，冥差甲偷偷跟我说，我落在地上的血迹上长出了一朵朵散发着芬芳的花，有人唤作梅，很是好看。

我初听还不相信。

冥界是个死气沉沉的地方，忘川是已殇之地，只有死物，从来不进活物。除了天上那些个无聊的神明偶尔会来光顾一下，这冥界哪会自己长出花来。

直到后来，我在石头里也闻到了梅的芳香。

冥差甲和我说："三生，你的真身长在漂亮的红花里，又香又美，都快不像是我们冥界的东西了。"

我不知这是怎么回事，也懒得去想。心被剜掉之后，我像是轻松很多，曾经的一些好奇、不舍的感觉都渐渐淡去，只是偶尔在脑海中还能飘过陌溪的影子。

但是我想，随着时间慢慢流逝，这个美丽的身影总有一天也会消失在我的脑海中吧！

就像胸口这个慢慢愈合的伤口，总有一天会连疤痕也不剩下。

伤口长好，我能离开石头小走几步时，那传说中开在我身边的梅花早已谢了。

半点没有遗憾的感觉，我越发深刻地认为，这些东西——不管是人界的阳光，还是暗香袭人的红梅，抑或温润如玉的陌溪都应该成为过往云烟，挥一挥就被吹走了。

在冥界的日子与从前没多大不同，我依旧每日在忘川河边散步，也每日倚着石头看些从人间带来的话本子。

只是曾经藏在心底的那种向往憧憬，现在都变成了一种脑海里单纯的追忆，那些美好的情节再也不能让我产生悸动的心绪。

一日，我自忘川河边散步归来，抬头一望，又是在一个不经意间瞥见了正站在我真身旁边的那个人影。

他一手抚在石头之上，垂着深邃的眼眸，不知在想些什么。忘川河水氤氲的雾气在他身边缠绕，他在那一方俨然静立成了一幅唯美的画。

"陌溪……"我微微张唇，轻吐出这两个许久不曾唤过的字。

那人便在我的呼唤中缓缓抬起了头。

看见这张许久不见的面容，我不由得伸手抚着自己的心口，那空荡一片的地方再也没有怦然跳动的感觉了。但是我却为何忍不住湿了眼眶？

我这才明白，原来我并不是不思念，而是强迫自己不再想念，害怕回忆疯长无法收拾。

他在我越发模糊的视线中笑得温暖。

“你不是说要勾搭我吗？”

我站着没动。

他笑了笑，向我伸出手：“三生，过来我看看。”

我还是没动，生怕自己一动，他就像梦里的烟，还不等人去吹，就消散了。他在那边等了一会儿，见我如此，竟挪动脚步缓缓向我走来。他摸了摸我的头发，动作轻柔得不像话。

“三生不是最讨厌别人碰你的头发吗？”

我老实地点了点头：“因为石头长毛不容易。”

“我这样碰，你可生气？”

我摇头：“因为是陌溪。”

他眯眼笑得无比愉悦。我道：“你现在是战神，我打不过你了。”他的手顿了顿，越发用力地按压我的发。我又道，“就是打得过，我也下不去手。”

“舍不得？”

“舍不得。”

他默了默，突然伸手牵住我的手，十指紧紧相扣：“三生，与我一起去天上。你那么喜欢梅，做个梅花仙可好？”

我抬头望着他，见他神色认真，知他不是玩笑，我不由吓得往后退了退：“不、不。”我想挣开他的手，他却扣得死紧。我有些慌乱，“我只是冥府的灵物，满身阴气的三生石，本就不该去天上，而且现在又失了心……”

陌溪叹息一声道：“三生，你花了三生时间勾搭我，现今终于勾搭上了，却要转身走掉吗？这样可不行，我放不了手了。”

“你……说什么？”

“三生，你勾搭上我了。”

我怔住。

陌溪从怀中掏出一颗泛着荧光的圆形物什来："本来还想晚些时候给你的。"他捻了个诀，我只见他掌中的东西光华一闪，霎时便不见了踪影，紧接着我胸口猛地一暖，许久不曾有的温暖感觉又一次自心口溢了出来。

我的心。

陌溪将我被剜掉的心还给了我！

心中的感情澎湃而出，挤压着血液让温暖的疼痛溢满全身："陌溪……我、我……"眼泪夺眶而出，"我生在忘川，从不曾真正活过，在这已殇之地待了这么久，我怕我不会活。"

他用指腹轻轻抹过我的脸颊，温和地道："这里养出了三生，而我的三生是我见过的活得最恣意大胆的灵物，你怎么不会活？"

他道："三生，忘川无殇。"

他揉了揉我的头发："与我上天界，做战神的妻子可好？"

"你被我勾搭上了吗？"

他叹息："早勾搭上了。"

我低头，扑进他的怀里，伸手轻轻揽住他的腰，脸颊静静地贴在他的胸膛之上。

"嫁不嫁？"

"嫁。"

番外一 爱别离

京城又是一夜沉寂。

敲过三更的更夫打了个哈欠，绕到相国府后的小巷子中接着有气无力地重复打更。

相国府不高的院墙里面透出几许烛光。更夫踮起脚往院子里看了看，才过了冬，梅花已落，冒出的叶子也未长得茂密，风一吹，只有枝丫干涩地摇晃。梅林往里有一间朴素的屋子，此时正透着柔和的烛光。民间皆传闻相国大人不喜奢华，日日宿于简朴的房内。

更夫撇了撇嘴，什么“宿”于房内，明明这个相国大人几乎是不睡觉的。他夜夜打更，夜夜都见相国的房间灯火通明。

他想不透这个相国到底是个什么样的人，明明权倾天下，一人之下万人之上，却喜欢住在这种房子里，不担心有人谋害他吗？还是他这么确信自己身正不怕影子歪？他每天都不用睡觉吗？不过上位者的事情自己怎么琢磨得清楚，更夫打着哈欠，一摇一晃地走远了。

在他走远之后，那简朴的木屋门“砰”地被推开，那个男子似是追着什么东西急急忙忙地跑了出来，待跑到空荡荡的院子中时，忽然顿住了脚步。

男子举目四望，一片空寂。

他身形瘦削，面色呈现出不健康的青白，看起来只有三十来岁的年纪，却生了半头华发。夜风凉凉地一吹，便能把他弄伤似的。

谁知道这个看起来如此不堪一击的男子正是朝堂之上运筹帷幄、翻手云覆手雨的权相呢。

一声轻浅的叹息后，陌溪自嘲一笑："又是梦呵！"

春夜寒凉，他披着一件单衣却不急着进屋，站在院中静静地将残月望了一会儿，忽然轻声道："为何连梦也不让我做完呢？"

他迈开步子，缓缓走进屋后的梅林。在一棵梅树下立着一块小石碑，上面深深地刻着"吾妻三生"四字。他一撩衣袍，坐在石碑旁边，望着已落完红梅的枝丫，轻声道："为何都不曾回来看看我？你不想念我吗？日日夜夜我可都是念着你的。"他看着自己枯瘦的手掌，"像疯了一样……

"我已上书皇上，令大将军九族皆诛，你不必再傻傻地吃施倩倩的醋了，也不会被他们欺负了。

"小时候你便老说我心软。你从来不懂，我只会对你心软，只会拿你没辙。

"三生，应我一声好吗？"

风喑哑着拂过他的脸颊，凉入骨髓。

"三生。"他道，"别和陌溪玩捉迷藏，你知道我最怕的就是找不见你。

"我最怕找不见你……你怎么可以离开我这么久？"

哪还会有人回答他，哪还会有人从梅树后面突然蹿出来，哪还会有人眼也不眨地盯着他，理直气壮地要他将他们俩的婚事办了。

"明天吧，他们在菜市口被诛杀之后，你消了气就回来。我等着你。"他自顾自地说着，也不在乎有没有人答应他。

这一夜，陌溪穿着一身单薄的长衣，贴着三生的墓碑静坐了一宿。

第二日他上完早朝走出朝堂的那一刻忽觉一阵眩晕。身边的官员连忙扶住了他，道：“相国大人可是身体有何不适？下官见您脸色不是太好。”

陌溪轻咳两声，摆了摆手道了句没事，可刚走出去两步，咳嗽声越发大了，一时竟不能直起腰来。围上来的官员道：“可需禀明皇上今日午时的监斩……”

“不必。”陌溪冷冷地打断那官员的话，睇了他一眼，捂着唇闷声咳着独自走远。

身后的大臣们竟没一个敢再上前去装模作样地关心他。

被呵斥的大臣颇为尴尬地笑着，与他交好的另一位大臣凑到他耳边小声道：“谁不知相国这么些年等的就是今日。你这话可闯祸了。”

那人面色青了青，望着相国瘦削的背影渐行渐远，最后只有一声大悔的叹息。

出得宫门，已有人备好了轿，陌溪掀开帘子刚欲入轿，忽觉眼角余光处站了个熟悉的人影。他抬眼一看，竟是大国师夏辰。

心绪微动，他不由得又咳了两声。

这两个骨子里都是极高傲的人，素日里谁见了谁也不行礼招呼，今日夏辰却主动找了陌溪，让旁边服侍的人都不由得好奇地多转了几圈眼睛。

夏辰先开了口：“与那九族之人又有何关联？不过几人之间的恩怨，何苦牵连无辜？”

陌溪一阵猛咳，好一会儿才平息下来，淡淡地笑道：“您这话说迟了。”

大国师沉默了许久，才叹道：“当年都是我的过错吧，我作下的孽该由我来偿才是……”

“夏大人。”陌溪咳了两声，道，“对付不同的人本相有不同的办法。”

陌溪不再理他，俯身坐入轿中，一顶软轿渐渐隐入京城的茫茫人影之中。陌溪知道，有的人“死”对他来说是最大的惩罚，而有的人让他“活”

才是真正的痛苦。

比如说他自己，又比如说以后的夏辰，他要夏辰时时刻刻活在愧疚自悔之中。

他隐忍多年，从不图一时之快，只攻心。

可是这么多年了，他惩罚了所有人，包括自己，而他的三生还是不愿意回来，哪怕只是来看他一眼，都不愿意。

陌溪心绪微动，呛咳一声，竟生生呕出血来。

菜市口。

陌溪端坐于监斩台上，定定地望着刑场中央。在那个地方曾经架了一座高台，焚烧了他的三生。

他此生唯一的三生。

心口蓦地一痛，陌溪垂眸掩盖住所有神色。

午时将近，他一挥手，带上了第一批犯人。大将军已在狱中咬舌自尽，这一批被押上来的只有他的几房夫人、他的三个儿子，还有他唯一的女儿——施倩倩。

陌溪掩唇咳了一阵，身边的侍卫看了看日头，问他是否行刑。他点头。侍卫举起手，一个“斩”字尚未落下，那个披头散发满脸狼狈的女子突然尖声叫道：“陌溪！下一生！下一生我定不再喜欢上你！我也诅咒你定不能与你所爱的人在一起！你永远都不得与她在一起。”

回答她的只有一阵撕心裂肺的咳嗽声。

施倩倩身后的彪形大汉要去捂她的嘴，施倩倩拼命挣扎，叫喊着：“今生你诛我九族！若有来生我定叫你亲手杀了你最爱的人！你和她永生永世不得善果！”

陌溪忽听这话，暴怒而起，眼中的阴鸷瞧得他身边的侍卫也不由得胆寒。

陌溪按压住胸腔的颤抖，拔下桌上的令牌，狠狠掷在地上：“大闹刑场，罪上加罪，腰斩！”

众人听得胆寒。

施倩倩仰天大笑，似已疯癫：“你们不得善果！你以为她还会回来？她死了！她死了！”

陌溪的拳头握得死紧，素日温和有礼的声音此时比寒冰还刺人：“腰斩，本官要让她亲眼看着自己的九族是如何被诛杀干净的。”

当天，菜市口的鲜血淌了一地，那个被腰斩的女子的哭喊与尖叫直到行刑结束仍然盘旋在半空，宛如厉鬼在鸣冤，刺人耳膜。而最后她的尸首还是像其他人一样被草草裹了，不知扔到了哪里去。

自此以后，相国温润君子的美名不复存在。

不过什么美名，什么温润，他都不在乎，他不是一个善良的人，因为他的善良早就被烧毁了。

当天夜里，陌溪便病了，卧床不起。皇帝命太医去看了，诊断的结果竟然是痨病。一时间朝堂上下皆惊。

倒是当事者一副无所谓的样子，靠着药物撑过了犯病的那几日便来上朝了，一切照常。他不说，也没人知道他病到什么程度了，看起来与常人无异，也没见他怎么咳过。

久而久之，大家也就忘了他是个得了痨病的病人。

又是一年隆冬，院子里的梅开得极好。陌溪披着一件外衣在木屋前望了那片梅林许久。直至天渐渐黑得已无法视物了，他才慢慢回屋，点亮烛火。烛火这样一照，才显得他的脸苍白得吓人，双颊已经凹了进去，眼下层层青影。

他坐在书桌前，铺开一张宣纸，慢慢勾勒出一枝傲梅的模样。放下笔，他静静地看了一阵，鬼使神差般又提起笔勾勒了三两下，一个若隐若现的女子背影出现在寒梅后，她似乎在嗅着梅上的幽香，沉醉其中。

陌溪望着画中人，又似乎什么都没看见，手探出去，指尖却触碰到了宣纸上未干的墨迹。凉意自指尖寒至心头，他闭了闭眼，却没压住咳嗽，身子蓦地一躬，一团血呕在了宣纸之上，艳得仿似真的是那枝丫上的梅花。

“陌溪。”

恍惚间听闻有人唤他，他倏地睁开眼。那个女子坐在榻上，手中还拿着他的衣服，为他细细缝补：“陌溪，你的衣服是怎么破的？被欺负了？可欺负回来了？”

陌溪不敢眨眼，痴痴地看呆了。

“三生……”

院外打更声传来，那个身影晃了晃，风一般消失了。

陌溪起身欲追，可是身体已不听使唤，他往前一扑，衣袖扫倒了桌上的烛火。

烛火滚落，陌溪也不管，心中的哀恸再无法压抑，盯着三生消失的地方细细呢喃着：“谁复挑灯夜补衣……三生，谁愿为我挑灯夜补衣？”

火苗点着了窗帘。陌溪看见灼热的火光，只是淡淡地勾了勾嘴角。

更夫走过相国府的院子，穿过了两条街，正敲着：“小心火烛……”转过街角，余光一瞥。

相国府那方已经烧红了一片天。

番外二

三生永生

当陌溪神魂飘离那具凡体时，武曲星君已早早候在半空中。

“恭迎神君归位。天帝已设好宴席为神君接风。”

前尘往事皆忆起，九天战神历劫归来，却没感到半分喜悦。他耳边尽是三生茫然的声音：“我会喜欢，只是因为遇见了你。”

心底涌上按捺不住的酸涩温暖，他转头看向下界那个抱着“陌溪”一身是血地坐在战场之上空洞失神的女子，沉思了许久才道：“武曲，司命呢？”

听闻陌溪言语中的寒意，武曲星君不由得打了个寒战：“司命……司命……”

“罢了，我自会去寻她。”

武曲还没来得及求求情，忽闻下界一声穿人心肠的尖笑破空而来。声声戾气听得武曲星君都不由得胆寒，他望着三生叹息道：“可惜了，冥界难得出这么个机敏的灵物，经此一劫怕是会入执念，堕了魔去。”

陌溪眉头微皱，身形未动，武曲星君便忙劝道：“神君不可！不可啊！

这是下界的事，不能插手的！”

陌溪淡淡地扫了武曲星君一眼，道：“本君可说过要插手了？”武曲星君汗颜。陌溪又道，“本君不过是看见了一个颇有仙缘的凡人，想提点他一下罢了。”

武曲星君抹了把冷汗，看着陌溪“提点”了那名叫长安的凡人。武曲星君不由得在心底叹息，这哪里还是那石头的情劫，这情劫分明已把九天战神给劫了去。

寡情战神对无情石头动了情，天地浩劫啊！

当那名唤三生的灵物的灵体脱出的时候，武曲星君瞧得清清楚楚，陌溪拦住了远来的判官，将一副手铐给了他。武曲星君远远地便感觉到了那手铐之上散发的神气。陌溪与判官又说了些话，判官了然一笑。

武曲星君垂眸，本想当什么都没瞅见，但是看见判官将那副手铐锁在了三生的腕间，武曲星君忍不住道：

“神君……那副手铐神气凛然，石灵三生乃聚集忘川河边的阴气成的灵，将这给她戴上去了，怕是大大不妥啊！”

陌溪未答话，定定地望着判官将三生带走，黑眸中闪着深邃的光，最后他的目光落在自己的手心上，突然道：“武曲，七七四十九道天雷可厉害？”

武曲星君不知陌溪问这话是何意，只下意识地答道：“一记天雷便有撼天动地之力，四十九道天雷自然是极厉害的。”

“你可会为了何事心甘情愿地去受那天雷？”

武曲星君连忙摇头：“那可是魂飞魄散之刑！”

陌溪淡淡一笑，握紧了拳头，声音轻得近乎呢喃：“若是能换得三生，受便受了吧。”武曲星君没听清楚，待要再问，陌溪又道，“武曲，天帝的宴本君不去了，若他真想替我摆宴，下次替我摆个婚宴吧。”话音落地，也不等武曲星君反应过来，陌溪便身影一闪，消失了。

武曲星君欲哭无泪地在半空中独自立了半晌。

冥界。

陌溪先三生一步面见了冥王，彼时冥王正为如何处置三生而头痛不已，轻了于法不合，重了于心不忍。

陌溪迈步入殿，淡淡地说了两个字："剜心。"

冥王被陌溪的突然出现骇了一跳，一头蹿入桌子下面，抖着嗓音嘀咕道："这大殿、大殿的砖才铺好！怎的又来了？"

陌溪冷声道："出来。"

精瘦的冥王从桌子下小心地探出了眼睛，可怜兮兮地望着陌溪道："神君哪！小王也不想处罚三生的，奈何她这次做得委实过分了，小王……小王着实兜不住啊！"

"自是要罚的。"陌溪道，"处以剜心之刑。"

冥王怔了怔，望了陌溪好久，才迟疑地道："这、这是不是太轻了，毕竟三生此次可是扰乱了天地秩序……"

"如此便可。上面若是有什么责罚我自会替你担着。三生的心剜下来之后立刻交给我。"

冥王殿外传来轻轻的脚步声，应当是判官押着三生过来了。陌溪闪身躲入殿后的大柱后面，不忘轻声交代冥王："找个动作快的冥差行刑，别让她受苦。"

三生随着判官走了进来，面容平静仿似如平常一般来与冥王闲唠嗑。当冥王说出"剜心"二字时，三生望着冥王淡淡一笑，随即跪拜磕头，没有一句感谢或是不满，平静地领了责罚。

走出殿后，白爷问她："可悔？"

陌溪隐在他们身后，听得这个问句不由得顿住了脚步。

"不悔。"

指尖动了动，又握成拳，陌溪眼中流光转动，终是忍下上前拉住她的冲动。陌溪想：此时的不悔答得如此坚定，那么以后便不能再悔了。

陌溪自冥差手中接过三生的心，小心捧着，覆以神明之气护着。

他远远一望，见三生捂着心口缓慢而艰难地爬回三生石中。千万年来，这颗早已平静无波的心难得翻涌起几重风波，揪在一起隐隐作痛。他想着，忍忍就好，忍忍就好。也不知是让三生忍一忍，还是让自己忍一忍。

回到天界，陌溪去的第一个地方便是漱魂阁。

漱魂阁上有一天家宝物名曰漱魄，能洗天下魂魄，不管是哪方妖魔鬼怪，在这宝物面前一过，浊气尽散，立即变得与凡人无异。

陌溪捧出三生的心，置于漱魄之前，一阵轻微的颤动之后，本还鲜活的心立即变得如普通石子。陌溪却笑了笑，欣喜地捂着石头回了自己的宫殿长胜天。

天界传言，战神陌溪历劫归来后过得越发隐秘了，推了天帝的接风宴不说，整日闭关不出，连往日交好的神君上门拜访都拒之门外。

在大家都对这位神君议论纷纷之时，突然有天雷落到长胜天之上。

天雷动静不小，七七四十九道霹雳径直落在战神殿中，震得半个天界都抖了三抖，惊得天帝连夜赶来。只见长胜天烧得正红，一身是血的战神浴火其中，手中不知捧着什么，满脸狼狈的血迹，嘴角却噙着最温和的笑。

众神何时见过战神这般神情，一时竟没人敢上前去帮他一把。

最后却是司命星君最先反应过来，拉着武曲星君，合力将陌溪自灼人的火海中救了出来。待看见陌溪手中捧着的东西时，司命星君不由得倒抽一口冷气："你……你……你竟将她改了命。"

众神听了司命这声惊呼，才齐齐望向陌溪捧着的那东西。那正是三生的心，此时已变成了闪着微光的一团晶莹物体，上面的阴气不再，杀气皆消，唯留一股凛然的神气萦绕其中，便如那绽放在寒冬冰雪之中的红梅。

天帝眸色一沉，低声喝道："胡闹！逆天改命乃扰乱天地次序的大罪！

你真以为自己已是上神之身便不用畏惧这天谴了吗？”

武曲星君这才恍然大悟。难怪神君要给三生戴上那样的手铐，难怪他要剜了三生的心，难怪他要问及四十九道天雷。原来他早在归位的那一刻便计划好了未来。

替三生戴上手铐，让神气驱散她身体里的阴气；剜了她的心带上天界是为了更彻底地替她改命；私改天命的惩罚便是落下四十九道天雷的天谴。他早就计划好了一切，却没让任何人知道，独自承担了所有后果。

陌溪默不作声地将那颗心放入怀中，向天帝道：“隔几日，我便要去一趟冥界。上次你为我摆的接风宴我没去，这次便替我摆个婚宴吧。陌溪定不失约。”

天帝瞪了他半晌：“为了块三生石，把自己弄得如此狼狈，可值？”

“即便知道要受魂飞魄散的责罚，她仍为我入魔而开了杀戒。我为何不能为她受这区区四十九道天雷？”

“你铁了心要娶那个冥界的灵物？”

陌溪摇头：“她现在已经算是个神仙了。”

天帝叹息道：“这九重天上，比她好的女子多的是，你为何偏偏钟情于这么块石头？”

陌溪突然想到上次三生对白爷说过的话，笑了：“遇见了，我也没办法。”

众神皆静默下来。天帝望了长胜天的火光半晌，最后拂袖而去，只留了一句话：“你想娶，她愿嫁，我还能挡人姻缘不成？”

陌溪垂下眼睑，即便一身血迹狼狈不已，但是众神皆看出了他唇边掩盖不住的欣喜的笑，像个拿到糖的孩子一样愉悦。

三生，三生……

此次，我总算能许你个永生了。

番外三

司命星君之死

司命星君死了。

其实也算不得死，她只是一个不小心坠下了宿仙台——睡着了。

这宿仙台下乃琼池，装了一池万年的陈酒，芬芳非常，却醉人得很，即便上神喝多了也得生生睡个千百年才能醒。

司命星君是整个人都掉了进去，而全天界的人都知道司命星君是个出了名的旱鸭子，下了水不喝饱、不撑得翻白眼，自己是永远无法飘上来的。所以，当守池的仙婢发现司命星君“溺酒”，再七手八脚地将她抬上岸后，司命已被酒泡得不省人事了。

老医仙替司命星君把了脉，估摸着司命星君醒来最少也是六七千年之后的事。

六七千年对无寿的神仙来说本不是一个太长的时间，但是司命星君司三界命理，主三界命格，还负责批写所有历劫者的劫数遭遇，乃一个重中之重的位置。这三界，哪一日缺了司命星君都是不行的，遑论要缺个六七千年。

众神不由得慌了手脚，责怪司命星君怎的如此不稳重，正焦头烂额不知所措之时，有仙娥小声指出，在司命星君掉下宿仙台之前，似乎看见她与陌溪神君新迎娶的妻子三生在一起，她们俩似乎起了什么争执，闹得不大愉快。

这话一出，大家都静默了，你看我一眼我看你一眼，却没人敢站出来将话点明了说一句。

战神本是一个赏罚分明的上神，但是对他妻子三生极护短，谁说一句不好都不行。场面僵了好久，最后被天帝派来的鹤仙打破了。

“这都是怎么了？你们就这样让司命星君躺在地上？还不快快将仙君扶回去！一群不长眼的家伙。”鹤仙对琼池旁的仙婢一阵喝骂，又道，“司命这是怎么醉的呀？哪有仙君会失足掉落琼池的？”

众人踌躇了半晌，小仙娥才又说了一遍刚才的话。

鹤仙听罢，沉默了一会儿道：“既然如此，为何还不去找那三生对质？”

没人动。

鹤仙冷哼了一声：“你们都怕了她不成？”他一拂衣袖，含怒而去。

战神的宫殿方圆十里皆种上了梅树，术法造的寒冬，红梅在晴雪中傲然而立，十里红梅，暗香又飘十里，让战神殿少了几分肃穆，添了几丝风雅。

鹤仙穿过这一片梅海步入战神殿，有婢女告知神君与夫人正在后殿赏梅。鹤仙皱了皱眉，让婢女领着路寻去。

他还未步入后殿，忽听一女子说话的声音：“陌溪别动，马上就画完，最后让我在你的唇上点上一抹朱砂。”

一声叹息传来，低沉的男声说：“三生，你画的是我的背影。”

“当然。”

“为何能瞧见唇？”

“是瞧不见。”女子答得理所当然，“但那又如何？我想看到你的脸。”

鹤仙暗自琢磨了一下，确实想象不出画背影却能瞧见脸会是怎样惊悚的场面。他由婢女进去通报了，随后迈步进入大殿。

眼前的场景让鹤仙怔了怔，素日严肃冷漠的陌溪神君此时扶着梅树站在梅花之下，手中拈着一朵梅花像是在细细品味暗香，沉静而温和的神情是鹤仙从不曾见过的。不远处，他的发妻三生抹了一脸惨不忍睹的墨汁，拿着笔正在画纸上作画。

见他进来，三生草草抹了两把脸，将那张脸抹得惨绝人寰般悲烈，才放下笔道："陌溪，接客。"

鹤仙额上的青筋难得活跃地跳了两下。

偏生那个本该严肃的男主人还依着这女子的话，缓步行来，面不改色道："鹤仙使怎的有空来了？"

鹤仙对陌溪行了个礼道："神君或许有所不知，今日司命星君不小心失足滑入琼池中，饮了过多的琼池酒，此时正昏睡不醒。医官说司命星君至少也得睡上六七千年。"

陌溪点了点头："司命委实太不小心了。"

"可是之前有仙娥曾见三生……仙子与司命星君在一起，并且两人好似还闹得不大愉快。"

陌溪行至三生身边，一边用衣袖细细地帮她擦着脸上的墨迹，一边淡淡地道："许是那仙娥看错了吧，今日三生一直与我在一起。"三生揪住陌溪的衣袖，将脸埋在他的肩头一阵乱蹭。陌溪自是不会制止她这般亲昵的行为，乐得脏了一身衣服地让她蹭。

鹤仙望了一会儿两人之间含情脉脉的互动，扯了扯嘴角笑道："既然神君如是说了，那定是小仙娥看错了。鹤仙在这里向三生仙子道个歉，告辞。"

"等等。"陌溪突然唤住鹤仙，"司命要睡上六七千年，这司命一职又由何人来做？"

"天帝自会另行安排。"

"嗯，鹤仙使可否替我向天帝带句话，我妻三生素日里便爱看话本，脑子里装了不少东西，编起命格来不会比司命差多少。”

鹤仙眼中闪过一丝讶异，又望了三生一会儿，才道：“小仙记住了，神君的话一定会带到的。”

等鹤仙走远了，三生才自陌溪怀里抬起头来，满眼皆是明媚的笑意：“没想到啊没想到，陌溪竟是能如此严肃地睁着眼睛说瞎话的？”

陌溪揉了揉三生额前的细发，似笑非笑道：“你倒好意思揶揄起我来了。若不是见你与她争执得太厉害了，我会绊她那一下吗？”

三生叹气道：“是有些对不住司命星君，不过一场小小的争执，却累得她要睡上六七千年。”

陌溪轻笑一声道：“三生，你当真以为哪个仙君会那么蠢笨？以司命的能力，还不至于被我暗算一下就摔入琼池的。”

三生眨巴着眼：“她自己想掉进去？为何？”

陌溪望了望天帝寝殿的方向道：“听闻前些日子司命又去向天帝表白了。”

三生惊了惊：“司命喜欢天帝？”

陌溪勾唇笑了笑：“这些天界的趣闻等你待的时间久了自然就会知道了。司命此次表白似乎被天帝拒得狠了点，很是伤情……她素日与我走得近，我便稍微知道一点她的心思。”

“什么心思？”

“司命本是个散漫随性的女子，对所在职位早已厌烦。她之所以一直留在天界，只因为心里存了对天帝的念想，如今这念想被打破了，她自是要想方设法地摆脱这个职位。醉上几千年，人世早已变换，这职位也定会有人顶替，她自然就解脱了。”

三生似懂非懂地点了点头，琢磨了一会儿又抬头望着陌溪：“司命如此不喜欢这位置，可见这着实不是个什么好位置，你为何还要将我往坑里带？”

陌溪沉默了半晌道："你与司命为何起的冲突？"

提起这事，三生来了劲儿，一下便将自己的问题抛在脑后："陌溪可还记得长安？"陌溪点头，三生兴冲冲地道，"我今日见司命在替将要上界的仙人写劫数，凑过去一看，恰巧看见了长安。他已经修炼有成，要历劫飞升了。"

"嗯。"陌溪不咸不淡地应了一声，转头去看三生作的画，不大愿意听见她如此殷勤地对他说另一个男子的事情。

三生却没将陌溪的表情看仔细，接着道："这本是一件好事，我原也很开心，司命却告诉我她给长安批的是情劫，要让长安爱上已近暮年的白九！经历一场永远无法说出口的苦恋。"

陌溪习以为常地点了点头，这确实是司命能做出来的事。

三生拍案怒道："白九可是咱们俩的仇人！怎能让长安喜欢上那样的货色！"

"咱们俩"这三个字她说得顺溜，陌溪听得高兴，目光又落在三生身上，温言问道："你待如何？"

"肯定是不能让白九得好果子吃的！长安如此秀色可餐的孩子，要吃也得让我先尝……"

陌溪的眼危险地一眯，三生眼珠一转道："要吃也得问问我是否同意！后来我想到长安不是有个师兄嘛，便给司命提议，让长安与那个什么长武好上不就行了？可是司命偏说如此算不得历劫。所以我与她便争执起来了。"三生摇头感叹，"没想到司命的脑子转得如此快，与我争执之余还能想到这样的计谋。"

陌溪琢磨了一会儿事件经过，突然点出了一个被遗忘的点："最后长安的劫数到底是如何定的？"

三生默了一会儿道："好似那纸被司命拽着泡进了琼池中……"

陌溪叹了口气，揉着眉角道："飞升成仙不过是一个小劫，你们却生生将人家弄成了天劫。天意安排的劫数，渡了便为神，不渡便成魔。三生，玩笑开大了。”

愣怔了一瞬，三生双眼泪水一含，可怜兮兮地道：“陌溪，我会挨罚吗？”

再多的无奈此时都被这一眼望得烟消云散，陌溪淡淡地笑着拍了拍三生的头：“不会，有我。”

三生的目的便是要陌溪说出这话，但是当陌溪真的以她所期望的方式说出这话时，三生倒傻了。她抹了一把泪，戳着陌溪的胸膛细声指责道：“陌溪，你这样宠着我，我会变得很骄纵的。”

陌溪指尖温柔地摩挲着三生的脸颊：“我的三生可以骄纵。”

三生只是将陌溪看得痴了。

红梅暗香滑过鼻尖，三生突然煞风景地问：“为什么要我做司命一职？”

陌溪眨了眨眼，忽而笑道：“竟还是不忘此事，不过也确实是这石头脾气才入了我的眼。”陌溪喃喃自语后才轻声问三生，“三生认为我以后能不能做到把你当作所有？”

三生摇头。

她一直知道，陌溪有自己的抱负与理想，没有什么能成为他的全部。但这才是三生所爱上的陌溪，她最初所喜欢的，本来就只是一个踏着黄泉路而来的高傲仙君。

陌溪道：“在这九重天上，我有战神一职，有无数牵挂，但是三生为我抛却了冥界，丢了过去，上了天界，除了我就什么都没了。”

三生一怔，这才想起自己嫁给陌溪原来牺牲了这么多，顿时觉得自己伟大起来，拍着陌溪的肩道：“你要好好待我啊！”

陌溪啼笑皆非地把三生的手握住，接着刚才的话道：“可是我舍不得。你这副性子，不该只是依附我而存在。我为你寻司命一职，一来让你得以快些融入众神的圈子，并且在天界找到一个立足之地，二来……即便有一天我不在了，我要三生也能在天界活得好好的。”

三生将陌溪的话好生琢磨了一番道：“你说得对，我确实应该找个活来做。但是如果有一天你不在了，我肯定也陪着你回娘家去走走。”

陌溪揉了揉三生的头发，笑得温柔：“头发又长了些。”

“咦？真的吗？天界的水真养毛啊！再过不了多久，我的头发就能比司命的还长了。”

“嗯。”

“陌溪，我们去看看司命吧。”

“先让我看看你给我画的画。”

“呃……咱们还是先去看司命吧。”

“看画。”

“陌溪，我在给你卖萌呀。”

“走吧，去看司命。”

微风拂过，梅花枝头暗香浮动，衬得院中的男女脸上的笑犹如一幅唯美恬淡的画。

番外四

新来的神君

看着跪在陌溪面前的新任花神，三生头疼地揉了揉眉心。其实，事情发展成这个样子，三生也是万万没想到的。

她瞥了一眼沉着脸坐在主位上的陌溪，又看了眼跪在地上，紧抿着唇的现任花神，房间里的气氛沉默得尴尬，尴尬得诡异。

三生委实不是一个受得了这般沉默气氛的人，她清了清嗓子，咳了一声，打破沉默："这事儿其实也就是个半大不小的误会……"

话音未落，旁边凉飕飕的眼神便落在了她的脸上。

三生往旁边侧了一下眼眸，但见陌溪难得地用不咸不淡的目光盯着她。

成亲这么多年，有几次陌溪会这般看她？

三生心里清楚，这次她这战神夫君，是实实在在地生气了。

不好哄。

不过说真的，这事实在不能怪她呀！要怪……也就只能怪这跪在地上的花神！

都是他！这个现任的花神，长得太美，像个姑娘，才让她在醉酒之后失了男女大防，被人家给……亲……亲了脸蛋。

唉……三生轻轻叹了一口气。

忆起昨日，一年一度的中秋宴，天帝设宴，邀各仙家同来赴宴。

陌溪与三生如往常一样，落座在天帝身边的位置上，宴席之间，觥筹交错，陌溪负责应下所有客套敬来的酒，他战神之身，一身法力，岂会被这些酒水灌醉？

三生却不一样。

虽然她如今已得了仙身多年，可论法术法力，比陌溪还是差了那么一截，加之仙酒醉人，陌溪便不想让她多喝。

而自打天界发生了司命星君大醉离神的事件之后，天帝便对酒水有了限制，平时严格控酒，只在宴会的时候稍稍放松一些。三生平时喝酒喝得少，终于等到宴会，可以放开喝点酒，很是开心。陌溪却将她管得紧，护着她，让别人都不敢往她这儿敬酒。

三生其实在心里对陌溪有点意见，但因为是陌溪，所以这点意见也是有三分甜意藏在里面的。

可尽管如此，三生还是嘴馋，盯了一壶桃花酿盯了许久，终于寻到一个时机，偷偷拿了桃花酿，一连饮了三杯，好不畅快。

陌溪应酬了他人坐下，回头看了三生一眼："馋。"他如此评价。三生三分醉意染红了脸颊，她舔了舔嘴角，唇色变得有几分诱人，叹了一口气："唉，到底是老夫老妻了，我馋酒，夫君却已经不馋我了。"

陌溪轻笑了一声："你这又是从哪个话本子里看来的勾引人的法子？"

三生眨巴了一下眼睛，小鹿似的望着他："不顶用吗？"

陌溪眸色微微一深："你说呢？"

面前舞姬宽大的衣摆拂过，转瞬之间挡住了下面所有仙家的目光，陌溪微微一转身，一低头，在三生嫣红的唇上轻轻一点，温软香甜，浸着桃花酿的醉人味道，令千杯不倒的陌溪眼眸霎时蒙胧了一瞬。

千杯仙酿醉不了他，只是伊人一口，便足以醉心乱神。

舞姬散开，陌溪将身体转了回去，三生倚在陌溪的肩头上“哧哧”地笑出了声：“陌溪、陌溪，你这么轻易地就被勾引了，好没定力。”

陌溪也浅笑道：“心甘情愿罢了。”

三生想勾引他，怎么会有不成功的时候？

多年前，在奈何桥边，他们初遇时是这样；他们三世历劫，每一世的遇见也是那样；现在依旧如此。只因为是身边这人，所以她想要勾引他的时候，只需动动手指头，他便自愿上钩。

三生借着醉意，笑得极甜。

“咯。”旁边传来一声轻咳，三生微微一转头，但见坐在上座的天帝抿着唇，目不转睛地盯着面前的歌舞，而旁边的鹤仙总忍不住瞥他们。

哦，三生懂了，不小心令他人艳羡了。奈何天帝铁面无私，活该他单身至今。

她又抿了口酒，倏觉这宴会人多，有些气闷，与陌溪打了声招呼，便暂时离开了宴会。她行至外面，天界夜风正好，中秋月也正圆，远远落在云头之上，看起来好不美丽。

三生有些醉，想找个地儿坐着看看月亮，但左右一望，这天帝办的中秋宴外，处处皆是云雾缭绕，并无可坐卧的地方。

她倏地心起一意，随手一抬，指间凝出一朵梅花，轻轻一抚，梅花翩然飞起，落在她身前，卷出了一株梅花树。

三生原来本是三生石头化的灵，可陌溪把她变成了梅花仙，这捏梅树的功夫自然也是信手拈来。

她身形一飘，飞上了梅树枝丫，斜斜地倒在树枝上，望着远方的圆月，借着醉意，小小休憩了一番，而没睡多久，面上却有一道清风拂过：“你是哪里的花仙，昨日我为何未曾见你？”

嗯？这声音温柔得紧，在醉意蒙眬的三生耳朵里一时竟没分得出男女。

她一睁眼，望见了面前这仿似从满月里走出来的人，衣袂翩飞，发丝飞舞，五官精致得不像话。

三生在天上待久了，精致的人儿见得多，本已经见怪不怪了，可这人精致出了另一个境界，令她几乎有吹口哨的冲动。她眯眼笑道：“美人儿明眸好生动人。”

来者面色微微一红，向前走了一步：“我是花神。”

花神？三生是有印象的，听说是个美丽的姑娘，却从未有人见过她，因为花神不喜出门，仙界与她走得近的人也不多，原来是长得这般动人的模样。

长得好看的人，在三生这儿是有特权的，她当即不想追究对方扰了自己睡眠的事情了。

三生从树上跃下，想与花神唠唠嗑，但因着酒劲儿缠身手脚无力，便仿似从树枝上坠落下来一样。花神见状，连忙伸手来接，将她抱了个满怀。

落下的时候，衣袂翻飞之间，仿似有温热的唇瓣擦过她的脸颊，三生没什么感觉，只是扶住花神的胳膊，从花神的怀抱里站了出来：“多谢美人儿了，哎，花神姑娘，你的胳膊还挺结实。”

花神脸色涨得通红：“我……我是新来的花神。”

嗯？新来的？

“你长得好漂亮。”三生抓了花神的衣襟，往对方脸上凑去。花神满面通红地看着越靠越近的三生，声音有些发抖：“姑、姑娘……我、我……”

“别动，让我好好看看你。这五官好生值得探究。”

花神想要推开三生，可她身上的梅花香令他忍不住沉迷。这是谁家仙姑？这么直率……刚才触碰她的脸颊的唇瓣，还留有她脸颊上的余温……

“三生。”旁边却倏地传来一声微厉的呵斥。

三生一转头，但见陌溪面容冷淡地站在一边。

三生下意识地有点怵陌溪发火，此时看他的眼中似有火光在往外冒，忍不住抖了一下。花神见状，立即挡在三生面前："这位仙友……"

陌溪看也没看他一眼，只对三生道："过来。"

三生挠了挠头，正要向陌溪走去，花神却一把将三生的手腕抓住："姑娘你莫要受他胁迫。"

陌溪眯起了眼："胁迫？"

三生摆了摆手："不是胁迫不是胁迫，那是我夫君呢。"

花神闻言一怔，手掌便不由自主地松开了。三生全然未觉场面的尴尬，转头便对陌溪道："陌溪，这是新来的花神，这姑娘好生漂亮，唇瓣也软软的，刚才我碰了一下呢。"

再没让三生多说一句话，陌溪脸色一黑，三生的身体便不由自主地往陌溪那方飘了过去。

被熟悉的臂膀抱在怀里，三生呆怔地望着陌溪的侧脸："你不高兴吗？是不是有人欺负你啊？我帮你欺负回去。"

陌溪隐忍地微微闭上了眼，压制住情绪，再一睁眼，却是无奈大过愤怒："让你不要喝多。"

他将三生抱在怀里，没再瞥那花神一眼，转身回了府邸。

三生便在回程的路上就这般睡着了，再醒来的时候，隐隐记起了昨天发生的事情，她没提，陌溪便也没再提，他俩本打算把这事儿糊弄过去，不承想……

另外一个当事人却放不开似的，上门请罪来了。

他初上任，去中秋宴去得晚了，未识得人，不小心冒犯了战神，轻薄了三生，万分抱歉，悔得在大堂里长跪不起。

这就尴尬了。

三生看看在堂前跪着的男子，又看了看自己夫君难得黑得彻底的脸。

"那啥，你就起来吧，我尴尬。"她直言道。

花神没有抬头看她，直到陌溪开了口："我心疼府外的梅林，每日维持花开不败，挺浪费神力的，花神日后可方便为我打理？”

陌溪还提出了一个算是惩罚的要求，这倒是让心中有规矩的花神松了口气：“自是不在话下。”

“那便起了走吧。”

花神这才算是安心，离开了。

他一走，堂前只剩下陌溪与三生两人，三生巴巴地望着他：“我又惹祸了？”陌溪呷了一口茶，沉默着没有说话。三生撇了撇嘴：“你若是吃醋了、生气了，便罚我吧。”

久久沉默之后，三生却闻一声浅浅的叹息：“日后还贪杯吗？”

三生立即摇头：“不贪了。”

“还敢随便叫人美人儿吗？”

“美人儿只有陌溪一个。”

陌溪失笑。三生立即往他怀里扑去：“妥了，这事儿就这么过去了。”

陌溪哭笑不得：“你倒是替我做主了。”

“那还没过去？”

陌溪只得摸了摸她的头：“过去了。”

两人在一起那么不容易，他怎么舍得多与她生气哪怕片刻时间？他和她，只该这么甜甜蜜蜜地一直在一起。

——完

图书在版编目（CIP）数据

忘川劫 / 九鹭非香著. -- 成都 : 四川文艺出版社，2021.7（2023.3重印）
ISBN 978-7-5411-6030-1

Ⅰ. ①忘… Ⅱ. ①九… Ⅲ. ①长篇小说－中国－当代
Ⅳ. ①I247.5

中国版本图书馆CIP数据核字(2021)第094841号

WANG CHUAN JIE

忘川劫

九鹭非香 著

出 品 人　谭清洁
出版统筹　刘运东
特约监制　王兰颖
责任编辑　邓　敏
特约策划　王兰颖
特约编辑　薛天舒
营销统筹　刘玉瑶
封面设计　安柒然
责任校对　汪　平

出版发行　四川文艺出版社（成都市锦江区三色路238号）
网　　址　www.scwys.com
电　　话　028-86259287（发行部）　028-86259303（编辑部）
传　　真　028-86259306

邮购地址　成都市槐树街2号四川文艺出版社邮购部　610031
印　　刷　天津旭丰源印刷有限公司
成品尺寸　160mm×235mm　　开　本　16开
印　　张　20　　字　数　270千字
版　　次　2021年7月第一版　　印　次　2023年3月第二次印刷
书　　号　ISBN 978-7-5411-6030-1
定　　价　39.80元